LA VENGEANCE QUE TU RECHERCHES

MADDISON KINGS UNIVERSITÉ

TRACY LORRAINE

CHAPITRE UN

Letty

Je m'assieds sur mon lit, en fixant le tissu dans mes mains.

Ce n'était pas comme ça que ça devait se passer.

Cela ne faisait pas partie de mon plan.

Je pousse un soupir et je ferme les yeux en voulant chasser les larmes qui menacent de couler.

J'ai assez pleuré. Je pensais que je serais à court de larmes maintenant.

Une agitation de l'autre côté de la porte me fait lever les yeux dans la panique, mais comme hier, personne ne vient frapper.

Je pense avoir clairement montré que je ne voulais pas traîner avec mes nouveaux colocs la première fois que quelqu'un a frappé et m'a demandé si je voulais aller déjeuner avec eux.

Je ne veux pas.

Je ne veux même pas être ici.

Je veux juste me cacher.

Et cette pensée rend les choses un million de fois pires.

Je ne suis pas quelqu'un qui se cache. Je suis une guerrière. Je suis une putain de Hunter.

Mais j'ai été réduite à cela.

Une loque pathétique et faible.

Et tout ça à cause de *lui*.

Il ne devrait pas avoir ce pouvoir sur moi. Mais même aujourd'hui, c'est toujours le cas.

Le dortoir redevient silencieux, et je prie pour qu'ils soient tous déjà partis à leur premier cours du semestre pour que je puisse m'éclipser inaperçue.

Je sais que c'est ridicule. Je sais que je devrais juste y aller la tête haute et retrouver la confiance que je sais avoir en moi.

Mais je ne peux pas.

Je me dis que je vais surmonter cette journée— mon premier jour—et que tout ira bien.

Je pourrais d'une certaine manière reprendre là où je m'étais arrêtée, presque comme si les dix-huit derniers mois n'avaient jamais existé.

Douce illusion.

Je baisse les yeux sur le sweat à capuche dans mes mains une fois de plus.

Maman en avait achetés pour Zayn, mon petit frère et moi.

Le tissu bleu marine est doux au toucher, mais l'inscription écrite dessus ne me semble pas coller.

Université Maddison Kings.

Mon ventre se noue et j'ai l'impression que tout mon corps se brise en pensant à ma nouvelle réalité.

J'étais dans l'école de mes rêves. Malgré les obstacles, j'ai réussi et je suis entrée à Columbia. Et tout était bien. Non, tout était fantastique.

Jusqu'à ce que ce ne soit plus le cas.

Maintenant, je suis ici. Assise dans le dortoir de la fac que j'ai toujours considérée comme mon plan de secours, je dois recommencer à zéro.

Je jette le sweat à capuche sur mon lit, je me lève en colère.

J'en ai marre de moi.

Je devrais être meilleure que ça, plus forte que ça.

Mais je suis juste... je suis brisée.

Et même si j'ai envie de voir les points positifs dans cette situation, je galère.

J'enfile mes Vans, je balance mon sac par-dessus mon épaule et ramasse quelques livres sur mon bureau pour les deux cours que j'ai aujourd'hui.

Mon cœur se serre lorsque je sors dans la cuisine commune et que je trouve une fille mince aux cheveux blonds penchée sur une tasse et un manuel.

L'odeur du café remplit mon nez et j'en ai l'eau à la bouche.

Mes baskets crissent sur le sol et elle lève immédiatement les yeux.

« Désolée, je ne voulais pas te déranger. »

« Est-ce que tu plaisantes ? », dit-elle avec excitation, son accent du sud me faisant sourire.

Son sourire illumine son joli visage et pour une raison quelconque, cela me fait ressentir quelque chose.

Je savais que se cacher était mal. C'est juste ma

façon de faire face aux événements depuis... un bon bout de temps.

« Nous nous demandions quand notre nouvelle coloc allait finir par se montrer. Les autres ont parié que tu étais une extraterrestre ou un truc du genre. »

Je ris. « Non, pas une extraterrestre. Juste... » Je soupire, en ne sachant pas vraiment quoi dire.

« Tu as été transférée, n'est-ce pas ? De Columbia ? »

« Euh... ouais. Comment sais-tu qu— »

« Meuf, je sais tout. » Elle me fait un clin d'œil, mais cela ne me rassure pas. « West et Brax sont dans l'équipe, ils ont passé l'été avec ton frère. »

Je soupire de soulagement. Bien que je ne sois pas super ravie que mon frère ait parlé de moi.

« Alors, quels cours as-tu aujourd'hui ? », demande-t-elle quand je reste là, bouche bée.

« Euh... Littérature américaine et psycho. »

« J'ai aussi psycho plus tard dans la journée. Professeur Collins ? »

« Euh... » Je sors mon emploi du temps de mon sac à main et le regarde. « O-oui. »

« Génial. On pourra s'asseoir à côté. »

« B-bien sûr, » je bégaie, en semblant hésitante, mais le sourire que je lui donne est totalement authentique. « Je suis Letty, au fait. » Même si je suis presque sûre qu'elle le sait déjà.

« Ella. »

« OK, donc... euh... on se verra tout à l'heure. »

« Carrément. Passe une bonne matinée. »

Elle me sourit et je me demande pourquoi j'avais si peur de sortir et de rencontrer mes nouveaux colocs.

Je voulais que Maman me prenne un appartement

pour que je sois seule, mais—probablement avec sagesse—elle a refusé. Elle savait que ce serait un moyen de me cacher et le but de ma reprise à la fac est d'essayer de tout mettre derrière moi et de recommencer à zéro.

Après avoir pris une pomme dans le bol au milieu de la table, je serre mes livres plus fort contre ma poitrine et me dirige vers la sortie, prête à commencer ma nouvelle vie.

Le soleil du matin me brûle les yeux et l'odeur de l'herbe fraîchement coupée me remplit les narines alors que je sors de notre immeuble. La chaleur estivale touche ma peau et me fait me sentir un peu mieux.

Et alors, qu'est-ce que ça change de recommencer à zéro ? J'ai réussi à transférer mes notes de Columbia, et MKU est une bonne fac. J'obtiendrai un bon diplôme et je pourrai faire quelque chose de ma vie.

Les choses pourraient être pires.

À cette époque l'année dernière...

Je refoule cette pensée et force mes pieds à continuer d'avancer.

Je passe devant des étudiants qui retrouvent leurs amis pour le début du nouveau semestre alors qu'ils se racontent avec enthousiasme leurs vacances et les choses incroyables qu'ils ont faites, ou comparent leurs emplois du temps.

Mes poumons se contractent alors que j'inspire une bouffée d'air. Je pense aux amis que j'ai laissés à Columbia. Nous n'avions pas passé beaucoup de temps ensemble, mais nous avions créé des liens avant que ma vie ne s'effondre.

En regardant autour de moi, je recherche des

visages familiers. Je sais qu'il y a plein de gens ici qui me connaissent. Quelques-uns de mes amis les plus proches sont venus ici après le lycée.

Maman a essayé de me convaincre de les contacter pendant l'été, mais mon anxiété m'a empêché de le faire. Je ne veux pas que quiconque me regarde comme si j'étais une ratée. Comme celle qui est entrée dans l'une des meilleures facs du pays, qui a tout foutu en l'air et qui a fini par aller se réfugier à Rosewood. Je ne sais pas ce qui est pire, eux qui s'imaginent que je n'ai pas réussi à gérer ou la vérité.

En me concentrant sur l'endroit où je vais, je baisse la tête et ignore les bavardages excités autour de moi alors que je me dirige vers la cafétéria, en ayant désespérément besoin de ma dose quotidienne avant même d'envisager d'assister à un cours magistral.

Je trouve le Westerfield Building où se trouve mon premier cours de la journée et remercie la fille qui me tient la lourde porte ouverte avant de la suivre vers l'ascenseur.

« Putain de merde, » gronde une voix alors que je passe l'angle, en suivant les panneaux indiquant la salle sur mon emploi du temps.

Avant que je ne sache ce qui se passe, mon café tombe de ma main et mes pieds quittent le sol.

« Qu'est-ce que— » À la seconde où je regarde le gars qui se tient derrière celui qui me serre dans ses bras, je sais exactement dans qui je viens d'entrer en collision.

En oubliant le café qui n'est maintenant plus qu'une flaque sur le sol, je lâche mes livres et enroule mes bras autour de mon vieil ami.

Son parfum boisé familier m'envahit, et soudain, je

me sens à nouveau moi-même. Comme si les deux dernières années n'avaient pas existé.

« Qu'est-ce que tu fous ici ? », demande Luca, un grand sourire sur le visage quand il recule et m'étudie du regard.

Ses sourcils se rapprochent lorsqu'il fait courir ses yeux sur mon corps, et je sais pourquoi. J'ai fait du sport pendant l'été, mais je sais que je suis toujours plus mince que je ne l'ai jamais été de ma vie.

« J'ai été transférée ici, » j'admets, en forçant les mots à sortir de ma gorge serrée.

Son sourire s'élargit encore avant qu'il ne me tire à nouveau contre son corps.

« C'est si bon de te voir. »

Je me détends dans sa prise, en le serrant fort, en absorbant sa force. Et c'est une chose que Luca Dunn a à revendre. C'est un roc, il l'a toujours été et je n'avais pas réalisé à quel point j'en avais besoin en ce moment.

Maman avait raison. J'aurais dû les contacter.

« Moi aussi, ça me fait plaisir, » je murmure honnêtement, en essayant de refouler mes larmes qui ont commencé à monter juste en le voyant—en les voyant.

« Hé, c'est bon de te voir, » dit Leon, plus tempéré que son frère jumeau alors qu'il me tend mes livres abandonnés.

« Merci. »

Je les regarde tour à tour, en remarquant toutes les choses qui ont changé depuis la dernière fois que je les ai vus. Je les suis sur Insta et TikTok, bien sûr, mais ce n'est rien comparé à être devant eux, en chair et en os.

Ils sont tous les deux plus musclés que jamais, en

montrant à quel point leur entraîneur les fait travailler dur, ils sont tous les deux les meilleurs des Panthers. Et si c'est possible, ils sont tous les deux plus sexy qu'ils ne l'étaient au lycée, ce qui en dit long car, à l'époque, ils auraient été capables de transformer les filles les plus sûres d'elles en loques tremblotantes avec un seul regard. Je peux imaginer le genre de réputation qu'ils ont ici.

Le bruit d'une porte qui s'ouvre derrière nous et des bruits de pas interrompent nos petites retrouvailles.

« Tu es dans le cours de littérature américaine du professeur Whitman ? », demande Luca, ses yeux passant des miens au livre dans mes mains.

« Ouais. Et vous ? »

« Nous aussi. On t'accompagne jusqu'au cours ? » Un sourire narquois apparaît sur ses lèvres dont je ne me souviens que trop bien. Les papillons qu'il avait l'habitude de me faire ressentir menacent de virevolter dans mon ventre alors qu'il me regarde attentivement.

Luca était l'un de mes meilleurs amis au lycée, et j'ai passé le plus clair de mon temps avec lui en ayant un gros faible pour lui. Il semble que l'adolescente au fond de moi ressente encore quelque chose pour lui.

« Avec plaisir. »

« Allez, Princesse, » dit Leon et tout mon corps sursaute en entendant ce petit surnom. Il ne m'a jamais appelée comme ça auparavant et j'espère vraiment qu'il n'est pas sur le point de commencer maintenant.

En ne remarquant clairement pas ma réaction, il

me prend mes livres des mains et passe son bras sous le mien alors que les deux me conduisent dans la salle.

Je les regarde tous les deux, un sourire se dessinant sur mes lèvres et l'espoir monte en moi.

C'était peut-être là que j'étais censée être depuis le début.

Peut-être que Columbia n'était pas mon destin.

Plusieurs têtes se tournent vers nous alors que nous montons les escaliers pour trouver des places libres. Ce sont surtout les nanas de cet immense amphi et je ne peux m'empêcher de rire intérieurement de leur réaction.

Je comprends.

Les jumeaux Dunn font partie des rois ici et je suis prise en sandwich entre eux. C'est une position dans laquelle presque toutes les nanas de cette fac, bon sang, de cet État, seraient prêtes à tuer pour s'y trouver.

« Mec, bouge-toi, » aboie Luca à un autre gars quand il s'arrête à quelques rangées de l'arrière.

Le gars qui a les cheveux foncés et les yeux encore plus foncés prend immédiatement son sac, ses livres et son stylo et se déplace.

« C'est Colt, » explique Luca, en faisant un signe de tête vers le gars qui m'étudie avec intérêt.

« Salut, » je couine, en me sentant un peu intimidée.

« Salut. » Sa voix basse et grave vibre en moi. « Aïe, qu'est-ce que tu fous, mec ? », aboie-t-il en se frottant la nuque là où Luca vient de le taper.

« Letty est intouchable. Détache tes putains d'yeux d'elle. »

« Mec, je disais juste bonjour. »

« Ouais, et nous savons tous à quoi cela mène habituellement, » grogne Leon derrière moi.

Nous prenons place tous les trois et réussissons à sortir nos livres avant que notre professeur ne commence à expliquer le programme du semestre.

« Désolé pour le café, » murmure Luca après quelques minutes. « Tiens. » Il place une bouteille d'eau sur ma table. « Je sais que ça ne le remplace pas vraiment, mais c'est le mieux que je puisse faire. »

Le rappel du désordre que j'ai laissé dans le couloir me revient à l'esprit.

« Je devrais y aller et— »

« Du calme, » dit-il en posant sa main sur ma cuisse. Son toucher me détend instantanément en même temps qu'il envoie un choc électrique dans mon corps. « Je le remplacerai après les cours. Peut-être même que tu auras droit à un cupcake. »

Je lui souris, en chavirant à l'idée qu'il se souvienne de ma friandise préférée.

Pourquoi pensais-je que venir ici était une mauvaise idée ?

CHAPITRE DEUX

Letty

J'ai mal à la main quand le professeur Whitman finit de parler. J'ai l'impression que la dernière fois que j'ai pris des notes, c'était il y a une éternité.

« Tu vas bien ? », me demande Luca en riant alors que j'étire mes doigts.

« Ouais, ça faisait un moment. »

« Je suis sûr que ces mecs peuvent te soulager, ma belle, » nous interrompt Colt, ce qui lui vaut une autre tape sur la tête.

« Ignore-le. Il s'est pris le ballon dans la tête trop souvent, » dit Leon à côté de moi mais je suis trop captivée par la façon dont Luca me regarde en ce moment pour répondre.

Notre amitié n'était pas vraiment conventionnelle au lycée. Il était le quarterback vedette, et je n'étais pas une pom-pom girl et ni vraiment sportive. Mais on nous a mis en binôme en cours de science dès ma première semaine à Rosewood High et ensuite nous ne nous sommes jamais séparés.

Je l'ai regardé amener l'équipe vers de nouveaux sommets, et quand il a commencé à rencontrer des recruteurs pour l'université, je l'ai même accompagné plusieurs fois pour qu'il n'y aille pas seul.

C'est lui qui m'a laissée pleurer sur son épaule alors que je luttais pour accepter la perte d'un être cher qui a laissé un trou béant dans mon cœur et il n'a jamais, pas une seule fois, franchi les limites quand que je m'accrochais à lui pour avoir son soutien.

J'étais aussi là pendant qu'il branchait des pom-pom girls ou toute autre fille qui le regardait avec un peu trop d'attention. Chaque nouvelle fois piquait plus que la précédente alors que mon pauvre cœur d'adolescente était meurtri de tous les côtés.

Avec chaque jour, semaine, mois qui passait, j'avais encore plus envie de lui mais il ne m'a jamais, pas une seule fois, regardée de cette façon.

J'étais même sa cavalière pour le bal de promo, mais il a fini par passer la nuit avec quelqu'un d'autre.

Ça faisait mal, bien sûr que ça faisait mal. Mais ce n'était pas de sa faute et je refuse de lui en vouloir.

J'aurais peut-être dû le lui dire. Être honnête avec lui au sujet de mes sentiments et de ce que je voulais. Mais j'avais tellement peur de perdre mon meilleur ami que je ne lui ai jamais rien avoué, et j'ai emporté ce secret jusqu'à Columbia avec moi.

Alors que je le regarde maintenant, ces papillons familiers virevoltent toujours dans mon ventre, mais ce n'est pas aussi fort que dans mes souvenirs. Je ne sais pas si c'est parce que mes sentiments pour lui ont diminué avec le temps, ou si je suis tellement anesthésiée et brisée en ce moment que je ne ressens plus rien d'autre que de la douleur.

Cela pourrait vraiment être l'une ou l'autre de ces options.

Je lui souris, tellement heureuse de l'avoir croisé ce matin.

Il a toujours su quand j'avais besoin de lui et même sans savoir que j'étais ici, il était là comme un putain d'ange gardien.

Si les anges gardiens ont des cheveux noirs et sexy, des yeux verts fascinants et un corps provocant, alors oui, c'est un ange.

Je ris toute seule, ouais, peut-être que ce petit faible est toujours là.

« Qu'est-ce que tu as ensuite ? », demande Leon, en détournant mon attention de son jumeau.

Leon a toujours été le plus calme et le plus taciturne du duo. Il est aussi terriblement beau et aussi populaire auprès de la gente féminine, mais il n'a pas le cœur sur la main comme Luca. Leon met un peu plus de temps à sympathiser avec les gens, à les laisser entrer dans sa bulle. Ça a été difficile, mais j'ai vite réalisé, une fois qu'il avait un peu baissé sa garde, que ça en valait la peine.

Il est plus sérieux, plus contemplatif, il est plus profond. J'ai toujours soupçonné qu'il y avait une raison pour laquelle ils étaient si différents. Je sais que les jumeaux ne doivent pas nécessairement être pareils ni aimer les mêmes choses, mais il y avait toujours quelque chose qui me taraudait à l'idée qu'il y avait une bonne raison pour laquelle Leon était plus renfermé. En écoutant leur mère parler de leur enfance, ils étaient si identiques dans leur comportement et leurs goûts quand ils étaient petits, qu'il semble difficile de croire qu'ils soient devenus si différents.

« Psychologie mais pas avant une heure. Je— »

« Je l'emmène prendre un café, » dit Luca en s'incrustant dans la conversation. Une lueur de colère passe dans les yeux de Leon mais elle est partie si vite que je commence à me demander si je l'ai imaginée.

« Je prendrais bien un autre café avant le cours d'éco, » ajoute Leon.

« Super. Allons-y, » dit Luca en serrant les dents.

Il me voulait pour lui tout seul. Intéressant.

La raison pour laquelle je ne lui ai jamais parlé de mon méga béguin est le fait qu'il m'a tout de suite mis dans la friend zone dès les premières semaines où nous nous sommes liés d'amitié, en me disant à quel point c'était agréable d'avoir une fille qui voulait être son amie sans utiliser de stratagème pour obtenir quelque chose d'autre.

Nous n'étions que des élèves de seconde, mais même à cette époque, Luca plaisait beaucoup et les filles autour de nous étaient toutes plus que disposées à se plier à ses désirs.

À partir de ce moment, je ne pouvais pas lui dire ce que je ressentais vraiment. C'était déjà assez mal que je ressente ça quand il pensait que notre relation n'était qu'amicale.

Je leur souris à tous les deux, en espérant briser la tension soudaine entre les jumeaux.

« Fais attention à ces deux-là, » annonce Colt derrière nous alors que nous sortons de l'amphi avec tous les autres. « Toutes ces histoires que j'ai entendues. »

« Colt, » prévient Luca, en se tournant pour lui faire face et en reculant de quelques pas.

« Ne t'inquiète pas, » je dis par-dessus mon épaule. « Je sais comment gérer les jumeaux Dunn. » Je lui fais un clin d'œil alors qu'il explose de rire.

« Vous deux, vous allez avoir des problèmes, » il dit d'un air songeur alors qu'il sort de la pièce en se dirigeant vers la gauche et que nous allons à droite.

Leon me reprend mes livres et Luca passe ses doigts dans les miens. Je m'immobilise un instant. Bien que son geste ne soit pas inhabituel, Luca a toujours été très affectueux. Il ne faut qu'une seconde pour que sa chaleur remonte le long de mon bras et atténue le dernier malaise qui me noue encore l'estomac.

« Deux Americanos et un latte à la vanille sans sucre avec de la vanille en extra. Trois cupcakes avec un glaçage coloré. »

Je chavire en voyant que Luca se souvient de ce que je commande habituellement. « Comment as-tu— »

Il se tourne vers moi, son large sourire et l'éclat de ses yeux faisant s'estomper ma voix. La familiarité de son visage, le sentiment de confort et de sécurité qu'il m'apporte faisant se former une boule dans ma gorge.

« Je n'ai rien oublié de ce qui concerne ma meilleure amie. » Il passe son bras autour de mon épaule et m'attire plus près de lui.

En enfouissant mon nez dans son torse solide, je le respire. Son parfum boisé se mélange à sa lessive et ça me fait ressentir des choses dont je ne pensais pas avoir besoin.

Le regard de Leon me brûle le dos alors que je me blottis contre son frère et je me force à m'éloigner pour qu'il ne se sente pas comme la troisième roue du carrosse.

« Dunn, » appelle le serveur, et Leon se précipite pour prendre notre commande pendant que Luca me conduit à un box au fond de la cafétéria.

Au fur et à mesure que nous avançons entre les tables, je prends de plus en plus conscience de l'attention portée aux jumeaux. Je connais leur réputation, ils ont toujours eu leur statut de Dieu du football depuis bien avant que je ne déménage à Rosewood et que je ne les rencontre au lycée, mais j'avais oublié à quel point ils étaient vénérés comme des héros, et ce qui se passe ici est du jamais vu.

Les filles les matent ouvertement, leurs yeux descendant sans gêne le long de leur corps alors qu'elles les déshabillent mentalement. La jalousie des mecs se lit sur leur visage, en particulier sur le visage des mecs qui sont là avec leurs petites amies qui ne leur prêtent plus aucune attention. Et puis, il y a des nanas dont l'attention est rivée sur moi. Je peux presque lire dans leurs pensées—bon sang, j'ai assez entendu parler les nanas au lycée.

Que voient-ils en elle ?

Elle n'est même pas jolie.

Ils sont trop bien pour elle.

La seule différence ici par rapport au lycée, c'est que personne ne sait que je suis une nana qui a été élevée dans une caravane pourrie, vu que j'ai quitté le trou à rat qu'est Harrow Creek avant de rencontrer les mecs.

Je lève le menton, je redresse mon dos et affiche sur mon visage autant de confiance que je peux trouver en moi.

Ils peuvent tous penser ce qu'ils veulent de moi, ils peuvent faire n'importe quel commentaire méchant. Je m'en fiche.

« C'est bon de voir que vous avez perdu votre charme, » je marmonne, en me laissant tomber sur le banc en face d'eux et en enroulant mes mains autour de ma tasse chaude quand Leon me la tend.

« Nous marchons pratiquement inaperçus, » rétorque Luca, impassible.

« Et toi qui pensais qu'au lycée c'était grave, » marmonne Leon, il était toujours celui qui détestait avoir l'attention sur lui alors que Luca l'utilisait à son avantage pour obtenir ce qu'il voulait. « Ce n'était rien. »

« C'est ce que je vois. Alors, comment ça se passe ? Racontez-moi tout, » dis-je, en ayant besoin de connaître leur vie de célébrités plutôt que de penser à ma pauvre vie.

« Vraiment ? », demande Luca en haussant un sourcil et en faisant descendre mon estomac jusque dans mes talons. « Je pense que la question la plus importante est de savoir comment se fait-il que tu sois ici et pourquoi nous n'en avions aucune idée ? »

En lâchant ma tasse, je croise les bras et je baisse les yeux sur la table.

« L-les choses n'ont tout simplement pas marché à Columbia, » je marmonne, en ne voulant vraiment pas en parler.

« La dernière fois que nous avons discuté, tu as dit que c'était encore mieux que ce que tu espérais. Que s'est-il passé ? »

Le putain de Kane Legend est arrivé.

Je refoule cette pensée comme à chaque fois qu'il surgit dans ma tête.

Il a passé assez de temps à détruire ma vie. C'est fini.

« C'est juste que... » Je soupire. « Je me suis un peu perdue, j'ai fini par abandonner et j'ai finalement dû tout avouer et jouer franc jeu avec ma mère. »

Leon rit tristement. « Je parie que ça s'est bien passé. »

Les jumeaux Dunn sont bien conscients de ce que c'est que de vivre avec un parent qui met la pression. C'est l'une des choses qui nous a rapprochés tous les trois au fil des ans.

« Ça a été un désastre. Pire encore parce que j'ai abandonné la fac des mois avant de revenir. »

« Pourquoi t'être cachée ? » Les sourcils de Leon se rapprochent tandis que Luca me regarde avec une inquiétude qui assombrit ses yeux.

« J'ai eu des problèmes de santé. Ce n'est rien. »

« Merde, tu vas bien ? »

Putain d'enfer, Letty. Arrête d'aggraver la situation.

« Ouais, ouais. Tout va bien. Honnêtement. Je suis là et je suis prête à recommencer et à faire au mieux. »

Ils me sourient tous les deux, et j'attrape mon café, le porte à mes lèvres et en bois une gorgée.

« Assez parlé de moi, racontez-moi tout sur la vie des deux des rois les plus sexy de Maddison. »

« OK... comment as-tu fait ça ? », Ella chuchote après que Luca et Leon m'ont accompagnée à mon cours de psycho après notre pause-café.

« Fait quoi ? », je demande, en la suivant dans la salle et en trouvant des places vides au milieu.

« C'est ton premier jour et les jumeaux Dunn viennent de t'accompagner en cours. Tu as une chatte incrustée de diamants ou un truc du genre ? »

J'étouffe un rire alors que quelques autres s'immobilisent en entendant ses mots.

« Chut, » je la réprimande.

« Meuf, si c'est vrai, tu sais que tous ces mecs doivent le savoir. »

Je sors mes livres et quelques stylos alors que le professeur Collins s'installe sur l'estrade avant de me tourner vers elle.

« Non, je n'ai de diamants que sur mon collier. Je suis amie avec eux depuis des années. »

« Meuf, je savais qu'il y avait une raison pour laquelle nous devions être amies. » Elle me fait un clin d'œil. « J'ai essayé de convaincre West et Brax de me brancher avec eux mais ils sont nuls. »

« Tu veux qu'on soit amies pour que je te branche avec l'un des Dunn ? »

« Ou les deux. » Elle hausse les épaules, son visage mortellement sérieux avant de se pencher. « J'ai entendu dire que parfois ils fonctionnent en duo. T'imagines ? Avoir leur entière attention à tous les deux. » Elle s'évente alors qu'elle s'imagine évidemment être prise en sandwich par les Dunn. « Oh et je pense que tu es plutôt cool aussi. »

« Évidemment. » Je ris.

C'est bizarre, je ne l'ai peut-être croisée que très brièvement ce matin mais c'était suffisant.

« Nous sortons tous dîner ce soir pour t'accueillir au dortoir. Les autres ont hâte de te rencontrer. » Elle me sourit, en me prouvant qu'il n'y a aucune amertume derrière ses propos.

« Je suis désolée de vous avoir tous ignorés. »

« Meuf, ne te prends pas la tête. On est là, ne t'inquiète pas. »

« Merci, » dis-je alors que le professeur demande l'attention de tout le monde pour commencer le cours.

Le temps file alors que je prends des notes aussi vite que possible, ma main me fait encore mal et avant que je m'en rende compte, il a fini d'expliquer les consignes de notre premier devoir et a terminé son cours.

« Bon Dieu, ce semestre va être difficile, » dit Ella d'un air songeur alors que nous rangeons nos affaires.

« Au moins, nous sommes ensemble. »

« J'aime ta façon de penser. Tu as fini pour la journée ? »

« Yep, je vais aller au magasin, acheter des fournitures puis commencer ce devoir, je pense. »

« J'ai quelques heures devant moi. Tu veux de la compagnie ? »

Après avoir déposé nos affaires dans nos chambres, Ella m'emmène dans son magasin préféré, et je fais le plein de tout ce dont j'aurai besoin avant de rentrer pour qu'elle puisse aller en cours.

Je me prépare un déjeuner avant de prendre mon

courage à deux mains et d'installer mon ordinateur portable à la table de la cuisine pour commencer mes devoirs. Le temps où je me cachais est révolu, il est temps de reprendre vie et de redevenir une étudiante parfaitement intégrée.

« Putain de merde, elle est vivante. Je pensais que Zayn mentait concernant sa magnifique sœur aînée, » dit une voix grave et grondante, en me tirant de mes recherches quelques heures plus tard.

Je me tourne et regarde les deux gars qui m'ont rejointe.

« Zayn n'aurait jamais parlé de moi en disant que j'étais magnifique, » dis-je en guise de salutation.

« C'est vrai. Je pense que les mots qu'il a utilisés étaient : pénible, emmerdeuse, et mes préférés, je suis content de ne plus avoir à vivre avec elle, » dit-il, en imitant la voix de mon frère.

« Maintenant, ça y ressemble plus. Hé, je suis Letty. Désolée pour— »

« Tout va bien. Nous sommes juste heureux que tu aies fini par sortir de ta chambre. Je suis West, ce putain de trouduc c'est Braxton— »

« Brax, s'il te plaît, » supplie-t-il. « Seule ma mère m'appelle par mon nom complet et tu es bien trop sexy pour être elle. »

Mes joues rougissent alors qu'il fait courir ses yeux le long de mes courbes.

« M-merci, je pense. »

« Ignore-le. Il n'a pas baisé depuis des semaines ! »

« OK, on doit vraiment aller sur ce terrain-là ? »

« Carrément, frérot. Cette fille a besoin de savoir que tu es de mauvaise humeur quand tu ne baises pas. »

Je ris de leurs blagues, en refermant mon ordinateur portable et en m'appuyant sur mes coudes alors qu'ils se dirigent vers le réfrigérateur.

« Ella a dit que nous sortions ce soir, » dit Brax, en sortant deux bouteilles d'eau et en en jetant une à West.

« Apparemment oui. »

« Elle sera là dans pas longtemps. Violet et Micah aussi. Ils étaient tous dans le même cours. »

« Alors, » dit West, en se glissant sur la chaise à côté de moi. « Que devrions-nous savoir que ton frère ne nous a pas déjà raconté ? »

Mon cœur s'emballe en pensant à toutes les choses qui sont arrivées dans ma vie y compris celles que même mon frère ne raconterait pas.

« Euhhh... »

« Que les Dunn l'adorent, » annonce Ella alors qu'elle apparaît dans l'embrasure de la porte flanquée de deux autres personnes. Violet et Micah, je suppose.

« Euh... pourquoi nous n'étions pas au courant ? », demande Brax.

« Parce que tu n'es pas assez cool pour passer du temps avec eux, connard, » aboie Violet, en contournant Ella. « Ignore ces connards, ils pensent qu'ils ont quelque chose de spécial parce qu'ils font partie de l'équipe, mais ce qu'ils ne te disent pas, c'est qu'ils n'ont aucune chance d'être les meilleurs ou de parler à des personnes comme les Dunn. »

« Vi, meuf. Ça pique, » dit West, en portant sa main sur son cœur.

« Ouais, tu vas survivre. La vérité fait mal. » Elle

lui sourit alors qu'il l'attire contre sa poitrine et embrasse le haut de sa tête.

« Peu importe, minus. »

« Ok, bon. Sommes-nous prêts à partir ? J'ai envie de tacos comme... hier. »

« Oui, allons-y. »

« Tu n'as jamais mangé de tacos comme ceux-là, Letty. Tu vas découvrir tout un monde de plaisir, » dit Brax avec enthousiasme.

« Plus que si elle était dans ton lit, c'est certain, » déclare West, impassible.

« Ce sont des mensonges et nous le savons tous. »

« Peu importe. » Violet le pousse vers la porte.

« Salut, je suis Micah, » dit le troisième gars quand je le rattrape.

« Salut, Letty. »

« Si tu as envie d'une conversation intéressante, je suis ton homme. »

« Bon à savoir. »

Micah et moi traînons derrière les autres et à chaque pas que je fais, mon sourire s'élargit.

Les choses vont vraiment s'arranger.

CHAPITRE TROIS

Kane

« **O**uah, regarde qui a décidé de venir. Les cours ont commencé ce matin, tu sais, » aboie Devin alors que je le rejoins avec les jumeaux dans leur cuisine.

« Va te faire foutre, » je grogne. « J'étais occupé. »

« Notre vieux prend encore des libertés ? »

« Quelque chose comme ça, » je marmonne. « Une pour moi ? », je demande, en faisant un signe de tête vers la bière dans la main de Devin.

« Bien sûr, mec. »

Il en sort une du réfrigérateur et me la balance. Je l'attrape facilement et je la décapsule.

« En retard avant même d'avoir commencé. Ce n'est pas le meilleur début pour ta carrière universitaire, Legend. »

« Peu importe, blaireau. » Je frotte ma main sur la

tête d'Ellis et saute sur le comptoir. « Alors, qu'est-ce que j'ai raté ? »

« Ils n'en savent rien. Tous les deux avaient tellement la gueule de bois qu'ils ont raté les cours. »

« Et vous m'emmerdez ? », je rétorque à Devin et Ezra.

« Ça en valait le coup, non ? », dit Ezra en regardant Devin avec un sourire narquois.

« Bon sang ouais, c'était une vraie nympho. »

« Bon Dieu, je vais déballer mes affaires. »

Je les laisse derrière moi se remémorer leurs frasques de la nuit précédente et je ne suis pas surpris d'entendre une autre série de pas derrière moi alors que je monte les escaliers jusqu'à la chambre que je sais être la mienne.

« Tu es prêt pour ça ? », Ellis me demande et quand je regarde par-dessus mon épaule, je le trouve appuyé contre l'embrasure de la porte avec ses bras croisés sur sa poitrine.

« Bien sûr, mec. » Son front se lève d'un air soupçonneux. « J'ai mérité ça autant que toi. »

« Je sais, je sais, » dit-il, levant les mains en signe de reddition. « Je ne dis pas que tu es un idiot ou quoi. »

« D'accord, alors qu'est-ce que tu veux dire ? »

« Que tu es sur le point de faire chier beaucoup de gens. »

Je ne peux m'empêcher de rire. « Ouais, c'est le plus drôle. Les Panthers n'ont aucune idée de ce qui est sur le point de leur arriver. »

« L'entraîneur va être énervé que tu aies séché aujourd'hui. »

« Probablement. Il s'en remettra. »

En me détournant de lui, j'ouvre mon sac et commence à sortir mes vêtements pour leur trouver un endroit où être rangés.

« Comment s'est passé ton premier jour vu que tu es le seul à y être allé ? »

« C'était bien. Différent. »

« La plupart des endroits le sont comparé à Harrow Creek High, » je marmonne, en pensant à la jungle que nous avons tous heureusement laissée derrière nous.

Ellis et Ezra viennent juste d'obtenir leur diplôme, alors que je suis parti de ce trou à rat depuis plus d'un an maintenant après avoir redoublé ma terminale.

J'aurais dû arriver ici il y a un an, mais la vie en a décidé autrement lorsque mon frère a obtenu un aller simple pour la prison pendant un an et j'avais d'autres choses à penser qu'à mon avenir.

Mais un an plus tard, et je suis prêt à prendre d'assaut Maddison Kings, ou plus important encore, leur super équipe de foot.

Un sourire se dessine sur mes lèvres alors que je pense aux réactions que je vais avoir demain quand j'entrerai dans les vestiaires pour rejoindre l'équipe.

Pour autant que je sache, l'entraîneur Butler n'a pas annoncé mon arrivée.

Je peux presque imaginer le regard sur les visages des Dunn et cela me fait frissonner.

Ces connards ont piétiné les Harriers à chaque match que nous avons joué au lycée. Sans oublier qu'ils ont pris une certaine beauté à la peau dorée sous leur aile après qu'elle a quitté Harrow Creek.

La colère me brûle lorsque je pense à elle et à la façon dont nous avons laissé les choses entre nous à cette fête l'année dernière. Je n'ai jamais eu l'intention de la laisser partir comme je l'ai fait. Mais à la seconde où les sirènes se sont fait entendre et que le bruit de tous ceux qui fuyaient la maison est venu jusqu'à nous, je n'ai eu d'autre choix que de courir avec eux.

Si j'avais su ce qui allait se passer, j'aurais peut-être fait les choses un peu différemment.

Je soupire, en me laissant tomber au bout de mon lit alors que je pense au fait d'avoir laissé Kyle dans notre maison à Rosewood pour réaliser mon rêve de football universitaire.

Il a dix-huit ans maintenant, il est plus que capable de s'occuper de lui-même mais sans autre famille que moi, c'est mon travail de m'occuper de lui.

À cause de son passage en détention, il redouble également sa terminale. Il a déjà obtenu sa place au sein des Ours de Rosewood et a même été nommé capitaine adjoint.

J'aimerais pouvoir démarrer ma nouvelle carrière dans le foot de cette manière. Mais je pense que c'est probablement un rêve illusoire.

« Tu vas bien ? », demande Ellis, en me faisant sursauter. J'avais totalement oublié qu'il me regardait.

« Ouais, je suis juste inquiet pour Kyle. »

« Il va se débrouiller. En plus, il a sa copine avec lui, n'est-ce pas ? »

« Ouais, » dis-je en riant, en pensant à Bébé Hunter.

Faut le faire, mon putain de frère qui tombe amoureux de la sœur de la fille qui a ruiné ma vie. Je sais que j'ai fait plein de mauvaises choses pendant ma vingtaine, mais putain de karma, c'est vraiment une garce.

« C'est un bon gars, il va s'en sortir, » dit Ellis comme s'ils n'avaient pas le même âge.

« C'est clair, » j'acquiesce. La prison n'était pas de sa faute.

OK, ouais, ses poches étaient pleines de coke et il a été retrouvé avec une fille droguée dans ses bras. Mais ce n'était pas de sa faute non plus.

Mes poings se serrent en pensant à la personne qui est responsable de tout ça.

« Tu veux mes notes du cours de gestion de tout à l'heure ? »

« Ça te dérange pas ? », je demande, heureux d'avoir à penser à autre chose que tout ce que nous avons laissé derrière nous.

« Rafraîchis-toi et viens me trouver. Je ne peux pas t'aider avec les autres cours cela dit, il faut que tu trouves un autre pigeon. »

Je pense à l'autre cours que j'ai raté aujourd'hui. Quand il est devenu évident que je n'allais pas y arriver ce matin, j'ai envoyé un e-mail d'excuses à mes professeurs en racontant des bobards à propos d'une intoxication alimentaire et en présentant mes plus plates excuses. Je ne sais pas s'ils m'ont cru, et je m'en fous vraiment, pour être honnête. L'un m'a répondu en m'envoyant son cours et des informations sur le premier devoir mais je n'ai pas encore reçu de nouvelles des autres. Ce n'est probablement pas bon signe.

Je range rapidement mes vêtements avant de déposer mes livres sur mon bureau et de brancher mon chargeur à côté du lit queen size.

La chambre n'est pas très grande. C'est la plus petite de toutes celles de cette maison mais je ne peux pas me plaindre car je n'ai pas à payer pour cela, enfin pas avec de l'argent en tout cas.

Je jette un coup d'œil dans la petite pièce. Les murs sont gris foncé, la commode, le cadre de lit, la table de chevet et le petit bureau sont tous noirs et il y a un miroir fissuré dans le coin, j'espère que la malchance portée par ce miroir brisé est partie avec l'ancien occupant de la chambre parce que Dieu sait que j'ai eu assez de malchance pour toute une vie.

Cahier et stylo à la main, je sors de ma chambre et pars à la recherche d'Ellis. Il est probablement le seul frère Harris qui mérite sa place ici à MKU, mais grâce à leur père, Devin et Ezra se sont retrouvés ici, avec moi, bien que leurs intentions diffèrent énormément des miennes.

Je veux un avenir. Une chance.

Leur père tire juste les ficelles.

« Balance, » dis-je, en me laissant tomber sur le lit d'Ellis, prêt à me lancer dans cette aventure universitaire.

Je me redresse dans mon lit le lendemain matin à la seconde où mon alarme commence à sonner sur la table de chevet.

Il fait encore noir et mon cerveau lutte pour se remettre en marche et me rappeler pourquoi j'ai besoin de me réveiller si tôt.

Bon sang, je ne sais même plus où je suis.

Ce n'est pas un sentiment inhabituel depuis ces deux dernières années, et j'espère m'en débarrasser bientôt.

En regardant autour de moi dans l'obscurité, la prise de conscience arrive et un sourire commence à se contracter sur mes lèvres.

Aujourd'hui est le premier jour du reste de ma vie. Le premier jour où je vais laisser Victor Harris et son caractère exigeant et son autorité derrière moi et me lancer dans la vie dont j'ai toujours rêvé.

Avec mon corps soudainement ragaillardi, je jette les couvertures, enfile un short et un maillot des Panthers de MKU que j'ai commandé lorsque tout cela s'est mis en place. J'avais besoin de me rappeler que tout pouvait s'arranger après tout ce merdier.

J'enfile mes baskets, je jette mon sac de sport sur mon épaule et me dirige vers la cuisine.

Je me prépare un milkshake protéiné rapide et enfourne quelques bouteilles d'eau dans mon sac avant de partir.

La maison est toujours silencieuse derrière moi quand je referme la porte d'entrée.

Je tourne la clé de contact de ma vieille Nissan Skyline, j'augmente le volume de la musique et je sors de l'allée, avec mon pouce en train de tapoter le volant en rythme.

Il y a une légèreté dans mon corps que je n'ai pas ressentie depuis... toujours.

Je sais que ce qui va venir ne va pas être simple. Je suis conscient que les chances d'être accueilli dans l'équipe à bras ouverts et avec de larges sourires sont peu probables, mais savoir que Luca Dunn ou les autres ne pourront rien y faire, adoucit les choses.

Le trajet jusqu'au centre d'entraînement est court et au moment où je m'arrête à côté des autres voitures déjà garées, l'excitation bouillonne dans mes veines.

Je cours jusqu'à la porte et l'ouvre à la volée, en la franchissant et en respirant l'odeur du désodorisant légèrement trop forte qu'ils utilisent, je suppose pour couvrir l'odeur des gars en sueur qui remplissent constamment la salle.

L'entrée est vide mais alors que je m'approche de la porte des vestiaires, le son de voix étouffées m'arrive aux oreilles.

Je serre les poings alors que mon excitation devient presque trop difficile à supporter.

Je ralentis jusqu'à m'arrêter presque complètement devant la porte, inspire quelques profondes bouffées d'air et passe mes doigts dans mes cheveux, en les écartant de mon front pendant quelques secondes.

Je veux me souvenir de ce moment. Du moment où je montre à ces connards de l'autre côté de la porte que je ne suis pas la personne qu'ils pensent que je suis. Que je ne suis pas le capitaine perdant des Harriers qui rataient la division chaque année. Que je ne serai pas toujours pénalisé par le trou à rat où j'ai eu la malchance de naître.

Je suis Kane putain de Legend et les Panthers n'ont aucune idée de ce qui va leur arriver.

Je hoche la tête, carre mes épaules et claque ma paume sur la porte violette.

Les bavardages deviennent plus forts pendant quelques secondes alors que j'entre dans la pièce. L'odeur du désodorisant s'évanouit et est remplacée par l'odeur familière de sueur, de boue et de déodorant alors que, lentement, presque toutes les paires d'yeux de la pièce se tournent vers moi et que le silence et la tension deviennent presque palpables.

Je regarde chaque visage l'un après l'autre. La

plupart ignore qui je suis et l'importance de ce moment, mais je découvre une paire d'yeux familiers. Ils sont rétrécis et remplis d'une colère à laquelle je suis trop habitué.

Nous nous détestons sur et en dehors du terrain depuis des années. Malgré le fait que nous n'ayons jamais passé de temps ensemble en dehors d'un stade, nous savons tous les deux que la haine mutuelle et la rivalité qui nous animent nous empêcheront toujours d'être amis.

« C'est quoi ce bordel ? », Luca aboie, ses lèvres se courbant de dégoût alors que ses poings se resserrent sur ses hanches.

« Ne me dis pas que l'entraîneur n'a pas dit à son quarterback bien-aimé qu'un nouveau receveur allait arriver d'un jour à l'autre. » La suffisance dans mon ton résonne haut et fort dans le vestiaire.

Il y a quelques halètements venant des quelques gars qui savent qui je suis, dont un en particulier, derrière les épaules de Luca, qui semble être prêt à m'assassiner sur place—j'imagine, à juste titre après les trucs que j'ai fait subir à sa sœur.

« Tu mens, » grogne Luca alors que son acolyte et son frère jumeau s'approchent de lui.

Je souris à Leon même si ce n'est pas du tout sincère. Je n'ai pas l'intention de me lier d'amitié avec l'un de ces connards.

Je suis ici pour une seule et unique raison.

Pour jouer au putain de foot.

J'ai été repéré lors de ma première année de terminale. Notre équipe était peut-être plus que lamentable, mais moi non. J'étais la meilleure chose que les Harriers de Harrow Creek aient vue depuis très longtemps, mais même aussi bon que je puisse être, mon talent ne peut guère porter une équipe entière.

J'ai fait de mon mieux, et cela m'a aidé lorsque Kyle, mon petit frère, est venu jouer avec moi, mais malgré ça, c'était impossible de transformer les mecs drogués, bourrés, les cas sociaux qui étaient avec nous à chaque entraînement en une véritable équipe de gagnants, cela n'allait jamais se produire.

Mais sans avoir assez de points pour obtenir mon diplôme, je ne pouvais pas accepter ma place au sein des Panthers. J'ai donc redoublé mon année, pour la cartonner, et j'étais prêt à déménager à Maddison jusqu'à ce que mon putain de petit frère se fasse enfermer.

Mais je suppose, comme on dit, que tout arrive pour une raison, car je suis sur le point de prendre la place qui me revient aux côtés des jumeaux Dunn en tant que receveur de première ligne. Une position pour laquelle je suis sûr que beaucoup de gars qui me regardent en ce moment se damneraient pour avoir.

« Ah bon ? », je demande, en jetant mon sac de sport sur le banc devant moi et en ouvrant mon sweat à capuche pour montrer mon maillot des Panthers en dessous.

« C-clairement. Tu ne peux pas arriver comme ça. Ce n'est pas comme ça que ça fonctionne. »

« Dans ton monde, peut-être pas. Mais dans le mien, je suis là où je devrais être. »

En me retournant vers lui, je vois les lèvres de Luca se presser en une fine ligne, les muscles de son cou et de ses épaules se tendent au point que je me demande s'ils pourraient claquer, et son poing est serré, prêt à me donner le coup de poing qu'il crève d'envie de me balancer depuis quelques années maintenant.

Mon sourire s'élargit alors que mon regard soutient le sien.

Je fais un pas de plus et j'ai l'impression que tout le monde autour de nous prend une grande inspiration, alors que nous nous préparons à nous affronter.

« Tu sais quel casier est le mien ? », je demande innocemment.

« Ce n'est pas possible, putain— » Ses mots sont coupés alors que la porte à l'autre bout de la longue pièce s'ouvre et s'écrase contre le mur.

Alors que certains autour de nous retournent à ce qu'ils étaient en train de faire avant que je n'entre et ne les interrompe, Luca et Leon ne bougent pas, et moi non plus. Il gèlera en enfer le jour où je tremblerai devant les putains de jumeaux Dunn. Leur père est un ex de la ligue nationale, et alors ? Ils ont plus d'argent que je ne saurais quoi en faire, et alors ?

« Ah bien, je vois que vous faites connaissance avec notre nouveau receveur. »

Les yeux de Luca se plissent avant de se tourner vers l'entraîneur.

« Ouais, à propos de ça— » Luca commence à marcher vers lui. « Vous savez qui c'est ? »

Le silence se fait dans les vestiaires, la plupart souhaitant probablement connaître la réponse à cette question.

« Ouais, le meilleur receveur de l'État. Ne le prends pas mal, Dunn, » dit-il, ses yeux se tournant brièvement vers Leon.

« Je m'en fous de savoir à quel point il est bon, il ne devrait pas être ici, » aboie Luca, en suivant l'entraîneur lorsqu'il se tourne vers son bureau.

« Viens ici, Dunn, » lui dit-il sur un ton sévère. « Allez au gymnase, messieurs. Vos muscles ne vont pas prendre du volume sans rien faire. » En suivant ses ordres, tout le monde se met en branle. « Legend, » dit-il en inclinant le menton vers le haut en guise de salutation. « C'est bon de voir que tu vas mieux. Bienvenue dans l'équipe, fiston. »

Je lui souris, c'est mon sourire le plus sincère depuis longtemps.

Beaucoup d'entre eux ne veulent peut-être pas que je sois ici, mais putain, je me sens déjà plus chez moi ici que je ne l'ai été depuis des années, en dépit des regards haineux qui me sont lancés, notamment par Zayn Hunter.

CHAPITRE QUATRE

Letty

Tout est différent quand je me réveille le lendemain matin. Je me sens plus légère, l'oppression dans ma poitrine à laquelle je suis devenue trop habituée s'est atténuée.

Ils m'ont emmenée dans un bar et un grill hors du campus et nous avons passé la soirée à rire et à manger. C'était la nuit la plus normale que j'ai eue depuis très longtemps.

Chaque fois que l'un d'eux me faisait rire, je sentais le stress et la douleur de mon passé commencer à se dissiper. C'était un sentiment tellement libérateur après avoir été submergée pendant si longtemps.

J'allume ma lampe de chevet et je regarde ma chambre. Ce n'est pas différent de mon dortoir à Columbia et c'est plutôt réconfortant. Les murs sont blanc cassé avec des marques sales là où l'occupant précédent devait avoir des posters. En plus du lit simple dans lequel je suis lovée, il y a un placard, une commode et un bureau. Et puis, et je ne sais pas comment Maman a réussi à obtenir ça à la dernière minute, il y a une salle de bain privée.

Je me recroqueville et pense à quel point la journée d'hier a été incroyable. De ma rencontre avec Luca et Leon, en passant par mes cours, et jusqu'à mes colocataires, je vois la possibilité d'être réellement heureuse ici.

Je ne peux pas effacer le sourire de mon visage alors que je jette enfin mes draps et me dirige vers ma salle de bain. Le sol carrelé est comme de la glace sous mes pieds nus et je sautille en me brossant les dents en attendant que la douche se réchauffe.

Dès l'instant où je suis prête, je n'hésite pas à ouvrir ma porte et à rejoindre la personne qui est déjà en train de squatter la cuisine pour le petit déjeuner. L'odeur du bacon frit est trop forte pour y résister.

« Bonjour, » chante Violet depuis sa place près de la cuisinière.

« B'jour. »

« J'espère que tu as faim. » Mon estomac gargouille juste au bon moment.

« Tu n'en as pas idée. »

Je panique un peu en me regardant, mais je me calme rapidement parce qu'il n'y a aucun moyen que quiconque ici sache que je porte une robe deux tailles en-dessous de ce que j'ai toujours porté à cause du stress de l'année dernière.

« Prends-toi un café et tout sera prêt dans quelques minutes. »

« Je peux t'aider, » dis-je en me dirigeant vers la machine à café.

« On s'occupe de la cuisine à tour de rôle. Toi, tu seras en charge demain et vendredi. Les gars ont de la chance pendant la saison, mais on fera en sorte qu'ils se rattrapent une fois que ce sera fini. »

« Tu assumes que je sais cuisiner. »

« Tu n'as pas à cuisiner. Achète une boîte de céréales si tu veux, commande quelque chose. Tu es juste responsable ces jours-là. »

Je lui souris, en aimant la façon dont les six colocs fonctionnent comme une machine bien huilée. Si j'avais su cela avant d'emménager, j'aurais peut-être été intimidée à l'idée de les rejoindre, mais ils m'ont accueillie comme si j'avais toujours été là et je ne pourrais pas leur en être plus reconnaissante.

C'est la famille dont je ne savais pas que j'avais besoin et ce n'est que le deuxième jour.

Je sirote mon café quand Ella et Micah nous rejoignent et que Violet commence à mettre la nourriture dans les assiettes.

« Toujours là, alors ? » Micah plaisante.

« Ouais, vous avez réussi à ne pas trop me décourager hier soir. »

« Et moi qui pensais que les blagues de West et Brax auraient pu être fatales. »

Je ris en me rappelant certaines de leurs pires tentatives de drague d'hier soir. « Il n'y a pas de danger. »

« Il y a quelques cœurs brisés qui se promènent sur le campus et qui ne seraient probablement pas d'accord avec toi. »

Je lève les yeux au ciel. « Les joueurs de foot. Je

sais tout d'eux. » Je pense à Luca et à ses manières de faire avec les nanas depuis que je le connais.

« Oh, donc... », Ella intervient. « Tu n'as jamais vraiment expliqué comment tu les connaissais, » elle essaie de creuser.

« Redescends sur terre. Ils ne veulent pas de toi, » gémit Violet en s'asseyant avec nous pour manger. « Elle leur court après comme un chiot abandonné depuis deux ans. Ça devient pathétique. »

« Je n'ai couru après personne. Et... », elle fait remarquer en pointant son couteau en direction de Violet. « Comme tu le sais, j'étais avec Sawyer pendant la majeure partie de la première année. »

« Beurk, » se lamente Micah. « Nous savons. Pas besoin de nous le rappeler. »

Je les regarde tous les trois se chamailler comme des frères et sœurs et je réalise pourquoi l'ambiance dans ce dortoir fonctionne si bien, ils sont vraiment comme une petite famille.

« Alors, les jumeaux, » demande encore une fois Ella, ignorant les autres et leur tentative pour changer de sujet.

« J'ai déménagé à Rosewood quand j'avais seize ans. Luca était mon binôme en science la première semaine et nous nous sommes bien entendus. On connaît la suite. »

« Tu as couché avec eux ? », demande-t-elle en se penchant en avant sur ses coudes et en absorbant chacun de mes mots.

« Euh... »

« Oh mon Dieu, tu l'as fait. Dis-moi qu'ils étaient en duo, s'il te plaît. » L'excitation dans ses yeux est très amusante et je me rends compte que je vais devoir la leur présenter juste parce que ce serait trop drôle. Elle va partir en vrille.

« Non, je n'ai pas été prise en sandwich par les Dunn, donc je ne peux pas alimenter tes fantasmes, désolée. »

« Argh, en quoi es-tu utile, alors ? », dit-elle sur un ton boudeur.

« Je te les présenterai la prochaine fois que nous les verrons. »

« Yesss, » couine-t-elle. « Oh, peut-être que je ne devrais pas manger ça. Si on les croise aujourd'hui, je ne veux pas être toute ballonnée. »

Nous la fixons tous. « Sérieusement ? », demande Violet, les sourcils levés.

Elle marque un point, Ella a un corps à tomber par terre avec des courbes incroyables. N'importe quel mec serait chanceux de mettre la main sur elle.

« Mange juste ce foutu bacon, El. De toute façon, les mecs n'aiment pas les meufs maigres. »

Personne ne regarde dans ma direction, et je sais que le commentaire n'est en aucun cas dirigé contre moi, mais quand même, ça me touche un peu. Je déteste ce à quoi je ressemble en ce moment. Je déteste que lorsque je me regarde dans le miroir, mes côtes et mes hanches soient si visibles. Mes courbes, mes seins, mes fesses me manquent.

Silencieusement, je coupe mon bacon et mets chaque bouchée dans ma bouche mais je n'en sens pas le goût. Les pensées de mon corps me ramènent là-bas et je ferai tout pour garder la tête dans le présent.

« Alors qu'est-ce que tu en dis, Letty ? Tu es partante ? »

« Euh... »

Ils me regardent tous les trois mais je n'ai aucune idée de ce dont ils parlent.

« La fête vendredi soir. Tu viens ? »

La peur pèse lourd dans mon estomac à l'évocation d'une fête. Je devrais dire non. Je devrais prétexter avoir une grosse quantité de travail à faire et me cacher dans ma chambre.

Mais alors que je les regarde tour à tour et que je vois l'espoir dans leurs yeux, je me rends compte que je ne peux plus être cette gamine effrayée. Je suis ici et il semble que j'ai peut-être déjà rencontré des amis incroyables. Je dois en profiter.

« C'est chez les Dunn pour l'équipe de foot, » ajoute Ella. « Ils t'inviteront probablement de toute façon. »

« Oh, euh... » L'idée que Luca et Leon soient là me fait me sentir mieux et je finis rapidement par accepter.

« Cool. Nous allons nous préparer ici, et arriver en retard pour faire une arrivée remarquée qui, espérons-le, attirera quelques regards. » Ella remue les sourcils.

« Meuf, les jumeaux ne veulent pas de toi, » crache Micah, en semblant totalement exaspéré par elle.

« Je ne parlais pas d'eux. Je prendrai n'importe quel athlète. Je ne suis pas regardante. »

« Nous savons. Nous avons l'habitude d'écouter tes histoires, je te rappelle. »

« Oh, Micey. » Elle fait la moue tandis que son visage se durcit en entendant ce surnom affreux. « Tu es juste jaloux parce que tu n'as pas baisé depuis... » Elle commence à compter sur ses doigts comme si elle y réfléchissait vraiment.

« Va te faire foutre, El. » Il remonte ses lunettes à monture épaisse sur son nez et se lève, son assiette vide à la main. Il tourne ses yeux noirs vers moi. « Désolé, Let. Passe une bonne journée. »

Il jette presque son assiette dans l'évier, jette un regard haineux à Ella et sort de la pièce en trombe.

Intéressant.

« Meuf, tu es obligée de l'embêter ? » Violet s'en prend à Ella qui hausse les épaules innocemment.

« Ce n'est pas mon problème si il n'arrive pas à se remettre de son ex. »

« Il en a fini avec elle et tu le sais. Cette salope infidèle ne mérite plus qu'il pense à elle. »

« Amen. Chloe était une garce avec un g majuscule. »

« Tu as fini ? », me demande Violet en jetant un coup d'œil à mon assiette vide.

« Oui. Merci, c'était délicieux. Ça me met la pression pour demain. »

« Ce n'est pas un contrôle, Let. Assure-toi juste qu'il y ait quelque chose à manger et tout ira bien. Ah, les mecs arrivent. Fais chauffer la poêle, Vi. »

Les sons tonitruants des voix de West et de Brax nous parviennent quelques secondes avant qu'ils ne franchissent la porte.

Ils sortent tout juste de leur douche vu leurs cheveux encore mouillés. Ils jettent leurs sacs en direction de leurs chambres et en même temps tirent chacun une chaise et s'assoient.

« Où est la bouffe, Vi ? Il y a deux athlètes affamés ici. »

« Vous êtes rentrés tôt, » marmonne Ella. « Vous

pourriez peut-être même arriver à l'heure en cours aujourd'hui. »

« La session a été écourtée. Un nouveau gars est arrivé et a fait des ravages. » West fait un signe comme si ce n'était rien alors que le grésillement du bacon remplit à nouveau la pièce.

« Je vais me préparer, » dis-je en désignant ma chambre, puis je me dirige rapidement vers elle pour rassembler mes livres pour les cours.

Je ne suis pas vraiment intéressée par les histoires de foot. J'ai fait de mon mieux pour rester à l'écart de tout ça au lycée—ce qui était plus facile à dire qu'à faire étant donné que mon meilleur ami était le capitaine et le meilleur quarterback de l'État.

Je lève les yeux au ciel en pensant à son amour inconditionnel pour le jeu et je range mes affaires. S'il y a une chose que j'ai l'intention de faire pendant mon séjour ici, c'est de rester aussi loin du foot et de tous les athlètes que possible, à part ceux qui sont déjà mes amis—ou qui sont sur le point de le devenir. Rien de bon ne vient des joueurs de foot.

« Tu pars ? » Ella me demande quand je la croise dans le salon avec aussi son sac sur son épaule prête à se rendre en cours.

« Yep. J'ai socio. Et toi ? »

« Marketing. Je suis dans l'immeuble d'à côté, donc je vais t'accompagner. »

« C'est parti. »

Elle passe son bras dans le mien et ensemble nous partons en laissant les autres derrière nous.

« Juste pour que tu le saches, je ne suis pas une pute nymphomane, » dit-elle un peu trop sérieusement alors que nous traversons le campus.

« Ce n'est pas ce que je pensais, » dis-je sur un ton léger. « Je sais qu'ils ne faisaient que te taquiner. »

« J'avoue, j'ai eu ma part de relations pourries et de coups d'un soir. Mais ils semblent oublier qu'ils ont fait la même chose. Enfin, à part Micah, il est plus calme que le reste d'entre nous. »

« Il a le look de l'intello. »

« Ouais, les filles de MKU sont généralement plus intéressées par les athlètes. »

« Tu dis ça comme si c'était différent de n'importe quelle fac. À Columbia c'était exactement pareil. »

« C'est de la faute des livres. »

J'étouffe un rire. « C'est-à-dire ? »

« Tu sais, tous ces romans d'amour torrides avec des gars sexy et sportifs, il y en a toujours un qui jette un regard sur toi et qui oublie tout le monde autour et tu pars avec lui pendant qu'il devient champion de la ligue nationale ou de la NBA ou autre. » Elle soupire avec un air rêveur.

« C'est ce que tu veux ? »

« Non, pas vraiment. » Elle rit. « Je veux une carrière. Mais on peut rêver, non ? »

« Bien sûr, on peut. » Je repense à mon obsession pour Luca au fil des ans et je comprends totalement ce que c'est que d'être passionné.

Ella m'ouvre la porte lorsque nous arrivons au bâtiment où je dois apparemment me rendre et je la franchis.

« Je pense que ton portable vibre, » dit-elle, en me rejoignant rapidement.

« Oh. »

En balançant mon sac à main, je fouille dedans alors que nous nous dirigeons vers le deuxième étage.

« C'est le sac à main de Mary Poppins ou quoi ? », marmonne-t-elle quand elle me voit toujours en train de chercher.

« Ah-ha, » je m'exclame en le sortant.

« Jésus, on veut vraiment te joindre, » marmonne-t-elle, en fixant l'écran comme moi.

Dix-sept appels en absence de Zayn.

Mon cœur bat la chamade alors que je pense à ce que pourraient signifier ces nombreux appels manqués.

Maman, Papa, Harley... putain.

Ma main tremble alors que je tente de le rappeler. Je peux à peine respirer dans ma panique pendant que j'attends qu'il décroche.

S'il leur est arrivé quelque chose, je ne suis pas sûre de pouvoir le surmonter. Pas après...

Ça sonne deux fois avant qu'il ne réponde.

« Qu'est-ce qui ne va pas ? Est-ce que tout le monde va bien ? » Je parle vite, ma voix se brisant d'émotion.

Le regard inquiet d'Ella me brûle le côté de la tête mais je garde mes yeux fixés sur un endroit sur le mur au bout du couloir dans l'espoir que le néant puisse me calmer d'une manière ou d'une autre.

« Quoi ? Ouais, tout le monde va bien, » dit-il, en semblant un peu désolé de m'avoir fait paniquer.

« Merci putain. Ne me fais plus jamais ça, OK ? »

« Merde, je suis désolé. Je ne voulais pas... ça n'a pas d'importance. Euh... tu devrais peut-être t'asseoir. »

La panique qui avait commencé à s'apaiser revient en force.

« Zayn ? »

« OK, euh... je ne sais pas comment... putain... »

« Balance. »

« OK, alors... un nouveau joueur est venu à notre session ce matin et— »

Sa voix s'estompe alors qu'une personne qui marche dans le couloir attire mon attention.

Mon cœur tape contre mes côtes et ma tête commence à tourner.

Non. Non, ce n'est pas possible.

Non.

Nos yeux se connectent et c'est comme si quelqu'un venait de me heurter avec un putain de camion.

Cela ne peut pas m'arriver.

Non.

Non.

« Non, » je crie, bien que ma voix ne ressemble pas à la mienne.

Mon portable me glisse des mains. Je peux vaguement entendre Zayn crier de loin alors que j'enroule mes bras autour de ma taille et recule, en ayant besoin de mettre autant de distance que possible entre nous.

« Letty ? » Une voix douce résonne à mes oreilles et je me souviens qu'Ella est avec moi mais tout ce que je peux voir c'est lui.

Kane Legend.

Qui marche dans le couloir comme s'il allait assister à mon cours de sociologie.

Non. Non. Non.

Lorsque mes yeux font à nouveau le focus, je le vois immobile devant la porte en train de me fixer comme si je ne pouvais pas être réelle.

Mon Dieu, s'il vous plaît, faites que ce soit un rêve —ou un putain de cauchemar.

La haine crépite entre nous alors que nous nous regardons comme si nous n'étions pas vraiment là.

J'imagine qu'il n'avait pas prévu ça.

Il a l'air aussi choqué que moi.

Ses lèvres s'entrouvrent et pendant une seconde, je pense qu'il va dire quelque chose mais à la dernière minute, il les referme et disparaît rapidement dans l'amphi.

J'expire un long souffle et mes jambes fléchissent.

Je glisse le long du mur jusqu'à ce que mes fesses touchent le sol et j'enroule mes bras autour de mes genoux.

« Qu'est-ce que c'était que ça ? », demande Ella, en s'agenouillant à côté de moi et en plaçant sa main chaude sur mon épaule.

« C-c'était... c'était mon pire cauchemar. »

« Euh... O-OK. » Elle regarde vers la porte où Kane a disparu, puis vers moi. « Tu veux retourner aux dortoirs ? »

Je m'apprête à dire oui et à me relever en sautant dans mon envie de m'échapper mais à la dernière minute, je m'arrête.

« Non. Je dois aller en cours. »

« Mais— »

Je me lève et frotte ma main sur mes vêtements.

Je refuse d'être la fille que je suis depuis un an. Si je reste comme ça, alors il m'écrasera sans problème.

Je dois trouver en moi la fille qui lui a tenu tête la nuit de cette fête. Cette nuit qui a mis tout mon monde sens dessus dessous.

J'expire et attrape mon portable, je le regarde,

contente de ne pas avoir cassé l'écran, puis j'attrape mon sac à main.

Je fais un pas vers mon cours mais la main d'Ella sur mon bras m'arrête net.

« E-es-tu sûre que c'est une bonne idée ? »

Non, probablement pas. « Oui, ça va aller. » Je refuse de mettre ma vie entre parenthèses une seconde de plus à cause de lui. Il m'a déjà pris assez. Cela doit s'arrêter maintenant.

Après avoir envoyé un court message à Zayn, je redresse mes épaules et garde la tête haute alors que le professeur se glisse dans l'amphi.

Le timing est parfait.

« Je peux venir ? »

« Non, tu as un cours de marketing. Ça va aller. »

Elle hésite, en ne voulant pas me quitter.

Je comprends. Si je venais de la voir réagir comme ça en voyant quelqu'un, je serais inquiète aussi.

« Déverrouille-le, » dit-elle en me montrant mon portable.

Je fais ce qu'elle dit et elle me le prend pour taper rapidement son numéro.

« Si tu as besoin de moi... n'importe quoi. Appelle-moi. Je serai là. »

« Merci, » je murmure. « J-je devrais y aller. Je ne veux rien manquer. »

« OK. »

Elle ne part pas, mais me regarde juste entrer dans mon cours.

Les sièges sont presque tous occupés quand je scrute la pièce du regard, en espérant comme pas possible que mes yeux ne le trouvent pas.

Je repère un siège vide à peu près à mi-chemin. Je

remonte mon sac plus haut et me dirige vers lui alors que le professeur commence à se présenter et à expliquer ce que nous allons faire dans cette matière.

J'ai fait à peine plus de dix pas avant qu'un frisson ne me parcoure l'échine.

Il me regarde.

Aussi discrètement que possible, je fais le tour de la pièce pour essayer de le trouver, mais sans succès. Tout ce que je vois, ce sont des étudiants enthousiastes qui écoutent tout ce que dit le professeur.

Mon sang continue de bourdonner dans mes oreilles longtemps après que je me suis assise et que j'ai sorti mes livres. Je fais de mon mieux pour me concentrer et comprendre ce que ce semestre me réserve dans cette matière, mais tout ce que je peux voir, ce sont ses yeux bleus quand il me fixait dans le couloir.

Il ressemblait exactement à ce qu'il était cette nuit-là. Comme s'il était parti sans avoir été affecté le moins du monde par ce qui s'est passé entre nous.

Pourquoi devrait-il être affecté ? Ce n'est pas comme si nous nous étions vus ou même parlé après cette nuit-là.

À la seconde où il a entendu les sirènes au loin, il s'est enfui, en me laissant là dans la forêt sombre, engluée dans cette putain de flaque de boue dans laquelle il m'avait baisée.

J'étais une loque. Si seulement je savais que c'était un signe de ce qui allait arriver ensuite, je ne me serais peut-être pas sentie si mal.

Le recul est une bonne chose parce que si j'avais su ce qui se passait dans la maison de Skye, j'aurais peut-être ravalé ma fierté pour retourner à l'intérieur pour trouver ma sœur.

Mais je ne l'ai pas fait. J'ai réarrangé ma robe du mieux possible, je suis montée dans ma voiture et je suis rentrée chez moi, rassurée quant au fait que Harley soit en sécurité avec Kyle et les autres. Elle n'a pas besoin d'être maternée, nous sommes tous des enfants de Harrow Creek et nous savons prendre soin de nous-mêmes.

Mais si j'avais su...

J'essaie d'avaler la boule qui est coincée dans ma gorge.

J'ai tellement de regrets concernant cette nuit-là. Il y a tellement de choses qui n'auraient pas dû arriver et ce qui s'est passé entre Kane et moi n'était que l'une d'entre elles.

Harley s'est retrouvée à l'hôpital et a été interrogée par la police et Kyle s'est retrouvé en prison.

Il ne fait aucun doute qu'il met tout cela sur mon dos en plus de la très longue série de crimes dont il pense que je suis coupable.

Je pousse un soupir tremblant alors que les images de mon passé se déroulent dans ma tête comme un putain de film.

Deux heures plus tard, notre professeur clôt le cours après avoir expliqué ce que serait notre premier devoir mais je n'en ai pas entendu un mot. Je pousse un petit soupir de soulagement lorsqu'il nous annonce que le cours sera bientôt mis en ligne car je n'ai aucune idée de ce qui s'est passé ce matin.

Tout le monde autour de moi commence à ranger ses affaires et à se diriger vers la sortie mais je me retrouve clouée sur place.

Ma peau continue de piquer en me faisant dire qu'il est toujours là.

Pourquoi ne peut-il tout simplement partir avec tout le monde, oublier que j'existe et continuer sa vie ?

Tout d'un coup, le commentaire de West et Brax de ce matin me revient à l'esprit.

« Un nouveau gars est arrivé et a fait des ravages. »

Putain de merde, Luca.

Il déteste Kane presque autant que moi. Quand j'étais à Rosewood, je ne l'en ai jamais dissuadé, même si je n'ai jamais avoué que mon sentiment était le même. Je me faisais un devoir d'être occupée à chaque fois que les Ours et les Harriers se rencontraient pour un match et je n'ai jamais mentionné mon lien avec lui, à part le fait que nous étions ensemble à l'école. Aucun d'eux ne m'a jamais rien demandé non plus, non pas que je leur aurais dit la vérité s'ils m'avaient posé des questions. J'avais fui mon tyran du lycée et c'était fini. J'étais juste contente que les Ours mettent la pâtée aux Harriers à chaque fois qu'ils jouaient ensemble. Cela me faisait me sentir un peu mieux.

Mais maintenant... maintenant il est là et il fait partie de l'équipe.

Putain.

Ça ne présage rien de bon.

Non.

C'est vraiment, vraiment pourri.

CHAPITRE CINQ

Chapitre Cinq
Kane

Je me retrouve assis tout au fond de l'amphi et me tapis dans l'ombre alors que de plus en plus d'étudiants affluent derrière moi, en remplissant les sièges tout autour de moi.

La pièce tourne et devient floue alors que j'essaie de comprendre ce qui vient de se passer dans le couloir.

Elle est ici.

Scarlett Hunter est à MKU et on dirait qu'elle va assister au cours.

Mais elle est à Columbia. Ou du moins, elle l'était.

Je n'ai pas vu ni entendu parler d'elle depuis cette nuit-là. Mais mon frère sort avec sa petite sœur. Comment n'ai-je pas été mis au courant de ça ?

Probablement pour la même raison qu'ils ne savent

pas que tu es présent, connard, une petite voix pépie dans ma tête.

Je n'ai jamais voulu cacher à Kyle, ni à personne, que j'allais à l'université. Mais l'idée de le dire et puis de voir tout s'effondrer à la dernière minute me terrifiait. Tout ce que j'ai fait ces dernières années avait pour but d'en arriver là, pour nous offrir à mon frère et à moi une vie meilleure. Mais pour que ça se produise, j'ai compté sur certains qui m'ont tenu des promesses qu'ils pourraient assez facilement rompre. Le risque était trop élevé et je ne voulais pas laisser espérer Kyle. Il pense déjà qu'il a participé au fait de ruiner ma vie en se faisant arrêter cette nuit-là.

Si je le lui avais dit, j'aurais peut-être su qu'elle serait ici. Ou on lui aurait dit que j'y serais et elle aurait changé d'avis.

Je pousse un soupir en pensant à la femme qui a été présente dans tant de mes pensées au fil des ans. Il y a tellement de différences entre cette femme à l'extérieur de cet amphi et celle qui était à cette fête il y a dix-huit mois.

Quand je l'ai repérée pour la première fois à l'autre bout du couloir, je ne pensais même pas que c'était elle, je pensais que mon esprit me jouait des tours.

Mais plus je me rapprochais, plus je savais, plus mon corps savait.

Son visage était plus mince, ses joues creuses et son teint pâle. Son corps était tellement plus mince qu'il ne l'était la nuit où j'ai mis mes mains sur elle que ma réaction immédiate a été de m'inquiéter. Un truc lui est clairement arrivé, mais ensuite je me suis souvenu de tout ce qu'elle m'avait fait, de toutes les manières dont elle m'avait blessé, et la colère a terrassé l'inquiétude et a refait surface.

Je serre et desserre sans cesse les poings, en essayant d'expulser une partie de ma colère refoulée, mais cela ne m'aide pas beaucoup. J'ai besoin de me lever, de bouger pour aller frapper quelque chose—ou quelqu'un. Luca putain de Dunn est en tête de liste après la scène qu'il a causée avec l'entraîneur ce matin, en l'accusant d'avoir enfreint les règles de la NCAA, l'association nationale de sport universitaire, en me laissant rejoindre l'équipe. Cela a vraiment choqué l'entraîneur parce que tout le monde sait que l'entraîneur Butler ne fait jamais rien qui va à l'encontre du règlement. Cela montre à quel point il a confiance en l'entraîneur. Je m'attendais à ce qu'il m'interroge, mais je ne pensais pas qu'il serait aussi en colère concernant mon arrivée.

Il était difficile de ne pas sourire car nous avons tous entendu Luca crier sa colère à son leader en menaçant d'aller voir le directeur des sports au sujet de cette décision.

Sa réaction a été celle à laquelle je m'attendais, voire pire. Et maintenant, je tombe sur Letty. Eh bien, cette journée ne pouvait vraiment pas mieux se passer.

Je remue sur mon siège, en luttant toujours pour garder le contrôle alors que notre professeur commence son cours. J'ai mon stylo en main, prêt à prendre des notes pour commencer au moins l'un de mes cours comme je le voudrais lorsque la porte latérale s'ouvre et qu'une silhouette familière entre dans l'amphi.

La plupart des étudiants sont trop concentrés sur

le professeur Nelson pour remarquer cette arrivée tardive, bien qu'il lui jette un regard sévère quand elle pénètre dans la pièce.

Contrairement à sa posture dans le couloir, elle avait la tête haute et les épaules carrées.

Je parviens à peine à contenir mon rire devant sa pitoyable tentative de garder le contrôle.

Clairement, elle a oublié qu'en ma présence, elle n'avait pas le contrôle.

Je regarde chacun de ses mouvements, en souhaitant comme pas possible pouvoir me lever et aller m'asseoir près d'elle, n'importe quel truc pour la tourmenter un peu.

Je souris en moi-même. C'est à nouveau comme au lycée. Seulement, à l'époque, je voulais juste lui donner une leçon parce qu'elle m'avait trahi. Maintenant, je veux la détruire pour tout ce qui s'est passé.

J'ai tellement perdu de choses à cause d'elle, alors qu'elle, elle a eu tout ce qu'elle voulait.

Le fait qu'elle soit ici en ce moment au lieu d'être dans sa bien-aimée Columbia, me fait me poser des questions, mais je ne me soucie pas assez de ses problèmes pour que cela m'affecte de quelque façon que ce soit.

Je m'affale sur mon siège, en écoutant à moitié Nelson mais en me concentrant principalement sur elle, en notant toutes les différences que je vois en elle par rapport à l'année dernière.

Je n'aurais jamais dû la toucher cette nuit-là. Je le savais avant même de mettre le doigt sur elle, mais la tentation après toutes ces années où nous avions tourné l'un autour de l'autre était bien trop forte. Puis quand j'ai eu son corps pressé contre le mien, en se tordant et en suppliant d'en avoir plus, j'ai su que je faisais une erreur colossale.

Ma bite durcit, en faisant se tendre mon pantalon, alors que je me souviens du moment où je l'ai emmenée et où elle était dans la flaque de boue alors que la fête faisait rage derrière nous.

Mais aussi bons que soient mes souvenirs de prendre enfin ce qui aurait dû m'appartenir depuis le début, je ne peux pas oublier ce qui était en train de se passer à l'intérieur de cette maison.

Je baisse la tête en pensant à mon frère et à tout ce qu'il a traversé parce que j'avais la tête ailleurs. À cause d'elle.

Le cours passe plus vite que je ne le pensais possible mais je n'écoute presque rien. Cette journée est peut-être mieux que ce à quoi je m'attendais, mais j'espérais que je commencerais mieux mes cours. J'en ai raté deux hier et je viens de foutre en l'air celui-ci.

C'est vraiment comme au lycée. Je suis trop distrait par cette beauté brune pour me concentrer sur ce que je devrais écouter.

Je range mes affaires lentement, en le faisant exprès parce que je veux la regarder s'enfuir de l'amphi comme si elle avait le feu aux fesses.

Elle veut peut-être donner l'impression qu'elle n'est pas affectée par ma présence, mais ce ne sont que des mensonges.

Elle est terrifiée.

Exactement comme elle devrait l'être.

Au final, je suis l'un des derniers à sortir de l'amphi. Il y a quelques gars que je reconnais vaguement de notre séance de ce matin, mais aucun d'entre eux n'a vraiment essayé de me parler. Je comprends. Leur loyauté est envers leur capitaine.

En sortant le morceau de papier plié de ma poche arrière, je regarde le plan du campus et essaie de voir où je peux trouver à manger avant mon cours de statistiques dans une heure.

Je prends un sandwich quand je trouve enfin la cafétéria du campus et le temps que je le mange et que je trouve le bon bâtiment pour mon prochain cours, je suis presque en retard.

L'amphi est en effervescence avec les bavardages des étudiants alors que je franchis la porte, presque tous les sièges sont occupés.

Je scrute la pièce, en cherchant un endroit où m'asseoir quand mes yeux se posent sur une tête inclinée familière.

Bingo.

Les sièges de chaque côté d'elle sont pris, mais cela ne va pas m'arrêter.

Je monte les escaliers vers l'endroit où elle se trouve et m'arrête près du gars qui prépare son iPad pour le cours à côté d'elle.

« C'est ma place, » dis-je, en le faisant arrêter ce qu'il faisait pour se tourner vers moi. Quelque chose en lui est familier et je ne suis pas le seul à le voir parce que ses yeux semblent me reconnaître.

À côté de lui, Letty se raidit au son de ma voix mais elle refuse de lever les yeux malgré le fait que son corps soit tendu à l'idée de devoir être assise à côté de moi.

« Désolé, mais je suis sûr que les places ne sont pas attribuées dans ce cours. Va en trouver une autre. »

« Hein. » Je penche la tête sur le côté comme si je

ne comprenais pas ses paroles. « Clairement, tu ne m'as pas bien entendu. J'ai dit... c'est ma place, connard. »

Les étudiants qui nous entourent commencent à nous regarder mais malgré ça, Letty continue de ne pas respirer alors que je me tiens devant elle.

« Tout va bien ? », dit un autre gars, en venant se placer à côté de moi mais en gardant les yeux sur le gars qui est assis.

« C'est bon, » dit une voix calme à côté du gars. « Va t'asseoir ailleurs avec Brax. »

Un sourire satisfait se dessine sur mes lèvres.

« Mais— », argumente le gars, en arrachant ses yeux réprobateurs des miens pour regarder Letty.

« C'est bon. » Elle lui sourit. N'importe qui d'autre pourrait penser qu'elle croit ce qu'elle dit, mais je sais mieux lire en elle, et elle est tout sauf ravie.

« Est-ce que tout le monde est prêt à commencer ? », dit le professeur derrière moi alors que le mec commence à ramasser ses affaires.

« Nous serons juste là-bas. » Il désigne des places vides quelques rangées plus bas.

Elle lui fait un signe de la tête et lui sourit à nouveau et il se lève avec hésitation mais il ne part pas tout de suite, au lieu de cela, il me lance un regard qui pourrait faire peur à des mecs plus faibles. De toute évidence, il n'a aucune idée de qui je suis ou de ce dont je suis capable.

« Ouste, » dis-je avec un mouvement de main avant de m'asseoir sur le siège maintenant vacant et de déballer mes affaires.

Elle est toute rigide à côté de moi, elle ne bouge

pas et j'ai l'impression qu'elle ne respire même pas alors qu'elle attend de voir ce que je vais faire.

Le professeur Richman commence à expliquer ce qu'il attend de nous pour ce cours, mais ses mots sont comme un bruit de fond.

Encore un autre premier cours foutu en l'air, donc, me dis-je en regardant Letty du coin de l'œil.

Après ce qui semble être une éternité à être assis à côté d'elle avec son parfum floral qui remplit mon nez et qui me rend fou, je me penche légèrement vers elle.

Son dos se redresse alors qu'elle se prépare à ma prochaine action.

« Tu t'es perdue sur le chemin de Columbia, Princesse ? »

Ses lèvres se resserrent alors qu'elle lutte contre l'envie de me répondre.

C'est ce qui m'amuse avec elle. Elle ne peut pas s'en empêcher.

Son menton tombe et j'inspire en attendant sa réponse.

« J'essaie d'écouter. »

Elle se penche en avant sur son bureau, en me mettant effectivement derrière elle. C'est un geste qui m'énerve au-delà de l'imaginable, à l'idée qu'elle puisse me rejeter, m'oublier aussi facilement.

Je ricane et après quelques secondes, elle me jette un coup d'œil, ses yeux sont plissés de colère alors qu'elle essaie de me fusiller du regard pour, elle l'espère, me faire taire. J'aimerais penser qu'elle me connaît mieux que ça maintenant.

Les taches d'or dans ses yeux brillent sous l'éclairage fluorescent au-dessus d'elle. Elles ne se voient clairement que lorsqu'elle est en colère ou excitée. J'ai envie de me dire, qu'avec moi si près, que c'est un peu des deux, mais je sais que je ne fais que me mentir. La réalité est que je dois dormir en gardant un œil ouvert car elle risque de venir me poignarder au milieu de la nuit. Elle ou tous les autres qui seront probablement dirigés par Luca Dunn en personne.

« Quoi ? », demande-t-elle sèchement. Ses yeux parcourent brièvement mon visage comme si elle cherchait à voir si j'avais changé, tout comme je l'ai fait tout à l'heure avec elle.

Elle risque d'être déçue si elle espérait trouver une quelconque faiblesse car depuis notre dernière rencontre il y a dix-huit mois, je suis plus en colère, plus tenace, plus fort et plus endurci face aux réalités de la vie qui se trouvent en dehors de ce campus.

Il n'y a que l'une d'entre nous qui est faible ici, et une seule d'entre nous finira par être brisée à cause de toutes ses erreurs commises.

L'autre est en train d'obtenir sa vengeance.

J'aurais juste aimé savoir qu'elle allait être ici pour ne pas être pris de court.

Je continue de lui sourire, en essayant de cacher ce que je ressens vraiment.

« C'est à nouveau comme au lycée. C'est toi l'intello qui prend des notes et je suis— »

« Le connard de sportif décérébré arrogant qui a l'intention de tout rater ? »

« Aïe, Princesse, » dis-je en levant la main sur mon cœur. « Tu m'as blessé. »

« Va te faire foutre, Kane. Je veux suivre ce cours. »

« Ouais à propos de ça, qu'est-il arrivé à— »

« Si vous n'écoutez pas, vous pouvez quitter mon cours tout de suite et ne jamais revenir, » tonne le professeur Richman à travers l'amphi, une vague de tension suivant ses paroles.

Je soutiens le regard de Letty encore deux secondes avant de me tourner vers l'avant, en hochant la tête vers le professeur qui me lance son regard haineux et prend mon stylo, prêt à me mettre au travail.

« Je ne tolérerai plus aucune interruption. »

« Peau de vache, » je murmure, et je me rends vite compte que j'avais tort. Personne ne ricane autour de moi, et quand je lève les yeux, tout le monde est concentré sur le devant de la classe. Non, ça n'a rien à voir avec le lycée.

Je regarde Letty une fois de plus. Je prends quelques secondes pour vraiment l'examiner et noter toutes les différences en elle.

Elle sait que je la regarde, sa respiration s'accélère sous mon inspection mais elle n'arrête pas ce qu'elle fait ni ne se retourne pour me regarder.

Je me dis que je me fiche de ce qui lui est arrivé, mais je sais au fond de moi que ce n'est pas vrai.

Parce que si elle a été blessée, alors je veux être celui qui lui a causé cette douleur.

Ce cours, je le jurerais, est le plus long de ma vie.

Je me force à écouter et à prendre des notes parce que je sais que je suis déjà en retard dans mes trois autres cours et que j'ai besoin d'être au top avant le début de la saison. Ces quelques semaines avant notre premier match vont passer très vite et une fois que nous aurons commencé, je ne peux qu'imaginer à quel point je serai occupé. D'autant plus que je n'ai aucun doute sur le fait que Luca va continuer à m'emmerder. Mon pied rebondit d'excitation sur le sol. *Je t'attends, connard. Je suis prêt pour toi.*

Alors que notre professeur termine le cours avec une description détaillée d'un autre devoir que je vais devoir faire, je ne bouge pas. Contrairement au reste de l'amphi qui se met en branle et commence à se diriger vers la porte à une vitesse fulgurante.

Je m'assois et regarde Letty alors qu'elle range ses affaires.

« Excuse-moi, » dit-elle brutalement en se levant.

Ses yeux fixent les miens avant que je ne lâche son regard pour regarder son corps de plus près.

Elle porte une paire de leggings sous une robe fleurie et une veste en cuir. Je ne peux pas nier qu'elle est sexy, c'est Letty Hunter, elle a toujours été super sexy. Mais il est indéniable qu'elle a beaucoup maigri.

Mes poings se serrent alors que j'envisage la possibilité que quelqu'un l'ait blessée à Columbia et que ce soit la raison pour laquelle elle est ici.

Est-ce qu'un connard a détruit son rêve d'obtenir son diplôme universitaire dont elle a rêvé toute sa vie ?

« Kane, » aboie-t-elle, en s'énervant, mais je ne bouge toujours pas. « OK, peu importe. »

Elle fait volte-face et est sur le point de descendre la rangée de sièges maintenant vides derrière elle quand je lui attrape le bras.

Je me lève alors qu'elle se bat pour retirer son poignet de ma prise mais je le serre plus fort.

« Aïe, ça fait mal, » se plaint-elle.

Je la tire en arrière et elle trébuche, en tombant contre moi.

Chacun de mes muscles se tend à son contact et le sang qui coule dans mes veines se transforme en lave.

« Tu penses que je m'en préoccupe, Princesse ? »

« Lâche-moi, » exige-t-elle, sa voix basse et rauque alors qu'elle tente une fois de plus de se libérer.

« Pourquoi es-tu ici ? »

Ses yeux se lèvent de mon torse jusqu'à rencontrer mes yeux bleus en colère.

« Pourquoi es-*tu* ici ? La dernière fois que j'ai entendu parler de toi, tu n'avais pas obtenu ton diplôme. »

Je ris en baissant un peu la tête vers elle. Pour les personnes autour de nous, cela pourrait ressembler à quelque chose d'intime, comme si je voulais l'embrasser. La réalité est très différente.

« Princesse, » je grogne et ses lèvres se tordent de colère. Elle déteste ce surnom, depuis toujours. C'est la raison pour laquelle je continue de l'utiliser. « Il y a beaucoup de choses que tu ne sais pas sur moi. »

« Letty, est-ce que ce connard t'embête ? », demande une voix familière derrière moi.

« Non, il ne l'embête pas, » je réponds pour elle, en sachant que les deux hommes de main de tout à l'heure me lancent des regards en colère par derrière.

« On ne s'adressait pas à toi, connard. »

« Je vais bien. Merci, » dit Letty, ses yeux ne quittant pas une seule fois les miens. « Je sais comment gérer ce *connard*. »

Ma poitrine se serre à mesure que ma colère brûle en moi.

Je baisse mon visage, en arrachant à regret mes yeux d'elle jusqu'à ce que mes lèvres soient juste à côté de son oreille.

Un frisson la parcourt alors que mon souffle passe sur sa peau nue, je le sens tout le long de son bras.

« C'est là que tu te trompes complètement, Princesse. »

« Menace-moi autant que tu veux. Tu ne peux pas briser ce qui est déjà brisé. »

Sur ce, elle libère son bras. Mon état de choc lui permettant de partir facilement et elle file par le petit espace entre les sièges.

« Tu dois faire gaffe aux ennemis que tu te fais ici, » prévient l'un des gars. « Reste loin de Letty. Bon sang, reste loin de nous tous. »

Je me retourne pour répondre mais les deux sont déjà en bas des escaliers et s'échappent.

CHAPITRE SIX

Letty

Dès que mon poignet glisse de sa prise, mes jambes ne peuvent pas m'emporter plus vite.

Je ne regarde pas en arrière alors que je m'enfuis de l'amphi et je ne m'arrête plus jusqu'à ce que je me heurte à un torse très solide.

Une odeur familière m'entoure alors que des mains fortes serrent le haut de mes bras pour me stabiliser.

« Ouah, Letty, tu vas bien ? »

Un sanglot monte dans ma gorge alors que sa voix grave et inquiète frappe mes oreilles et je parviens à peine à le contenir.

« O-ouais, je vais bien. Pouvons-nous juste sortir d'ici s'il te plaît ? »

« Euh... bien sûr. Laisse-moi prendre— » Ses mots s'éteignent alors qu'il prend les livres dans mes bras, mais je n'ai pas besoin de regarder derrière moi pour découvrir ce qui a attiré son attention. Je le ressens. Je le sens.

« Legend, » crache Luca comme si son nom avait un goût amer sur sa langue.

Il me regarde puis revient vers Kane une fois de plus. Sa mâchoire est serrée tandis que la colère et la confusion se battent dans ses yeux.

Il n'a aucune raison de savoir qu'il y a quoi que ce soit entre Kane et moi. Je ne lui ai jamais dit et ce pour une très bonne raison.

Ils se détestent déjà assez.

Je n'avais pas envie que Luca s'en prenne à Kane et risque sa carrière pour moi. Parce que je savais qu'il aurait agi dans la seconde s'il avait su la vérité.

« Luca, partons, s'il te plaît ? »

« O-ouais, bien sûr. Allez. »

Il pivote, tourne le dos à Kane et enroule ses bras autour de ma taille, en me serrant contre lui, un geste qui, j'en suis sûre, est en train d'énerver Kane.

Je n'ai jamais été avec Kane, mais pour des raisons qui m'échappent, il ne supporte pas que quelqu'un d'autre soit avec moi. Enfin, à part une personne.

Je pousse un soupir de soulagement quand Luca nous fait rapidement sortir du bâtiment et nous éloigne du regard haineux de Kane rempli de promesses diaboliques et de la douleur qu'il prévoit d'infliger.

Ce qu'il ne réalise pas, c'est que j'ai déjà subi les pires souffrances à cause de lui et que tout le reste sera comme un jeu d'enfant par rapport à l'année dernière.

« Qu'est-ce que c'était que ça ? », demande Luca, en s'arrêtant une fois que nous sommes en sécurité loin de lui, du bâtiment et de toute autre personne qui pourrait avoir envie d'écouter.

« Pas ici. Tu n'as pas un entraînement ? »

« Dans une heure, » dit-il doucement, en levant sa main pour glisser ses doigts sous mon menton pour m'empêcher de me cacher de lui, parce qu'il sait que je crève d'envie de le faire. « Tu veux me montrer ton dortoir ? », me demande-t-il en me faisant un clin d'œil effronté.

« Tu es bête. Allez, viens. » Je passe mon bras dans le sien et me tourne vers l'endroit où je pense que se trouve mon bâtiment, mais juste avant de tourner, je *le* trouve en train de nous regarder.

Nos yeux se fixent un instant, la tension crépite si violemment entre nous que c'est comme un coup physique sur mon corps.

Luca remarque mon hésitation et suit mon regard mais il est trop tard, Kane s'est faufilé dans l'ombre.

« Tu es dans un dortoir avec West et Brax ? », demande Luca alors que nous approchons de la porte principale.

« Ouais. S'il te plaît, ne me dis pas que ce ne sont pas des mecs biens, » je le supplie alors que nous entrons dans la salle commune presque vide.

Micah est le seul assis à la table à manger avec son ordinateur portable ouvert.

« Salut, » me dit-il avant de marquer un temps d'arrêt en voyant Luca.

« Bon Dieu, ne laisse pas Ella savoir qu'il est là où elle va venir griffer ta porte comme une chatte en chaleur, » dit-il d'un ton renfrogné alors que je conduis Luca dans ma chambre.

Luca rit avec un petit grognement comme si c'était une chose tout à fait normale de dire ça.

« Tu ne nous as pas vus, OK ? »

« Bien sûr, Princesse. »

Mes pas vacillent quand je l'entends utiliser ce surnom pour moi.

« C-comment m'as-tu appelée ? »

« P-princesse ? Désolé, je ne voulais pas t'offenser. C'est juste que c'est le roi et... c'était censé être une blague. Oublie ça. »

« Je suis désolée, » dis-je, en me sentant rapidement mal d'avoir pensé quelque chose de mal sur lui. Micah est quelqu'un de bien. Tous les gars ici le sont. Je ne dois pas laisser Kane entrer dans ma tête et me forcer à me poser des questions sur tout le monde. C'est le seul connard pervers par ici.

Il a l'air un peu penaud derrière son ordinateur portable.

« Je ne suis tout simplement pas fan de ce surnom. Reine, ça m'irait mieux. »

Luca éclate de rire derrière moi et, heureusement, Micah sourit avant que je ne déverrouille la porte et que je fasse signe à Luca d'entrer.

Il siffle en entrant dans la petite pièce.

« Maman Hunter a fait du bon boulot en dénichant ça à la dernière minute. »

« Ah oui ? Je n'ai aucune idée de comment elle a fait. Je ne me plains pas, cela dit. J'adore ne pas avoir à partager une salle de bain avec d'autres personnes. »

« C'est plutôt mignon. Tu sais ce qui est encore mieux que ça ? »

« Non, » dis-je avec suspicion, en plissant les yeux

vers lui, alors que je me laisse tomber sur mon lit pendant que Luca prend la chaise devant mon bureau.

« Nous avons une chambre d'amis chez nous. Si tu av— »

« Non, » dis-je en l'interrompant. « Je dois me débrouiller toute seule. Je ne peux pas vivre sous ton aile pendant les prochaines années. En plus, je refuse de cohabiter avec des joueurs de foot qui pue la sueur. »

Il fait semblant d'avoir l'air offensé par mes paroles mais il sait à quel point ils peuvent sentir mauvais.

« Il n'y a pas que des joueurs de foot. Certaines de leurs petites amies vivent aussi avec nous. »

« Ce que je ne suis pas. »

Il me fixe un peu trop longtemps. L'adolescente en moi commence à tirer des conclusions hâtives mais je les refoule rapidement. Tant de temps s'est écoulé et tant de choses se sont passées depuis mon béguin dévorant pour mon meilleur ami. C'est trop tard pour tout ça maintenant.

« Peut-être pas mais— »

« Non, Luc. J'apprécie l'offre, vraiment. Mais après — » Je m'interromps, en ne voulant pas m'engager sur un chemin que je n'ai pas l'intention de poursuivre. « J'ai juste besoin de mon espace à moi. J'ai besoin de recommencer à zéro. »

« Tu as eu de l'espace, Let. Tu es partie depuis deux ans. Je... » Il détourne ses yeux des miens et fixe ses pieds un instant. « Tu m'as manqué. »

Je sursaute quand ses yeux bleus retrouvent les miens.

Mon cœur se serre pour le garçon vulnérable que

je perçois se cacher derrière le personnage de roi du football que tout le monde voit.

« Tu étais ma meilleure amie, Let, et... et... »

« Et je suis partie, » je finis pour lui.

Il rit de lui-même. « Merde, on dirait que je te blâme d'avoir poursuivi ton rêve. Ce n'est pas du tout ce que je voulais dire. »

« Je sais, Luc. Je comprends ce que tu veux dire. Nous nous sommes perdus de vue. Je suis désolée. »

« Moi aussi, » dit-il tristement, en se levant de la chaise et en venant s'asseoir à côté de moi sur le lit.

Il prend ma main et entrelace nos doigts, en les regardant fixement.

« Que s'est-il passé tout à l'heure, Let ? Qu'est-ce que tu ne me dis pas ? »

Il me regarde, ses yeux verts s'assombrissant d'inquiétude alors qu'il me supplie de m'ouvrir à lui.

« R-rien. » Ce n'est pas un mensonge, il ne s'est rien passé à part que j'ai paniqué et qu'il a ensuite passé tout le cours à essayer de me provoquer. Il avait raison, c'était comme au lycée.

Je pousse un soupir. Je pensais que toutes ces conneries s'étaient terminées le jour où nous avons quitté Harrow Creek pour Rosewood il y a toutes ces années. Il semble que le destin en ait décidé autrement.

« Ne me mens pas, Letty, » dit sèchement Luca, un ton tranchant et dur dans sa voix. « Tu es sortie de là terrifiée. Qu'est-ce que cet enculé t'a fait ? Est-ce qu'il essaie de m'atteindre à travers toi ? »

Je retire ma main de la sienne et me lève pour faire les cent pas en essayant de décider ce que je suis prête à lui raconter là tout de suite. Je sais déjà que je ne peux pas tout dire car je crains que cela ne me renvoie directement dans ce gouffre dont je n'ai réussi à sortir que récemment.

« Je ne t'ai jamais... euh... » *Putain.*

Je lève les mains et repousse les cheveux de mon visage alors que je poursuis ma lutte intérieure.

Si Luca était au courant du genre de trucs que Kane a fait au fil des ans, alors il s'en prendrait à lui, et je ne veux pas aggraver le conflit qui se prépare déjà entre eux.

« Letty, dis-le moi. »

Je jette un coup d'œil à mon meilleur ami alors qu'il pose ses coudes sur ses genoux, ses cheveux noirs lui tombant sur les yeux, ses dents déjà profondément enfoncées dans sa lèvre inférieure alors qu'il les mordille en attendant que je parle.

Et puis merde.

« Je ne t'ai jamais tout raconté à propos de ma vie à Harrow Creek. »

« Continue, » m'encourage-t-il, en observant toujours chacun de mes mouvements.

« Kane, il... » Du coin de l'œil, je vois le corps entier de Luca se tendre à la mention de son nom. « Il me déteste. »

Les lèvres de Luca s'entrouvrent pour dire quelque chose mais seul de l'air s'en échappe.

Il reste silencieux pendant quelques secondes tandis qu'il assimile mes mots.

« Genre il t'évitait à tout prix ou il faisait de ta vie un enfer ? »

Je m'arrête devant lui.

« Qu'est-ce que tu penses ? »

« Putain de merde, Letty. Pourquoi tu ne m'as

jamais dit ça ? J'aurais anéanti cet enfoiré qui t'a fait du mal. »

« Ça, » dis-je en le pointant du doigt. « C'est la raison pour laquelle je ne te l'ai jamais dit. »

« Pour que je ne lui fasse pas de mal ? » Ses sourcils se rapprochent de confusion. « C'est tordu, Let. »

« Non, espèce d'idiot. Je m'en fous de le protéger. C'était pour te protéger. »

« Quoi ? » Il se lève et m'attrape, en m'empêchant de marcher et en m'obligeant à m'arrêter devant lui.

Il mesure trente centimètres de plus que moi avec son mètre quatre-vingt-quinze et il se penche pour pouvoir me regarder dans les yeux.

« À quel point il faut que je lui fasse mal pour te venger ? »

« Non, Luc. Non. » Je lève les mains d'exaspération. « Je ne veux pas de toi au milieu de tout ça. C'est justement le but. Tu dois te concentrer sur le jeu, sur ton avenir. »

« Putain, Let. Je ne vais pas le laisser s'en tirer de t'avoir fait du mal. C'est des conneries. »

« Il ne m'a pas fait de mal. » *Pas depuis dix-huit mois en tout cas.*

Les sourcils de Luca se lèvent en guise de méfiance.

« S'il te plaît, Luc. Reste en dehors de tout ça. Ce n'est pas ta bataille. »

Il lève les mains et il prend mes joues dans ses paumes et je ne peux m'empêcher de me pencher contre lui pour sentir sa chaleur. Il me fait toujours me sentir tellement en sécurité.

« S'il te blesse, alors il me blesse, Let. J'aurais aimé que tu me le dises il y a des années. »

Je hausse les épaules. « Cela n'a pas d'importance, » dis-je, en essayant de minimiser les choses.

« Ça a carrément de l'importance. »

En se penchant, il presse ses lèvres sur mon front et enroule ses bras autour de moi.

Son odeur et sa chaleur m'entourent et je me perds dans la sensation de son corps musclé contre le mien.

« Tu es mon amie, Letty. Je ferai tout pour toi. »

« Je sais, » je marmonne contre son torse, les larmes remplissant mes yeux plus vite que je ne le souhaite.

Je ne peux pas pleurer. J'ai peur de ne pas m'arrêter si je me laisse aller à nouveau.

J'avale la boule géante dans ma gorge et m'écarte de lui.

« Merci, » je murmure, en fixant ses yeux doux, en ayant besoin qu'il sache combien j'apprécie son soutien. « Je suis désolée de nous avoir laissé nous perdre de vue. »

« Moi aussi. »

Il m'attire à nouveau contre lui et laisse tomber ses lèvres au sommet de ma tête.

« Il l'a laissé rejoindre l'équipe comme ça, » dit Luca quand je reviens avec un verre pour chacun de nous un peu plus tard. Je sais que notre temps est compté, il doit s'entraîner mais maintenant que je l'ai pour moi seule, je ne veux pas le laisser partir.

« Est-ce qu'il a le droit de faire ça ? N'y a-t-il pas des protocoles à suivre ou quelque chose du genre ? », je demande parce que vraiment, je n'en ai aucune idée. J'ai essayé de me souvenir de tout ce que Luca et Leon ont tenté de m'expliquer sur le foot au fil des années, mais la plupart du temps, cela est entré dans une oreille et ressorti par l'autre.

« Ouais, on pourrait le penser. L'entraîneur est catégorique sur le fait que tout a été fait dans les règles. Il a l'intention de le mettre en première ligne. Il va jouer aux côtés de Leon et moi. C'est une putain de blague. »

« Il est bon, » dis-je après avoir bu une gorgée d'eau. « Quoi ? », je demande quand il me regarde comme s'il voulait que je prenne feu sur place. « Tu sais que c'est vrai. Tu l'as déjà dit toi-même. »

« Pouah. » Il laisse tomber sa tête dans ses mains et enfonce ses doigts dans ses cheveux, les tirant douloureusement vers l'arrière de son visage. « Je sais, je sais. J'aimerais juste ne pas avoir été pris au dépourvu. »

« Tu as besoin de lui, n'est-ce pas ? » Ce n'est un secret pour personne que le meilleur receveur des Panthers a choisi de faire partie des sélections au début du printemps et a été recruté pour jouer pour... je ne sais plus qui. Je n'ai aucune idée d'où il est allé à part qu'il est parti.

« Est-ce que je dois répondre à ça ? »

« Non, c'est écrit sur ton visage. »

Le silence se fait entre nous mais ce n'est pas inconfortable. Les choses ne sont jamais comme ça entre nous, c'est l'une des choses que j'aime tant chez lui.

« Zayn m'a dit de venir te voir après les cours. Il s'inquiète pour toi. Est-ce qu'on doit s'inquiéter ? »

Oui. « Non, bien sûr que non. Je peux gérer Kane. Tu dois te concentrer sur la saison à venir. »

Il hoche la tête mais je sais que ce ne sera pas si facile. Il y a déjà plus de tension qu'il ne devrait y en avoir entre les coéquipiers, je n'ai vraiment pas besoin d'en rajouter.

« J'aimerais pouvoir rester et passer plus de temps avec toi. »

« J'ai une tonne de travail à faire, ne t'en fais pas. »

Il se penche et dépose un baiser sur ma joue en s'y attardant un peu.

« Si tu as besoin de quoi que ce soit, s'il te regarde de travers, tu sais où me trouver. »

« Je sais, mais ce ne sera pas nécessaire. »

Il se lève du lit et se dirige vers ma porte.

« Oh, on fait la fête vendredi soir. Tu viens ? » L'excitation brille dans ses yeux à la perspective de se lâcher pour une soirée.

« Ça marche. »

« Cool. On se voit demain ? »

Je lui souris alors qu'il passe la porte et disparaît.

Je me prépare à dîner plus tard dans la soirée quand Brax et West arrivent dans le dortoir, tous deux fraîchement sortis de leur douche.

« Bonsoir, ma belle, » chante Brax. « Ça sent super bon. Il y en a assez pour trois ? »

« Évidemment que oui, » je marmonne alors qu'il passe ses bras autour de moi par derrière et regarde par-dessus mon épaule.

« Meeeuf, je pense que je t'aime. »

Je ris de ses pitreries alors qu'il dépose un baiser humide sur ma joue.

« Je vais juste balancer ça dans ma chambre et tu pourras nous rassasier. »

Alors qu'ils disparaissent tous les deux dans leurs chambres, je prends trois assiettes et commence à les remplir.

Je n'avais pas besoin d'en faire autant, mais quelque chose me disait que certains en seraient reconnaissants.

Après le départ de Luca, je me suis dit que je serais en sécurité vu que Kane serait à l'entraînement avec lui, alors je me suis dirigée vers le magasin du campus pour acheter des ingrédients pour le dîner et le petit-déjeuner de tout le monde.

Cuisiner est depuis toujours quelque chose qui m'aide à me détendre, mais j'ai rarement cuisiné récemment, mais avec tout ce stress qui continuait de m'envahir après les événements de la journée, je savais que je ne serais pas capable de m'asseoir dans ma chambre et d'essayer de travailler sur mes devoirs.

« Comment s'est passé l'entraînement ? », je demande quand ils reviennent tous les deux et prennent place.

« Violent. Et Luca était foutrement énervé. »

« Je ne l'ai jamais vu comme ça auparavant, » ajoute West.

Mon estomac se noue en sachant que je n'ai pas aidé dans cette situation.

« Qu'est-ce que c'était que ce bordel avec toi et le nouveau tout à l'heure ? », demande Brax, ses yeux perçant le sommet de ma tête alors que je regarde mon dîner.

Je savais que la question allait arriver. Il était peu probable qu'ils oublient qu'ils sont venus à ma rescousse pendant le cours de statistiques tout à l'heure.

« Ce n'était rien. »

« Rien ? »

« Luca veut le tuer et il t'a traitée comme de la merde. »

« Il m'a à peine parlé, » dis-je.

« Peut-être pas, mais la façon dont il te regardait. C'était comme s'il voulait que tu te carbonises sur place. »

CHAPITRE SEPT

Kane

« V ous le saviez ? », je demande en jetant mon sac contre le mur du salon alors que je regarde les trois connards assis autour de la table en train de s'empiffrer pour le dîner.

Le sac frappe avec un bruit sourd en laissant une marque sombre sur le mur avant de s'écraser sur le sol. Mais ça ne me fait pas me sentir mieux.

Pour le moment, rien, à part mettre la main sur elle, ne me fera me sentir mieux.

OK, peut-être que donner un coup de poing sur le putain de visage arrogant de Luca comme je me suis retenu de le faire pendant trois heures pourrait faire quelque chose.

Les trois me fixent comme si j'avais perdu la tête.

« Savoir quoi ? », demande enfin Devin.

« Saviez-vous qu'elle était ici ? »

« Elle ? », demande Ezra, les sourcils froncés. « Qu— »

« Putain de merde, » l'interrompt Devin, en ayant clairement un déclic. « C'est pas vrai. Elle est là ? » Ses yeux sont si grands que je me demande s'ils sont sur le point de sortir de leur orbite.

Je chancèle sur mes jambes courbaturées jusqu'à ce que mes mollets touchent le canapé et je me laisse tomber dessus, en abaissant ma tête dans mes mains alors que trois paires d'yeux confus me scrutent.

« Elle est ici genre... elle va rester ? », demande Ezra, en voulant se mettre au parfum.

« Elle était dans mon cours, donc je suppose que oui, » je marmonne dans mes paumes.

Le silence dans la pièce est assourdissant alors qu'ils attendent de voir ma réaction et également de trouver quoi dire.

Scarlett Hunter est un sujet délicat pour moi depuis longtemps et ils essaient tous d'éviter à tout prix de parler d'elle car ils ne savent jamais comment je vais réagir—et moi non plus.

« Donc... », dit Devin avec curiosité, en tâtant le terrain. « Que va-t-il se passer maintenant ? Tu... tu vas rester, n'est-ce pas ? »

Je retire ma tête de mes mains et rencontre son regard inquiet. Plus que quiconque, il sait à quel point j'ai travaillé dur pour en arriver là, ce qui signifie que lui seul comprend vraiment ce à quoi je renoncerais si je devais abandonner ça—elle.

« Bien sûr que je vais rester, » j'aboie. « Je n'ai pas traversé tout ça pour qu'elle gâche tout. »

« O-OK, bien, » bégaie-t-il pendant que les jumeaux me regardent avec perplexité.

« Ce n'est rien, » dis-je d'un geste de la main mais nous savons tous que c'est un mensonge.

Pour arriver ici, j'ai dû recevoir l'aide de leur père et nous savons tous que l'aide de Victor Harris a un coût.

« Tu veux manger, mec ? », demande finalement Ellis. « Il reste plein de trucs. »

« Ouais, ce serait cool. Merci. »

Ezra et lui ramassent leurs assiettes et disparaissent dans la cuisine pendant que je me dirige vers la table.

Devin pousse une bouteille de bière vers moi mais je la refuse. Je dois commencer à prendre les choses au sérieux pour pouvoir prouver ma valeur à l'équipe et leur montrer que Luca a tort, qu'ils ont besoin de moi pour les aider durant toute cette année.

Ils ont eu une saison incroyable l'an dernier, mais tout reste incertain avec une nouvelle équipe sur le terrain cette saison. Une seule personne peut changer la dynamique d'une équipe, et j'ai bien peur que si on se plante cette année, j'en serai tenu responsable.

« Est-ce que tu lui as parlé ? », demande-t-il en poussant le reste de nourriture sur les bords de son assiette.

« Ouais... en quelque sorte. Elle est... elle est différente, mec. Je ne sais pas. » Je m'effondre sur ma chaise alors que je l'imagine dans mon esprit. « Elle était si maigre, fatiguée. »

« Tu penses qu'il s'est passé quelque chose ? »

Je hausse les épaules. « Elle n'aurait pas abandonné Columbia sans se battre. »

Je n'ai peut-être pas vu Letty pendant de

nombreuses années, mais elle rêvait de cet endroit avant même que la plupart d'entre nous ne sachions ce qu'était une université. C'était son rêve ultime.

Le fait qu'elle soit ici en ce moment soulève donc un grand nombre de questions.

« Quelque chose de grave a dû arriver, » dit-il en réfléchissant, à l'image de mes pensées. « Vous entendez tout le temps parler de filles qui se font agresser ou un truc du genre, et qui abandonnent et— »

« Vraiment ? », je lui demande en me tournant pour regarder le côté de son visage.

« Désolé, je disais juste ça comme ça. »

« Eh bien, arrête. » J'ai déjà assez d'images qui me traversent l'esprit quant à la raison pour laquelle elle pourrait être ici. Le fait qu'il en rajoute—ou conforte les idées que j'ai déjà—n'est pas utile.

« Tiens. Profite, » dit Ellis avec un sourire, en faisant glisser une assiette vers moi. L'odeur de la bolognaise assaille mes sens et j'en ai l'eau à la bouche.

« Tu sais cuisiner autre chose ? », je lui demande, sachant que c'est le seul plat qu'il ait jamais cuisiné.

« Non, je suis le genre de mec à ne maîtriser parfaitement qu'un seul plat. »

Je secoue la tête dans sa direction alors qu'Ezra dit quelque chose à propos de ne pas être l'homme d'une seule femme quand il n'est pas la cuisine.

« Tu dois lui parler. Mettre tous ces trucs derrière toi et passer à autre chose. »

Ma fourchette s'arrête à mi-chemin de ma bouche.

« Attends... tu es vraiment sérieux ? »

« Frérot, je sais, je comprends. Mais tu ne penses

pas qu'il est temps de tout laisser tomber ? Vous êtes tous les deux ici, à recommencer à zéro. Donc... » Il s'interrompt, en n'ayant pas vraiment besoin de prononcer les mots à voix haute.

Mais pour autant, il comprend. Il a été à mes côtés pendant tout cela, il a subi cette perte au même titre que moi, mais elle n'est pas aussi profonde pour lui que pour moi. Et peu importe à quel point j'ai envie de m'éloigner, de faire ce qu'il vient de suggérer, je sais que je ne serai pas capable de le faire.

Je ne vais pas pouvoir la regarder se promener dans les parages, se lancer dans sa nouvelle vie et rester à l'écart. Je sais déjà que ça n'arrivera pas tant que nous serons ici ensemble.

« Ouais, je sais. » Je fourre la bolognaise d'Ellis dans ma bouche et en savoure le goût pendant une seconde, c'est la diversion parfaite, même si cela ne dure pas très longtemps.

« Tu n'es pas en train de m'écouter, n'est-ce pas ? »

« Bien sûr que si. »

« C'est ça. Mis à part ce petit problème, qu'est-ce que ça te fait d'être enfin un étudiant ? »

« Je suis sûr que ce serait génial si je parvenais un jour à oublier le passé, » je marmonne.

« Tu n'as pas été attentif en cours et tu n'as pas écouté un mot, n'est-ce pas ? »

« Un ou deux. Tous les cours sont en ligne. Je vais m'en sortir. Les choses ne peuvent que s'améliorer, non ? Je veux dire, la fille que je déteste le plus est dans mes cours, le capitaine de l'équipe me déteste et veut que je parte. C'est un putain de début pour ma carrière universitaire. »

« Mec, tu es tellement dans la merde. » Il rit en me donnant une tape dans le dos.

Je suis content que ma vie amuse quelqu'un.

Une fois que j'ai fini de manger, j'accepte à contrecœur de nettoyer la cuisine avant de m'enfermer dans ma chambre pour tenter de résoudre ce petit problème de cours. J'ai déjà merdé sur quatre de mes cours seulement deux jours après le début du semestre.

Je me laisse tomber sur mon lit, j'ouvre mon ordinateur portable et me connecte au site Web de l'université pour retrouver les cours d'aujourd'hui.

Ma tête tourne pendant que je lis tout ça, mais mon esprit continue de replonger dans cet amphi où elle était assise à côté de moi.

Je commence à me demander ce qu'elle fait en ce moment.

Est-elle dans les dortoirs ou partage-t-elle une maison avec des amis ?

Je m'assieds bien droit. Est-ce qu'elle habite avec lui ?

Mon cœur commence à s'emballer alors que je pense à cette familiarité qu'il y avait entre eux quand elle s'est précipitée dans ses bras tout à l'heure. Il attendait qu'elle ait terminé son cours, c'était évident.

Je savais qu'ils étaient amis au lycée, mais je n'ai jamais vu aucune preuve qu'ils étaient plus que ça. Si j'avais eu des preuves, nos jeux auraient pu être encore plus brutaux si j'avais soupçonné qu'il l'avait touchée.

A-t-elle déménagé ici pour lui ?

Cette pensée et l'image d'elle dans ses bras me font jeter mon ordinateur portable au bout du lit et me lever rapidement. J'ai peut-être eu une séance de sport ce matin suivie d'un entraînement intensif, mais la seule façon d'expulser l'énergie qui tend mes muscles est de me lever et de bouger.

J'enfile un sweat à capuche noir puis mes baskets, et je sors de la maison, en mettant mes AirPods, je ferme la porte d'entrée derrière moi et je décolle.

Il fait nuit dehors et je n'ai aucune idée d'où je vais mais je m'en fous vraiment. Je retrouverai le moyen de rentrer. Tout ce que je sais, c'est que je dois au moins essayer de me débarrasser de mes démons et essayer de reprendre mes esprits avant que tout ne recommence demain matin.

Je souris alors que mes muscles commencent à brûler.

C'est quelque chose sur lequel j'ai le contrôle. Le reste de ma vie, pas tellement, semble-t-il. Mais s'agissant de mon corps, il n'y a que moi qui contrôle.

Je fais plus d'efforts, la sueur commençant à faire coller mon sweat à capuche sur ma peau alors que je m'active.

Mes pieds martèlent le trottoir alors que j'avale les kilomètres.

Je ne réalise pas où je suis jusqu'à ce que les lumières vives du panneau de la cafétéria du campus apparaissent.

Je regarde autour de moi, en voyant tous les bâtiments inconnus mais en sachant exactement où je suis.

Est-elle ici quelque part ?

Je me retourne en regardant toutes les lumières dans les dortoirs environnants.

Mon poing se serre alors que je l'imagine en train de m'observer.

Mes yeux se retournent pour essayer de la chercher.

« Où es-tu, Princesse ? » Je murmure en moi-même comme un complet psychopathe. « Tu ne vas pas pouvoir te cacher bien longtemps. »

CHAPITRE HUIT

Letty

Je suis assise à mon bureau en train de travailler sur mon devoir avec les yeux brûlants et mon corps me suppliant d'abandonner pour ce soir et d'aller me coucher.

En me retournant, je regarde par la fenêtre et voit le ciel nocturne sombre.

Avec toute la pollution lumineuse du campus, il est impossible de voir s'il y a des étoiles ce soir.

Je me lève de la chaise, et je me dirige vers la fenêtre et pose mes avant-bras sur le rebord, en levant les yeux et en les plissant dans l'espoir de voir un scintillement.

Quand je suis revenue à Rosewood la queue entre les jambes pour avouer à Maman que j'avais abandonné la fac, j'ai passé beaucoup de temps dans le jardin ou assise sur la plage à regarder le soleil se coucher et à me perdre alors que l'obscurité me submergeait avec tout ce qui m'entourait.

Regarder ces étoiles scintillantes me faisait oublier tout ce qui s'était passé jusqu'au moment où je me suis effondrée dans les bras de Maman en lui racontant tout ce que je cachais depuis si longtemps.

Ça m'a fait du bien de pouvoir enfin vider mon sac. J'ai laissé sortir ma douleur en ayant quelqu'un qui pleurait avec moi.

Le regard sur le visage de Maman alors qu'elle tenait mon visage dans ses mains et sanglotait avec moi en est un regard que je n'oublierai jamais.

J'étais terrifiée à l'idée de rentrer à la maison et de lui dire ce que j'avais fait de ma vie. Je savais qu'elle serait déçue. Son objectif depuis le jour où nous sommes nés était de s'assurer que nous aurions tout ce dont nous avions besoin pour réussir notre vie et là, je m'effondrais et je perdais le contrôle de la vie que je pensais être en train de construire.

J'aurais dû avoir plus confiance en elle car même si elle était déçue que j'aie tourné le dos à Columbia, elle m'a apporté tout son soutien et m'a reproché d'avoir souffert seule sans en parler pendant si longtemps.

Peut-être que si j'avais été franche plus tôt, j'aurais pu continuer ma vie avec son appui. Mais il est trop tard pour se poser la question maintenant.

Tout est fait et j'en suis là.

À recommencer à zéro et à essayer de mettre tout cela derrière moi.

Mais je ne peux pas, parce qu'il est ici.

En train de me provoquer.

En train de me faire remonter des souvenirs.

Me menaçant de me ramener dans les ténèbres.

Avec un soupir, je me détourne de la fenêtre, je retire le sweat à capuche qui était sur mes épaules, je le jette par-dessus ma chaise et me glisse dans mon lit.

Je suis allongée là à regarder le plafond en sachant que je devrais vraiment éteindre la lumière et essayer de dormir un peu, mais quelque chose m'empêche de le faire.

Le reste du dortoir est silencieux depuis plus d'une heure, chacun étant dans sa chambre pour faire ses devoirs, quand un coup sec retentit à ma porte, en me faisant hurler de peur.

Mon cœur bondit dans ma poitrine et mes mains se mettent à trembler.

Ma première pensée est que c'est lui. Qu'il m'a déjà retrouvée.

Je n'ai dit à personne de ne pas lui dire où j'habitais mais je suis sûre qu'il y a mille et une façons de savoir en cherchant.

Il a toujours été assez ingénieux. Je veux dire, il est arrivé ici après tout.

Avec hésitation, je retire les couvertures et pose mes pieds sur le sol froid.

Chaque muscle de mon corps me crie de rester où je suis et de me cacher.

Mais je sais que si c'est lui, il ne s'arrêtera pas jusqu'à ce qu'il m'atteigne, quitte à forcer ma porte.

Je préfère simplement accepter mon destin plutôt que de réveiller tout le dortoir et de les voir assister au spectacle merdique qu'est ma vie.

Ma respiration s'emballe si vite que je suis presque en hyperventilation au moment où ma main s'enroule autour de la poignée de la porte.

Si c'est lui alors... alors tout pourrait arriver.

Mon corps tout entier sursaute quand la personne frappe à nouveau.

Tout va bien. Tout va bien. Ouvre la porte. Ce n'est peut-être pas lui.

J'inspire longuement avant d'appuyer sur la poignée, le fort cliquetis de la serrure qui s'ouvre résonne dans ma chambre silencieuse.

J'ouvre la porte rapidement. Il est trop tard pour revenir en arrière maintenant.

« Putain de merde, » je dis dans un souffle, le soulagement m'envahissant si vite que je me balance sur mes pieds. « C'est juste toi. »

Un sourire en coin se forme sur le visage de Leon alors qu'il s'avance vers moi, ses yeux s'assombrissant d'inquiétude. Ils ressemblent tellement à ceux de son frère, mais ils sont plus foncés avec un peu de noisette marbré à l'intérieur lorsqu'on y regarde de plus près.

« Tu t'attendais à voir qui ? Attends... ne réponds pas. Je peux entrer ? », demande-t-il et je recule, en réalisant que je suis toujours debout avec la porte entrouverte en train de lui bloquer totalement l'accès.

« Oh, ouais. Bien sûr. »

J'ouvre la porte en grand et entre dans la pièce, en le laissant la refermer derrière lui.

À la seconde où il tourne les yeux sur moi, un picotement me parcourt et je suis soudain très consciente de ce que je porte—ou pas, selon comment on voit les choses.

« Désolée, j'étais couchée, » je marmonne, gênée d'en montrer trop.

« Hé, » dit-il en me faisant me tourner vers lui.

Il s'approche et met ses doigts sous mon menton pour que je n'aie d'autre choix que de le regarder.

« Tu es magnifique, Letty. »

Je me bats pour détourner les yeux mais il ne me laisse pas le faire.

« C'est moi, Let. Tu n'auras jamais à te cacher de moi. »

Les larmes me brûlent les yeux à cause de l'émotion dans sa voix.

« Je sais. C'est juste... c'est difficile. »

Il hoche la tête en signe de compréhension. C'est le truc avec Leon, il semble toujours savoir ce que je ressens et connaître la bonne chose à dire ou à faire pour que je me sente mieux quelle que soit la situation.

« Pourquoi ne retournes-tu pas au lit ? Je suis juste passé pour voir si tu allais bien. Luca m'a raconté ce qui s'est passé tout à l'heure. »

« Évidemment, » je marmonne, même si je ne m'attendais pas à autre chose de leur part. Ils essaient juste de me protéger.

« Il s'inquiète pour toi. »

« Il n'en a pas besoin. Tout va bien. »

Son front se lève alors qu'il veut rétorquer quelque chose mais il ne dit rien. En tout cas, rien concernant mon mensonge flagrant.

« Allez, » dit-il en posant ses mains géantes sur mes épaules minces et en me poussant vers mon lit. « Va au lit avant d'avoir froid. »

Je rampe sous les couvertures et le regarde.

« Tu veux me tenir chaud ? », je lui suggère en soulevant la couverture pour lui montrer l'espace vide à côté de moi.

« Je pensais que tu ne demanderais jamais. »

Ma poitrine se serre devant le sourire qui illumine

son visage et cela prouve à quel point j'avais besoin de ça—de quelqu'un—en ce moment.

Je regarde ses mouvements alors qu'il enlève ses baskets, retire son sweat à capuche, en révélant son torse et ses abdominaux sculptés.

J'en ai l'eau à la bouche alors que je longe les lignes qui descendent jusqu'à sa ceinture.

« Ne te fais pas d'idées, Hunter. » Il me fait un clin d'œil, et je ris comme l'écolière dont je suis sûre qu'il se souvient. « Je suis ici purement à titre amical. »

« Je sais. Et j'apprécie vraiment. Tu... euh... » Mes joues rougissent alors qu'il laisse tomber son jean et plonge vers moi. « Tu as a l'air vraiment en forme. »

« Oh, tu deviens toute timide avec moi, Cupcake ? »

En me blottissant contre lui, j'enfouis mon visage contre son torse pour tenter de cacher le fait que mon visage est tout rouge.

Il passe son bras autour de mon dos, en me tenant fermement contre lui et je relève mon visage et me serre contre lui. Il est étonnamment confortable malgré son corps tout en muscles.

« L'entraîneur Butler nous fait travailler très dur, » admet-il. « Mon putain de frère est un peu un esclavagiste aussi. »

« Est-ce ce que tu pensais que ce serait comme ça ? », je demande, en regardant de l'autre côté de la pièce alors que le battement régulier de son cœur sous mon oreille me calme.

La peur qui m'a paralysée quand j'ai entendu frapper à ma porte est partie maintenant qu'il est ici.

Peu importe ce qui pourrait arriver, je sais sans aucun doute que Leon me protégera.

Luca a toujours été celui qui était complètement obsédé par le jeu. Bien sûr, c'était aussi le rêve de Leon, mais il n'a jamais été aussi dévoué que Luca.

Luca a toujours vécu et respiré uniquement pour le jeu alors que Leon a d'autres centres d'intérêts. Il est plus profond, il cache ses sentiments et il fait rarement tomber ses murs. Je ne l'ai vu laisser entrer dans son intimité que quelques personnes au fil des années et je suis tellement reconnaissante d'être l'une d'entre elles. Parce que la personne qu'il cache derrière ses murs est vraiment belle.

« Ouais, je crois. »

« Ouah, fais-moi un dessin pour que je comprenne, » je plaisante, en passant mes doigts sur ses côtes.

« Je ne sais pas. C'est vraiment du boulot mais la récompense est plutôt agréable. »

« Tu parles de la foule de nanas en adoration devant toi ? »

Il rit. « Bien sûr, je ne peux pas m'en plaindre, mais ce n'était pas exactement ce dont je parlais. »

Il n'a jamais été du genre à en profiter comme Luca. Il était un peu plus regardant sur ses nanas. Je peux seulement supposer que c'est toujours pareil maintenant.

« Assez parlé de moi. Qu'est-ce qui met de la tristesse dans tes yeux, Cupcake ? »

Son ancien surnom me réchauffe de l'intérieur mais je pense que rien ne sera jamais suffisant pour me faire parler. Pas pour l'instant, du moins. La douleur est encore trop vive.

« Je... je ne peux pas, Lee. »

En enroulant son autre bras autour de moi, il me serre plus fort.

« Dors, Cupcake. Tu as l'air épuisée. »

Je n'ai pas besoin qu'on me le répète car même pas deux minutes plus tard, mon corps succombe au sommeil dont il a tellement besoin.

Être dans la sécurité de ses bras fait que je dors toute la nuit.

⁘

Une partie de moi s'attendait à ce qu'il parte une fois que je me serais assoupie, mais lorsqu'une sonnerie inhabituelle se déclenche à Dieu sait à quelle heure le lendemain matin, je découvre que j'ai eu tort parce que je suis collée contre son corps chaud.

Et par chaud, je veux dire littéralement chaud parce que je suis en train de fondre avec lui dans ce petit lit.

« Quelle heure est-il ? » Ma voix est rauque et grave alors que j'essaie de me détacher de lui.

« Cinq heures. »

« Cinq heures, » je répète. « Pourquoi diable as-tu une alarme réglée à cinq heures du matin ? »

« Entraînement. »

« C'est hard. »

« Tu as pas idée, Cupcake. »

Un sourire se dessine sur mes lèvres alors qu'il dépose un baiser sur mon front et sort du lit.

La tentation de regarder son corps de plus près est trop forte pour y résister et j'ouvre les yeux.

Il fait encore nuit, mais la lumière provenant des

rideaux de la fenêtre entrouverte suffit à me montrer les lignes nettes et les muscles ciselés de son corps. Et il y a une partie dure qui se démarque très clairement lorsque je passe les yeux sur le devant de son corps.

« Je sais que tu me regardes, Letty. »

« Non... euh... j'étais— »

Il se moque de moi alors qu'il enfile son jean et le remonte jusqu'à sa taille.

Assise sur le lit, je remonte les couvertures jusqu'à mon menton et continue de le regarder. Ce serait déplacé d'arrêter maintenant qu'il le sait.

« C'est toi le plus beau, tu le sais ça, n'est-ce pas ? »

« À l'extérieur, peut-être. »

« Lee, » je le réprimande. « Tu es l'une des personnes les plus gentilles et douces que je connaisse. »

« Je te laisse seulement voir ce que j'ai envie que tu voies, Cupcake. »

« Conneries, Leon. Je sais qui tu es. »

Je sais qu'il cache quelque chose, et je crains que ce soit quelque chose de sombre qu'il n'a pas envie de gérer, mais peu importe ce que c'est, cela ne change pas qui il est. J'aimerais qu'il puisse accepter ça.

« Je sais aussi qui tu es, Let. Et tu as besoin de parler. Quoi que ce soit, c'est en train de te dévorer. »

« C'est l'hôpital qui se fout de la charité. »

« C'est différent, » insiste-t-il en enfilant son sweat à capuche.

« Non, ce n'est pas le cas. Faisons un marché. » Il s'immobilise et me regarde, une lueur de peur sur le visage concernant ce que je pourrais être sur le point de dire. « Quand tu seras prêt à parler, viens me trouver et on pourra régler ça. En mettant nos vérités sur la table. »

Ses lèvres s'entrouvrent mais aucun mot n'en sort pendant quelques secondes.

« Ouah, tu sors l'artillerie lourde, hein ? »

« C'est donnant donnant, mon gars. »

« Hmm... donne-toi quand tu veux, Cupcake. »

« Tu es un idiot. » Je ris alors qu'il referme l'espace entre nous.

« Oh, ne prétends pas que ce n'était pas amusant. »

Ses mots me renvoient quelques années en arrière et à une chose dont nous avions juré de ne plus jamais parler.

« Êtes-vous en train d'enfreindre les règles, M. Dunn ? »

« Elles sont faites pour être brisées, Cupcake. » Il laisse tomber ses lèvres et dépose un baiser sur mes lèvres.

Mon cœur bat la chamade. J'ai l'habitude qu'ils soient très affectueux avec moi, c'est comme ça depuis toujours mais je ne peux pas m'empêcher de sentir qu'il y a plus dans ce simple baiser.

Mais comme depuis toujours dans ma vie, je relègue cette pensée dans une boîte au fond de ma tête qui sert à cacher les choses difficiles à gérer.

« Merci pour ton goût sucré, Cupcake. »

Je ris, en essayant de cacher ce que je ressens vraiment alors qu'il se dirige vers la porte.

« Tu as cours ce matin ? »

« Euh... » Je me creuse la tête pour savoir quel jour nous sommes et quels cours je pourrais bien avoir. « Ouais, je pense que j'ai un cours de psycho. »

« Tu veux que je t'accompagne ? »

« C'est bon. J'ai Ella, » dis-je mais je le regrette instantanément parce que j'aimerais bien voir sa réaction si l'un des jumeaux venait me chercher pour m'accompagner en cours.

« On se voit plus tard. Appelle si tu as besoin de moi. »

« Merci. J'apprécie vraiment que tu sois venu me voir. »

« De rien, Cupcake. » Il me sourit avant de partir.

Je me lève de mon lit, je me précipite et ferme la serrure. Je sais que je suis parano mais je n'y peux rien.

Kane m'a laissée partir avec Luca hier et je sais pertinemment que cela l'a énervé au-delà de l'imaginable.

Il essaie peut-être d'être patient, peut-être même d'essayer de bien faire les choses à sa manière tordue. Mais cette patience va atteindre ses limites et je dois être prête pour quand ça arrivera.

Je regarde par-dessus mon épaule tout le chemin jusqu'à notre cours de psycho comme si Kane était sur le point de sauter d'un buisson et de m'attaquer à tout moment.

Je sais que je suis parano, mais l'une des spécialités de Kane est de surgir quand je m'y attends le moins. Comme cette nuit, il y a dix-huit mois.

Je pousse un soupir et me force à me concentrer sur où nous allons.

« As-tu déjà commencé le devoir ? »

« Oui, oui, » j'acquiesce alors qu'en réalité j'ai à peine entendu sa question.

« Letty. » Ella pose sa main sur mon bras, en stoppant notre progression vers le bâtiment Anderson. « Tout va bien ? » Ses grands yeux couleur miel me fixent avec inquiétude.

« O-ouais, ça va. »

« Est-ce qu'il s'agit du gars que Brax et West ont mentionné ? »

« Putain de merde, » je marmonne, en réalisant que mon drame s'est propagé dans notre dortoir comme une traînée de poudre.

« Ils étaient inquiets et m'ont demandé si je savais quelque chose. Nous ne faisons que veiller sur toi, Let. Je te le promets. Tu es l'une des nôtres maintenant, nous nous occupons les uns des autres. »

Le soulagement m'inonde et l'émotion me brûle le fond des yeux. Elle n'a aucune idée de combien ce qu'elle vient de dire signifie pour moi.

« Merci, » je murmure.

« Ce n'est rien. Vraiment. » *J'espère.* « Juste un vieux drame du lycée. »

« Ils ont dit— »

« Je vais bien. Tout va bien, » je lui assure quand elle a l'air de vouloir creuser davantage. « Je veux tourner la page et aller de l'avant. Parle-moi de la soirée des Dunn de vendredi, est-ce que ça va être une énorme fête ? » Nous repartons en marchant alors qu'elle couine d'excitation.

« Meuf, ça va réduire à néant toutes tes soirées Columbia. Ça va déchirer si tu vois ce que je veux dire. »

« Tu veux dire, tu vas te taper... »

« Eh bien, c'est évident. Cet endroit va être remplit d'athlètes sexy. »

« Est-ce qu'ils ont été prévenus ? »

« Je suis presque sûre que quelqu'un a fait passer le mot parce qu'aucun d'entre eux ne semble intéressé par ce que j'ai à offrir. » Elle prend un air boudeur à l'approche du bâtiment.

« L'ex que tu as mentionné... ce n'est pas un athlète ? »

« Oh si, il est dans l'équipe. »

« Alors, il les a tous mis en garde contre toi. »

« Il voudrait mieux pas pour lui, putain d'infidèle, » crache-t-elle.

« O-OK, » dis-je avec une grimace, en ayant clairement touché un point sensible. « Les choses se sont bien terminées, alors. »

« Oh ouais, nous sommes les meilleurs amis du monde. »

Je ne peux m'empêcher de rire de son mensonge flagrant.

Nous nous asseyons en cours et discutons du vendredi soir et elle se fait un plaisir de me raconter certaines de leurs précédentes soirées de débauche chez les Dunn. Je ne peux pas effacer le sourire de mon visage alors qu'elle parle de ce qu'ils font avec leurs amis. Je peux les imaginer faisant les clowns, buvant et lâchant prise. Ils le méritent, Dieu sait qu'ils travaillent dur.

Le cours passe rapidement et après avoir pris un café et un déjeuner ensemble, Ella se dirige vers son cours de l'après-midi pendant que je pars à la recherche de la bibliothèque pour travailler un peu.

Il y a une grande partie de moi qui me crie de

retourner dans les dortoirs et d'éliminer les chances de tomber sur Kane. Mais mon côté rationnel sait que les chances de le voir sur un campus de cette taille avec autant d'étudiants sont faibles, voire nulles. Alors je reprends une posture d'adulte et me force à ne pas trembler devant une menace inexistante.

Avec mes livres dans mes bras, je me promène dans la bibliothèque, en regardant chaque étage pour me familiariser avec les lieux. Je trouve enfin un groupe de tables presque vides au troisième étage et je me sens comme chez moi.

Je tape sur mon clavier, totalement perdue dans ce que je fais quand un frisson me parcourt l'échine.

J'ai essayé de mettre de côté mon inquiétude en m'asseyant et en ignorant le fait qu'il y a beaucoup de cachettes pour quelqu'un qui voudrait me tourmenter. Je suis entourée de centaines de rangées de livres et de recoins sombres.

En me forçant à refouler tout ça, je continue à travailler en me disant que je redeviens juste parano.

Deux minutes plus tard, le frisson devient plus fort et le sentiment d'être observée devient impossible à ignorer, je me retourne et scrute l'endroit.

Il y a quelques autres personnes assises à des tables qui travaillent mais aucune d'entre elles ne regarde dans cette direction et il n'y a personne debout dans les parages.

En expirant un souffle tremblant, je me retourne vers mon écran pour continuer mais la sensation ne s'atténue pas.

« Hé, c'est cool de te voir ici, » dit Micah, en marchant jusqu'à ma table avec les bras chargés de livres. « Tu es toute seule ? »

« Yep. »

« Ça te dérange si je m'assieds là ? »

« Bien sûr que non. »

Alors qu'il tire le siège en face de moi, j'en profite pour regarder encore une fois autour de moi.

Toujours rien.

« Oh, tu attends quelqu'un ? », demande-t-il quand il remarque ce que je fais.

« Non. Je pensais juste avoir entendu quelque chose, » je mens. « Alors, qu'est-ce que tu as là, ça a l'air... » Je longe du regard les livres de programmation informatique qu'il a empilés entre nous.

« Ennuyeux. »

« Euh... », je fais en hésitant, ne voulant pas me moquer de ce qu'il aime.

« C'est bon. Je sais que c'est ennuyeux pour la plupart des gens. »

« Tant que ça te plaît, c'est tout ce qui compte. » Je lui souris et il me rend rapidement mon sourire. « Qui se fout de ta gueule ? Laisse-moi deviner, les footballeurs du groupe. »

Il rit. « Ouais, mais ils ne sont pas mal intentionnés. Ils sont juste jaloux parce quand ils auront été jetés par la ligue nationale après trente-cinq ans alors que ma carrière sera en plein essor. »

J'éclate de rire alors qu'il se frotte les mains avec délectation.

« Je pense que j'ai atterri au bon endroit avec vous. »

« Nous avons l'air plus effrayants que nous le sommes en réalité. Enfin, ce n'est pas sûr concernant Violet. » Il me fait un clin d'œil et je ris, en oubliant tout le sentiment de malaise que je n'arrivais pas à faire passer.

Nous tombons dans un silence confortable et travaillons avant que son portable ne commence à vibrer sur le bureau.

« Ce sont les gars, » dit-il en levant les yeux de l'écran.

Je lui souris.

« Personne ne t'a encore ajoutée au groupe de discussion ? »

« Euh... non. »

« Connards. Tu vas probablement le regretter parce que c'est surtout Brax qui publie des images totalement inappropriées toutes les cinq minutes, mais au moins tu sauras où nous trouver si jamais tu... »

Je lève les yeux au ciel. West et Brax lui ont aussi parlé.

« Nous voulons juste— »

« Vous voulez vous occuper de moi, je sais. J'apprécie. »

« Donne-moi ton numéro, alors. »

Je lui dicte et seulement quelques secondes plus tard, mon portable commence à vibrer dans ma poche.

Au moment où je le sors, il y a vingt messages sur le chat. Principalement de Brax, et comme promis plusieurs trucs à la con qui me font éclater de rire.

« Je ne sais pas si je dois te remercier ou... »

« Ne dis pas que je ne t'avais pas prévenue. »

Je mets mon portable en mode silencieux en sachant que je ne viendrai jamais à bout de mon travail s'ils continuent à ce rythme et le fourre au fond de mon sac à main.

CHAPITRE NEUF

Kane

Je ne voulais pas tomber dans le cliché flippant des harceleurs. J'étais dans la bibliothèque en toute légitimité quand elle est entrée les yeux écarquillés et toute excitée alors qu'elle regardait tous les livres.

Je me suis tapi dans l'ombre pour qu'elle ne me remarque pas en passant et j'ai commencé à arpenter chacune des allées de livres.

La tentation de la suivre était forte mais je me suis dit hier soir, quand je me tenais au milieu du campus, que je n'allais pas la chercher, et qu'au lieu de cela je profiterai au maximum des cours que nous avons ensemble pour le moment.

J'ai tout mon temps pour faire monter les enchères dans les semaines et mois à venir. Je veux qu'elle surveille ses arrières, en attendant que j'agisse, puis quand elle se rendra compte que rien ne se passe, c'est exactement ce moment-là que choisirai pour passer à l'action. Quand elle s'y attendra le moins et qu'elle aura baissé la garde.

Et alors... alors elle sera à moi.

Mon intention était de partir mais je suis entré ici pour une raison, alors j'ai fini par sortir de l'ombre et j'ai réalisé où j'avais réellement envie d'être.

C'est ainsi que je me suis retrouvé caché derrière une rangée de livres au troisième étage à la regarder travailler.

Je sais que je ne devrais pas, mais il y a quelque chose de fascinant dans la façon dont ses doigts survolent le clavier de son ordinateur portable.

Ses longs cheveux sont arrangés en chignon retenus par non pas un, mais deux stylos, et l'expression de son visage alors qu'elle est pleinement concentrée est envoûtante.

Je reste là bien trop longtemps à la regarder travailler.

Des images des choses que j'ai envie de lui faire se déroulent dans mon esprit comme un film alors que mon envie de vengeance monte en flèche.

Je veux qu'elle soit seule dans un endroit où nous n'aurons pas de témoins.

Je la veux pour moi tout seul.

Mes poings se serrent alors que je m'imagine marcher vers elle et exiger qu'elle parte avec moi. Elle le ferait, je sais qu'elle le ferait parce qu'elle détesterait provoquer une scène.

Elle préférerait traiter avec moi en privé plutôt que tout le monde soit au courant de ce qui se passe entre nous.

Petite idiote.

J'aurais pensé qu'elle savait depuis longtemps qu'être seul avec moi est la chose la plus dangereuse à faire.

J'ai presque réussi à me convaincre de m'éloigner quand quelqu'un d'autre s'approche d'elle.

Il est clair qu'elle sait qui il est. La façon dont son visage s'illumine lorsqu'elle le remarque me serre la poitrine et me fait à nouveau serrer les poings.

Encore une fois, j'essaie de me forcer à partir et bon sang, je suis content de ne pas l'avoir fait. Je suis assez proche pour pouvoir entendre chaque mot qu'ils s'échangent et à la seconde où ils commencent à parler d'une discussion de groupe, je me rapproche encore.

Je tâtonne pour sortir mon portable de ma poche quand il lui demande son numéro et je déverrouille le mien suffisamment rapidement pour l'enregistrer.

Je souris en moi-même en le regardant.

Elle n'a aucune idée de ce qu'elle vient de faire.

En commençant à me faire peur en réalisant le niveau de harcèlement auquel je me suis abaissé cet après-midi, je marche dans l'allée de livres et je trouve ce que j'étais venu chercher avant de quitter la bibliothèque et de me rendre à la cafétéria pour déjeuner avant mon prochain cours qui sera suivi par notre séance d'entraînement.

L etty est comme un lapin pris dans les phares pendant le cours du jeudi matin. En sachant qu'elle allait être là, je me suis assuré d'arriver en avance et je me suis tapi dans l'ombre au fond de l'amphi bien avant qu'elle n'arrive pour pouvoir la regarder.

Quand elle arrive enfin, elle est sous haute protection avec mes deux idiots de coéquipiers qui l'escortent—les mêmes connards qui ont essayé de la défendre mardi.

C'est bizarre parce qu'à l'entraînement, ils me prêtent à peine attention, en préférant faire leurs trucs et garder la tête baissée. Mais dès qu'ils sont près de Letty, il semble que leur côté sauvage ressurgisse et qu'ils fassent tout ce qui est en leur pouvoir pour protéger leur copine du grand méchant loup.

Je ne sais pas comment elle les connaît. Mon inimitié indésirable avec apparemment tous les membres de l'équipe à cause de Luca fait que je n'ai personne à qui poser subtilement toutes ces questions.

Je veux savoir qui ils sont, pourquoi ils ressentent le besoin de s'occuper d'elle, et surtout s'ils vont être un problème pour moi.

L'un d'eux passe son bras autour de son épaule alors qu'il la conduit vers des sièges vides à mi-chemin.

Si elle essaie d'être discrète alors qu'elle regarde autour d'elle pour me trouver, alors elle échoue lamentablement parce que je peux presque sentir sa nervosité d'ici alors que ses yeux parcourent fébrilement l'endroit.

Je m'affaisse sur mon siège alors qu'elle continue de chercher, et à la seconde où ses yeux se fixent sur moi, je le sais. Ce crépitement électrique entre nous suffit presque à illuminer la pièce. Je le sens jusque dans mon âme.

Un sourire se dessine sur mes lèvres. J'essaie de le

rendre doux mais mon envie de la blesser fait qu'il se transforme en un méchant rictus trop rapidement.

Ses gardes du corps finissent par remarquer ce qui retient son attention alors qu'elle se bat pour arracher ses yeux des miens, et ils parviennent à la faire bouger pour se préparer pour le début du cours.

La satisfaction me remplit à nouveau alors qu'elle reste assise sur son siège tout au long du cours magistral, comme si elle pouvait physiquement sentir mon regard brûler l'arrière de sa tête.

Elle ne se retourne pas une seule fois. Je parie que ça la tue.

« Hé, tu ne serais pas Kane Legend ? », dit une voix mielleuse derrière moi alors que je sors de l'amphi peu de temps après que le professeur Richman a quitté notre cours.

Je ne voulais pas rester là à attendre qu'elle et ses gardes du corps s'en aillent. Je ne voulais pas qu'elle pense avoir un quelconque impact sur moi. Je n'avais pas prévu d'être accosté en partant mais le timing est plutôt parfait.

La nouvelle de mon arrivée ne s'est pas encore répandue, vu que ce putain de Luca Dunn fait de son mieux pour se débarrasser de moi. Il a réussi à mettre un terme à la plupart des ragots, ce qui, je dois être honnête, est assez impressionnant.

Peut-être qu'il a plus de pouvoir ici que je ne le croyais.

« Ouais, tu es qui ? » Je tourne les talons et croise les yeux d'une jolie fille blonde aux yeux les plus bleus que je pense avoir jamais vus.

« Salut. » Son sourire s'élargit pour montrer des dents blanches parfaitement alignées. « Je suis

Clara. » Elle fait un pas en avant, juste au moment où un mouvement par-dessus son épaule attire mon attention. « Ça te dirait de prendre un café un de ces jours ? »

En détachant mes yeux de l'endroit où se trouvent Letty et ses gardes du corps, je regarde Clara.

Ma peau picote alors qu'elle se rapproche. Je n'ai pas besoin de lever les yeux pour savoir qu'elle me lance un regard mortel.

« Attention, meuf. Il mord celui-là. » L'envie de rejeter la tête en arrière et de rire du petit avertissement de Letty prend presque le dessus.

Le fait qu'elle s'en préoccupe assez pour essayer d'avertir cette fille me dit tout ce que j'ai besoin de savoir.

« C'est bon, chérie. J'ai eu affaire à plus coriace que ça. Pas vrai, Brax ? » Elle lève le menton en direction de l'un de ceux qui accompagnent Letty et son torse se bombe de fierté.

« Carrément, ouais, » se vante-t-il, à la grande irritation de l'autre gars si son roulement d'yeux signifie quelque chose.

« Allons-y, » aboie-t-il. « J'ai faim. » En poussant doucement Letty vers l'avant, bien qu'il semble qu'elle n'ait pas besoin de trop d'encouragements avant qu'elle ne descende le couloir en criant, par-dessus son épaule : « Ne dis pas que tu n'auras pas été prévenue. »

Je souris avec un air narquois. Cela m'amuse qu'elle s'y intéresse assez pour s'en mêler.

« Alors, on prend un café ? »

« Maintenant ? »

« Ouais. » Ses yeux s'illuminent alors qu'elle tire son sac plus haut sur son épaule.

De mon côté, je ne ressens même pas une lueur d'excitation... jusqu'à ce que nous arrivions au bout du couloir pour trouver Letty et les gars qui disparaissent derrière la porte de l'ascenseur en train de se refermer.

Je me précipite et j'enfonce mon pied dans l'entrebâillement et regarde avec plaisir l'horreur inonder le visage de Letty.

« C'est de l'obsession, Legend, » marmonne l'un des gars alors que je pénètre dans la petite cabine avec eux.

Dans un monde idéal, je me tiendrais juste à côté de Letty, ou derrière elle, pour qu'elle ne puisse pas voir ce que je fais. Mais avec sa protection personnelle qui se rapproche d'elle, je sais que je n'ai pas le choix. Je vais devoir me contenter de ma seule présence pour l'énerver.

Dès que Clara arrive à côté de moi, je tends un bras et l'enroule autour de sa taille, en l'attirant contre moi.

« Quelqu'un t'a-t-il déjà dit que tu avais des yeux incroyablement envoûtants ? »

« Oui, mais je préfère l'entendre de ta part. »

Quelqu'un émet un rire étouffé derrière moi mais je l'ignore, en faisant glisser ma main du bas de son dos à ses fesses.

« Je pense que nous allons aimer passer du temps ensemble, *Princesse.* »

Le halètement de choc de Letty s'entend clairement dans l'espace clos.

Je sais à quel point elle déteste le surnom que je lui ai donné quand nous n'étions que des enfants, mais il semble que même si elle le déteste, elle ne veuille pas non plus que je le donne à quelqu'un d'autre.

« C'est bien ce que j'espère, » soupire Clara, en faisant courir sa paume sur mon torse.

Son toucher est... agréable. Mais cela n'attise pas le feu en moi comme celui qu'une autre personne attiserait.

Nous n'avons peut-être été ensemble qu'une seule fois, mais putain, cette fois-là a suffi à rendre fades toutes les expériences avec d'autres filles de mon passé.

À la seconde où la sonnerie de l'ascenseur retentit pour indiquer que nous avons atteint le rez-de-chaussée, elle sort en trombe et son épaule heurte la mienne au passage en envoyant une décharge électrique directement sur ma bite.

Si elle ressent la même chose, elle ne le montre pas parce qu'elle ne regarde pas en arrière lorsqu'elle sort du bâtiment comme si elle était poursuivie par quelqu'un.

« C'est quoi son problème ? » Clara ronronne, en enroulant sa main autour de ma nuque et en me regardant dans les yeux.

« Elle est probablement jalouse parce qu'elle n'est pas aussi jolie que toi. »

« Tu es un connard, » aboie l'un des protecteurs de Letty alors qu'ils la suivent.

« Je sais. Ça m'amuse. »

Il me fait un doigt d'honneur par-dessus son épaule tandis que Clara passe ses doigts dans les miens et me pousse hors de l'ascenseur.

Dès que nous sortons et que je me rends compte que Letty est introuvable, je sors mon portable de ma poche et le regarde comme si j'étais en train de lire quelque chose.

« Je suis désolé, bébé, on va devoir remettre ça à une autre fois. Un de mes gars a besoin de moi. »

« Je peux venir avec toi, » propose-t-elle en s'avançant et en pressant ses seins contre mon torse comme si cela allait suffire à me faire changer d'avis.

Aucune putain de chance, mon cœur.

« Désolé, peut-être une autre fois. »

Elle projette sa lèvre inférieure artificiellement charnue en avant en faisant la moue, mais tout ce que je fais, c'est de m'éloigner d'elle et de partir, sans me soucier de la laisser tomber.

C'est une amatrice de joueurs de foot. Je suis sûr qu'il y a beaucoup d'autres membres de l'équipe après qui elle peut courir pour y enfoncer ses griffes.

Je me prépare un déjeuner et réussis à travailler un peu sur un devoir avant de me rendre à mon cours de l'après-midi, tout comme je l'ai fait ce matin.

Je ne sais pas si j'aurai le plaisir de la mettre mal à l'aise dans ce cours, vu que j'ai raté notre premier cours lundi, mais je ne peux qu'espérer.

CHAPITRE DIX

Letty

« C'est vraiment un connard, » marmonne Brax alors que lui et West me rattrapent après que j'ai presque sprinté depuis l'ascenseur.

À la seconde où je l'ai entendu l'appeler par mon surnom, la seule chose à laquelle je pouvais penser était de m'éloigner de lui.

Je ne veux plus jamais l'entendre me surnommer ainsi, mais je ne savais pas combien l'entendre utiliser ce surnom pour une autre fille m'affecterait.

La jalousie qui m'a envahie était presque trop forte à contenir et j'étais à environ deux doigts d'enrouler mes ongles non manucurés dans ses extensions de cheveux pour l'écarter de lui.

Heureusement, les portes se sont ouvertes juste à temps et cela m'a permis de m'échapper.

À la seconde où l'air extérieur m'a frappé, j'ai pris une grande inspiration, loin de son odeur masculine et boisée, et je me suis forcée à me détendre.

J'ai détesté montrer qu'il m'avait touchée en réagissant comme ça, mais je n'ai pas pu m'en empêcher.

J'étais en train de perdre le contrôle et je devais m'enfuir.

« C'est clair. »

« C'est quoi son problème avec toi ? »

« C'est... » Je pense à toutes les raisons pour lesquelles il me déteste. La majorité d'entre elles ne relèvent pas de moi et je n'en suis pas responsable, mais cela ne semble pas lui importer. « Juste des trucs du passé qu'il ne veut pas laisser tomber. »

« Eh bien, il doit le faire. C'est déjà suffisant qu'il déteste Luca, nous n'avons pas besoin qu'il te fasse chier aussi. »

Je hausse les épaules. « Je suis habituée à Kane. Je sais comment le gérer. »

Ils tournent tous les deux les yeux vers moi mais j'ignore le fait qu'ils m'ont tous les deux vu échouer par deux fois à en venir à bout.

« Allez, je vous invite tous les deux à déjeuner. »

« Je connais le parfait endroit. »

Nous nous entassons tous les trois dans la voiture de Brax et il appuie à fond sur l'accélérateur pour nous éloigner du campus. Je suis plus qu'heureuse de partir et de diminuer le risque de le croiser à nouveau.

« Je pensais que vous n'alliez jamais arriver, » dit Violet lorsque nous nous dirigeons vers l'endroit où elle attend à l'extérieur du restaurant.

« Arrête de pleurnicher, » marmonne West, en poussant la porte et en entrant à l'intérieur.

Il y a des étudiants partout mais heureusement, il n'en fait pas partie.

Ce moment, hors du campus, passe trop vite et avant que je m'en aperçoive et avec le ventre plein de pizza, nous rentrons pour que je puisse arriver à temps à mon cours de littérature américaine.

Je m'en vais vers le Westerfield Building après avoir insisté sur le fait que je n'avais pas besoin d'escorte tandis que les autres retournent aux dortoirs vu qu'ils ont l'après-midi libre.

Je suis presque à l'entrée quand deux visages plus que bienvenus apparaissent.

« Letty, plus belle que jamais, » dit Luca, en me prenant dans ses bras et en me balançant de façon théâtrale pendant que tout le monde dans un rayon de quinze mètres regarde sa façon extravagante de me saluer.

« Pose-moi par terre, » je crie quand il continue de nous faire tournoyer.

Lorsqu'il remet enfin mes pieds sur le sol, ma tête tourne et je n'arrête pas de rire.

« Tu es un imbécile. » Je le prends dans mes bras et le serre, puis fait la même chose avec Leon.

« Tu vas bien, Cupcake ? », il me chuchote à l'oreille, en me retenant plus longtemps qu'il ne faudrait étant donné que nous ne sommes que des amis.

Je sens les regards jaloux de toutes les filles autour de nous me brûler le dos mais j'y suis habituée. Je suis amie avec ces deux-là depuis assez longtemps pour savoir gérer des ennemies.

« Oui, et toi ? »

« Toujours. » Il me fait un clin d'œil quand je recule.

« Prête à aller en cours ? »

« Carrément, ouais, » je dis. Comment pourrais-je ne pas l'être avec un jumeau Dunn à chaque bras ?

Je suis prête à affronter le putain de monde.

Malheureusement, ma confiance diminue un peu lorsque nous entrons tous les trois dans l'amphi et que mes yeux fixent immédiatement une paire d'yeux bleus en colère.

Mes pas vacillent et Luca et Leon s'en rendent compte.

« Qu'est-ce qu—oh. Est-ce que cet enculé te harcèle ou un truc du genre ? »

« Je suis presque sûre qu'il est aussi dans ce cours. » Je hausse les épaules. « Fais pas attention à lui. »

« Difficile à faire quand il semble être toujours là dès que je me retourne. Si j'arrive à aller jusqu'au premier match de la saison sans lui casser le nez, ce sera un putain de miracle. »

« Ne le laisse pas t'atteindre, et ne lui donne pas la satisfaction de gâcher ta saison. Si votre entraîneur dit que tout a été fait dans les règles, tu dois laisser tomber ce truc et te concentrer sur les matchs. »

Il me regarde avec amusement pendant quelques secondes. « Qui es-tu et qu'as-tu fait de ma meilleure amie qui déteste le foot ? »

« Je ne déteste pas le foot, je— »

Je peux presque voir l'ampoule s'allumer dans sa tête. « Tu voulais rester loin de lui. Tu n'es jamais venue à nos matchs de Harrow Creek. Jamais. »

« Coupable. »

La colère l'envahit et son expression se tend alors que nous nous dirigeons vers nos sièges.

« J'aurais aimé que tu me le dises, Let, » grogne-t-il après quelques minutes de silence.

« Si j'avais su que ça se serait passé comme ça, alors je l'aurais fait. Je ne veux pas qu'il ruine tes chances pour la ligue nationale. »

« Cet enculé ne va rien ruiner. » Il tend la main et attrape ma main sous la table. « Putain, je ne le laisserai pas faire. »

Je lui souris et pose ma tête sur son épaule. « Tu es quelqu'un de bien, Luc. »

« Toi aussi et je ne te laisserai pas être empoisonnée par des gens comme lui. »

« Nous sommes là pour t'aider, Letty. Coûte que coûte, » ajoute Leon juste avant que notre professeur ne commence le cours.

Je sens son regard pendant tout le cours mais je ne regarde jamais derrière. Et quand on se lève pour partir, je continue de regarder devant moi.

Kane fait partie de mon passé. Une partie que je préfère oublier. Il est temps de me concentrer sur mon avenir.

Je pousse un soupir de soulagement en sortant du cours de socio vendredi matin. C'est mon dernier cours de la semaine et je dois me préparer pour ma première fête à MKU en l'honneur des joueurs de foot.

Ella m'a déjà prévenue qu'elle et Violet avaient

préparé des masques pour le visage et des bouteilles de Fireball.

Je peux presque sentir l'alcool me brûler la gorge en y pensant.

Je n'ai pas bu un verre depuis... Je ne me souviens même plus depuis combien de temps. Donc je sais que je vais devoir y aller doucement ce soir.

La dernière chose dont j'ai envie, c'est de finir évanouie ou malade et d'embarrasser Luca et Leon à leur fête.

Je retourne aux dortoirs avec l'excitation qui remue dans mon ventre. C'est un sentiment qui m'a manqué.

Passer du temps avec les filles et me préparer à passer la soirée à danser et à oublier le stress de l'université est l'une des raisons pour lesquelles j'étais si enthousiaste à l'idée de me lancer dans ce chapitre de ma vie.

Pas de parents, personne qui nous surveille.

Je pousse la porte de notre dortoir et la musique résonne déjà dans le petit espace et Ella et Violet dansent dans la cuisine.

« Nous sommes en train de faire des tacos et des margaritas. Tu en veux ? »

« C'est une question sérieuse ? »

Je jette mon sac et mes livres dans ma chambre avant de les rejoindre et d'aider comme je peux.

Les gars ne viennent pas et je me demande si c'est parce qu'ils ont des cours ou s'ils ont été bannis du dortoir pour qu'on puisse rester entre filles.

Ce n'est que des heures plus tard, alors que je suis assise sur le lit d'Ella avec un masque violet sur le visage pendant qu'elle met du vernis rouge sur mes ongles pour aller avec la robe qu'elle a insisté pour que je porte ce soir que nous les entendons revenir au dortoir.

« On est vendredi, » beugle l'un d'eux avant que leurs portes ne se referment toutes, j'imagine pour qu'ils puissent se préparer pour ce soir.

J'étais partie pour mettre un jean skinny et un top, mais elle a refusé catégoriquement et a sorti une robe qui pendait dans mon placard avec l'étiquette toujours attachée dessus.

Je ne sais pas pourquoi je l'ai gardée. Je l'avais achetée avec la ferme intention de la porter lors d'une soirée à Columbia, mais tout est devenu pourri et elle n'a plus jamais revu la lumière du jour.

J'ai failli la donner aux œuvres quand j'ai fait mes bagages mais quelque chose m'a fait la garder. Peut-être que c'était l'espoir qu'un jour je pourrais m'en sortir et retrouver la confiance que j'avais en réalisant que la vie pourrait revenir à la normale. Que je pourrais sortir et m'amuser à nouveau sans me noyer dans le passé.

« Tu me détestes toujours à cause de ça, » dit Ella, en suivant mon regard qui fixe la robe qui est maintenant accrochée au dos de sa porte.

« N-non, » je bégaie.

« Tu vas déchirer. Les Dunn ne vont pas comprendre ce qui leur arrive. »

« Ce n'est pas le genre de relation que nous avons, » je dis.

« Meuf, as-tu vu la façon dont ils te regardent tous les deux. C'est littéralement comme si tu avais décroché la lune ou un truc du genre. »

« Nan, nous ne sommes que des amis. Si tu veux ma permission pour tenter le coup, alors tu es plus que la bienvenue. L'un ou l'autre serait chanceux de t'avoir. »

Un sourire s'étend sur son visage en écoutant mes mots. « Je ne suis pas sûre qu'ils remarqueraient que j'existe. Je pourrais me balader à poil et je suis presque sûre qu'ils auraient tous les deux toujours les yeux rivés sur toi. »

Je me tortille en me sentant mal à l'aise.

« Ce n'est pas— »

Ella lève la main.

« Ce n'est pas comme ça entre vous, j'ai compris. Mais je pense que tu devrais peut-être y regarder d'un peu plus près parce que je pense qu'il y a peut-être quelque chose qui t'échappe. »

Je la fixe.

« Quoi ? »

« Rien. Tu me remplis mon verre ? »

Avec le pichet que nous avons fait tout à l'heure, Ella me remplit rapidement mon verre.

J'y suis allée doucement tout l'après-midi, contrairement à elle et Violet qui ont fini le premier pichet à toutes les deux en un rien de temps.

« Où est Violet ? Je pensais qu'elle allait juste prendre une douche. C'était il y a plus d'une heure. »

« Viens, » l'encourage Ella en se levant de sa chaise et en ouvrant la porte.

Les gars sont maintenant tous assis dans la cuisine avec des bouteilles de bière, mais ils nous prêtent peu d'attention quand nous nous faufilons dans le couloir avec nos bigoudis sur les cheveux et nos masques sur le visage. Je suis sûre que c'est quelque chose qu'ils ont vu un million de fois avec ces deux-là.

« Chut. » Ella tient son doigt devant ses lèvres et pousse doucement la porte de Violet.

J'étouffe un rire quand je la vois recroquevillée en boule et endormie sur son lit.

La main d'Ella se pose sur mon avant-bras, en m'empêchant de reculer pour la laisser se reposer.

« Prépare-toi, » dit-elle, avant de lever la main et de compter à rebours à partir de trois.

À un, elle crie avant de courir vers Violet, qui s'assoit comme si le monde était en train d'exploser autour d'elle. L'alcool qui coule dans mes veines me fait éclater de rire alors qu'elles commencent à se battre sur le lit de Violet tandis que des pas se précipitent vers nous.

« Oh putain ouais. Micah, va chercher la sauce au chocolat, » annonce West, ses yeux rivés sur les filles.

La robe d'Ella s'ouvre en exhibant son soutien-gorge en dentelle noire pendant qu'elles continuent de se battre.

« Tant pis pour la fête, » ajoute Brax. « On peut se contenter de l'orgie ici. »

Il plonge sur le lit avec elles, en enroulant ses bras autour de leurs deux tailles et en les tirant contre lui.

« Je suis plus qu'heureux de les prendre toutes les deux si vous, les mauviettes, vous ne voulez pas participer. Let ? », ajoute-t-il, ses yeux rivés sur moi. « Je suis capable à moi tout seul de m'occuper de tout le monde. »

« Tu es un putain d'idiot, » hurle Ella alors qu'il lui gifle les fesses et qu'elle s'éloigne de lui.

« J'adore, meuf. Tu es sexy quand tu fais ça. » Il lui envoie un baiser alors qu'elle s'approche de moi.

Ses bigoudis sont en vrac et il n'y plus que

quelques restes de son masque sur son visage qui a déteint sur les draps de Violet.

« J'imagine que je devrais aller prendre cette douche maintenant, hein ? », demande Violet, en s'écartant de Brax et en se dirigeant vers sa salle de bain. Il la suit rapidement. « Toute seule. Merci. »

« On dirait qu'aucune de vous n'a envie de coucher avec moi, » marmonne-t-il, avec un regard triste de chiot abandonné.

« C'est le cas, » annonce Ella.

« Mais les joueurs t'ont toujours intéressée, bébé. » Il fait courir ses yeux sur son corps vêtu d'un peignoir.

« Hmm... pas tous les joueurs. J'ai vu ce que tu cachais en dessous, et je dois être honnête, je n'ai pas été super impressionnée. »

Tout le monde dans la pièce se met à rire avant que nous ne partions tous pour laisser Violet seule pour qu'elle puisse prendre sa douche.

« Je fais partie de ceux qui ont une bite qui se décuple puissance mille quand elle bande, je n'y peux rien, » aboie Brax, en nous faisant tous rire à nouveau.

« Je le jure devant Dieu, nous avons le meilleur dortoir du campus, » dit Ella en se dirigeant vers sa salle de bain pour se laver le visage.

Quand elle revient, avec la peau douce et nettoyée et ses cheveux blonds soyeux qui pendent autour de ses épaules, elle est vraiment belle.

Elle se dirige vers son placard en sous-vêtements, sans se préoccuper de ma présence. Sa confiance en elle me rappelle celle que j'avais. Mais depuis que j'ai perdu tout ce poids, je fais tout ce que je peux pour cacher mon corps.

Je prends ma boisson et termine le contenu d'un coup, en espérant que l'alcool m'aidera à retrouver l'ancienne moi qui aurait assumé cette robe comme une putain de reine.

« Celle-ci ou celle-là ? », me demande-t-elle en me montrant deux robes tout aussi osées l'une que l'autre dans chaque main.

« Parce que tu me fais porter ça. » Je montre mon bout de tissu. « Je dirais celle-là. » Je pointe mon doigt sur celle qui a l'air la plus minuscule.

« OK. Cela devrait m'aider à attirer un peu plus l'attention. » Elle l'enfile et passe ses cheveux par-dessus son épaule.

« O-ouais, ça devrait le faire. » Elle ressemble à un putain de mannequin. Mon épaule s'affaisse en sachant que je ne serai jamais à sa hauteur.

« Non, » aboie-t-elle. « Sors ces pensées stupides de ta tête. »

Mes lèvres s'entrouvrent pour argumenter mais elle me fixe d'un regard qui me dit qu'elle comprend exactement ce que je ressens.

En se retournant, elle sort un album de son tiroir du haut, l'ouvre et me le passe.

Je regarde la photo d'une ado assise sous un porche. C'est tout de suite évident que c'est Ella parce que ses yeux couleur miel brillent comme aujourd'hui mais son visage ne rayonne pas du bonheur que j'ai l'habitude d'y voir.

« Je n'ai pas toujours ressemblé à ça. J'étais la fille potelée de l'école, victime de harcèlement tous les jours. Je sais que tu n'es pas contente de ton apparence en ce moment. Mais ça ne va pas durer donc apprends à t'aimer. »

« C'était le cas avant, c'est pour ça que c'est si difficile. J'étais comme tu es maintenant. »

Elle se laisse tomber à côté de moi et me prend la main.

« Qu'est-il arrivé ? »

« Je me suis complètement perdue. »

Elle se tait un instant comme si elle s'attendait à ce que j'en dise plus, mais elle risque d'être déçue parce que je n'ai pas l'intention d'en dire plus. Je veux profiter de cette soirée, pas retomber dans le passé.

« D'accord, alors nous ferons en sorte que tu t'aimes à nouveau. Je vais au yoga deux fois par semaine, tu devrais venir avec moi. »

« Ça me paraît être une super idée. Merci. »

« Je sais que l'entendre de moi ne veut rien dire parce que là-dedans. » Elle me tapote le côté de ma tête. « Tu penses ce que tu veux, mais tu es belle, Letty. Et je sais que tu ne veux pas l'entendre, mais Luca, Leon, et ces idiots là-dehors, ils le voient aussi. »

Je lui souris. « Merci. »

« Je t'en prie, ma belle. Maintenant, on va faire la fête ? », demande-t-elle en remplissant nos deux verres puis en me passant le mien.

« Carrément, ouais. Je suis prête à danser toute la nuit. »

« Amen. Et peut-être que tu seras prête pour un athlète qui sait comment utiliser son... équipement. » Elle avale son verre. « On se maquille et on y va. »

Elle se dirige vers la porte. « Vi, tu as repris tes esprits ? »

« Ouais, j'arrive, boss. »

« OK. Assieds-toi, » exige-t-elle, en me montrant sa

chaise de bureau et en sortant son énorme boîte de maquillage de la salle de bain.

« Fais-toi plaisir. »

« Oh, meuf. J'ai bien l'intention de le faire. » Elle me fait un clin d'œil et se met au travail.

CHAPITRE ONZE

Letty

Presque deux heures plus tard, nous marchons enfin jusqu'à la maison de Luca et Leon.

« Putain de merde, cet endroit est dingue, » je marmonne, en chancelant un peu sur mes pieds alors que nous croisons des groupes d'étudiants qui flânent dans le jardin de devant.

L'immense maison de style colonial nous surplombe. Il y a plus de fenêtres que je ne peux en compter après le nombre de margaritas que j'ai déjà consommées ce soir.

C'est carrément impressionnant.

« La rumeur dit que c'est Papa Dunn qui paie pour tout ça, » dit l'un des mecs derrière moi.

« Évidemment. » Juste la mention de M. Dunn me laisse un goût amer dans la bouche. C'est peut-être le père de mon meilleur ami, mais bon sang, je le déteste.

C'est un connard prétentieux, obstiné et

dévalorisant. Je ne sais pas pourquoi Maddie est restée avec lui aussi longtemps que ça. Je pense que les gens pensaient que c'était pour son argent et sa renommée, mais je ne pense pas que ce soit le cas. Elle n'était pas ce genre de femme avide de notoriété. Elle est... vraiment adorable. Une super maman. J'imagine qu'elle devait l'être pour compenser leur père violent, arrogant et exigeant.

Même si j'étais dégoûtée pour les jumeaux que leur famille se brise, je ne peux pas mentir, j'étais soulagée pour Maddie quand j'ai appris qu'il était parti et vivait à New York.

J'aurais dû contacter Luca et Leon quand c'est arrivé, mais je n'ai pas pu le faire. Je pouvais à peine m'occuper de moi à ce moment-là, avoir de la compassion et être inquiète pour eux en aurait vraiment trop rajouté.

« Eh bien, quel que soit le propriétaire des lieux, je suis ravie que nous ayons un endroit pour faire la fête, » annonce Violet, en avançant et en entrant dans la maison comme si elle la possédait.

« Apparemment, nous entrons, » rit Ella à côté de moi alors que nous suivons Vi à l'intérieur.

La maison est pleine à craquer alors que nous nous dirigeons vers la cuisine pour trouver des boissons.

West et Brax finissent par se faire entraîner par d'autres membres de l'équipe et bien qu'on m'ait assuré à maintes reprises qu'il ne serait pas là, je me retrouve à chercher Kane.

On m'a déjà dit une fois qu'il ne serait pas à une fête et regardez comment cela s'est terminé, avec moi en train de me faire royalement baiser dans une flaque de boue.

Un frisson me parcourt l'échine alors que je laisse mon cerveau se rappeler pendant cinq secondes combien cette putain de flaque de boue était bonne. Puis, je verrouille tout.

Ella me prépare une boisson en mixant plusieurs choses avant de me passer le gobelet. Ses yeux se fixent sur quelqu'un par-dessus mon épaule et pendant une seconde, mon cœur se serre en pensant que c'est lui, mais ensuite un large sourire s'étend sur son visage et l'excitation scintille dans ses yeux et je sais exactement qui est en train de s'approcher. Enfin, techniquement, il y a deux options mais je suis contente de l'une et de l'autre.

« Scarlett Hunter, tu déchires, » annonce Luca avec une voix qui porte dans toute la pièce alors que le sourire d'Ella s'élargit.

« Je te l'avais dit, » me dit-elle. Une grande paire de mains se pose sur mes hanches avant que ses bras ne s'enroulent autour de ma taille alors que son front se presse contre mon dos.

« Salut, » dis-je en me retournant vers lui. « Tu as beaucoup bu ? Je demande quand ses yeux ont du mal à se concentrer sur les miens. »

« Nous avons fait un pari, j'ai perdu. J'ai bu des shots. » Il grimace.

« Quel était le pari ? »

« Je ne peux pas te le dire, bébé. » Il porte sa main à ses lèvres et fait mine de les fermer avant de tourner et de jeter la clé.

« C'est entre mecs, j'ai compris. » Je ris.

« Bon sang, tu es tellement parfaite, Let. Tu comprends toujours. » Il dépose un baiser baveux sur ma joue et me serre plus fort.

« OK, tu es vraiment bourré. »

« Viens que je te présente les gars. »

« Euh... bien sûr. »

Il me lâche et prend ma main, en m'entraînant loin d'une Ella à l'air béat et en fendant la foule de gens qui font la fête dans sa maison.

« Cet endroit est incroyable, » dis-je lorsque nous débouchons sur la terrasse à l'arrière où se trouvent d'énormes canapés—tous remplis de joueurs de foot, je présume—qui encerclent un grand foyer.

« Les mecs, voici ma copine, » annonce-t-il à voix haute, en me faisant grincer des dents et en faisant rougir mon visage. « Letty, voici mes potes. »

La majorité me fait juste un signe de tête en guise de salutation. Quelques-uns de leurs yeux parcourent tranquillement mon corps. Je veux me blottir contre Luca pour me cacher mais la chaleur dans leurs yeux me fait garder la tête haute et leur laisser se remplir les yeux, en sachant qu'ils finiront probablement avec un œil au beurre noir quand Luca le remarquera.

« Evan, garde les yeux sur son putain de visage, mec. » Le gars en question me regarde immédiatement dans les yeux et je le reconnais instantanément parce qu'il était en socio ce matin. Il n'était pas difficile à repérer avec sa petite foule de coureuses d'athlètes en train de se disputer son attention tandis que le reste d'entre nous essayait juste de franchir la porte. « Ai-je besoin de le répéter ? Letty. Est. Intouchable. »

« Même par moi ? », dit Leon, en s'arrêtant de l'autre côté et en me tirant de l'emprise de Luca.

« Meuf, tu vas devoir surveiller tes arrières sur le campus avec ces deux-là qui te revendiquent comme étant la leur. Les filles vont sortir les griffes, » intervient Colt, le gars à qui j'ai été présentée lors de mon premier cours de littérature américaine avec eux.

« Je sais comment me comporter avec vos admiratrices. »

Luca éclate de rire, en se souvenant probablement des deux bagarres dans lesquelles j'aurais pu finir avec les salopes de pom-pom girls de Rosewood High.

« Ne la sous-estime pas. » Luca se laisse tomber sur l'un des canapés vides. « Assieds-toi, bébé. »

En tirant sur l'ourlet court de ma robe pour ne pas m'exhiber ma culotte devant tous les gars présents ici, je m'écarte de l'emprise de Leon mais avant qu'il ne me lâche, il laisse tomber sa bouche à mon oreille.

« Tu es magnifique, Let. Garde-moi une danse pour plus tard, hein ? »

« Toujours. » Je lui souris avant de me laisser tomber à côté de Luca qui pose immédiatement sa grande main brûlante sur ma cuisse.

Les yeux de Leon fixent sa prise possessive pendant un instant avant de s'asseoir de mon autre côté.

« Donc, le prodige nous a dit que tu étais à Columbia. » Je grimace en m'attendant à devoir répondre aux questions habituelles mais je suis soulagée car elles ne viennent pas. Je ne sais pas si c'est parce que ces gars-là ne se soucient pas de la raison pour laquelle j'ai quitté New York, ou si c'est parce qu'on leur a dit de ne pas être indiscrets, mais peu importe, j'en suis reconnaissante. « Leur équipe est pourrie, pas étonnant que tu sois venue pour soutenir l'équipe gagnante. »

« Putain, ouais, » aboie l'un des gars, en tenant sa

bouteille en l'air pour que quelques-uns d'entre eux trinquent avec la leur.

Je discute de tout et de rien avec les amis des jumeaux et je souris en moi-même en réalisant que c'est comme au lycée. Moi avec les mecs. Chaque fille qui passe devant et se fait chasser par les mecs me lance un regard cinglant, mais je souris gentiment. Ce n'est pas mon problème qu'ils me veulent ici et pas elles. Je suis sûre que la soirée ne fait que commencer et que tous ces gars-là seront en quête d'action bien assez tôt.

Les boissons s'enchaînent, distribuées par les nouveaux membres de l'équipe—y compris mon petit frère qui me sourit quand il me passe un nouveau gobelet.

« Tu t'amuses bien ? », me demande-t-il, alors que la main de Luca qui est toujours rivée sur ma cuisse ne lui échappe pas.

« Ouais, ce n'est pas moi la serveuse ce soir. »

« Ta gueule, » marmonne-t-il en me lançant un clin d'œil arrogant.

« Oh ouais, tu te fonds parfaitement bien avec ces connards. »

« Tu m'aimes vraiment, sœurette. » Il hoche la tête avant de rentrer dans la maison. « Ça te plaît d'avoir de nouveaux animaux domestiques ? », je demande à Luca avec un sourire narquois.

« Nan, ils adorent ça. Ça les fait se sentir spéciaux. »

« Tu es un con. Tu n'es pas censé être plus fraternel et soutenir les nouveaux arrivants ? »

« C'est ce que je fais, je leur apprends efficacement à respecter leurs aînés. »

Le reste de l'équipe se marre après une private joke que je n'ai pas comprise et je ne peux m'empêcher de me demander ce qu'ils font faire d'autre aux nouveaux durant la première semaine du semestre.

« Dommage que nous ne puissions pas faire en sorte que cet autre connard de première année lèche nos putains de pieds, » aboie Colt, et Luca, Leon et moi nous tendons tous à la simple mention de Kane.

« Ce connard ne perd rien pour attendre. Ne t'inquiète pas. »

« Luca, » je préviens. « Tu m'as promis que tu resterais en dehors de ça. »

« Ne t'inquiète pas, bébé. Tout est sous contrôle. »

Un frisson me parcourt l'échine alors qu'il serre ma cuisse pour tenter de me rassurer. Cela n'y fait rien et je ne me sens pas mieux.

Je bois une gorgée de la boisson que Zayn m'a apportée et me force à croire que Luca sait ce qu'il fait.

Ce n'est pas pour rien qu'il occupe le poste de quarterback des Panthers et je dois croire qu'il a la tête sur les épaules lorsqu'il s'agit de Kane.

« Les gars, j'y vais. Je vous aime et tous, mais j'ai besoin d'une putain de chatte, » annonce Colt quelques minutes plus tard.

« Mec, il y a une nana ici, » aboie quelqu'un.

« Une fille qui est plus qu'habituée à Luca et Leon. Je suis sûr qu'elle peut gérer. »

« J'ai entendu pire. L'un d'entre vous connaît Harrow Creek ? »

Quelques-uns secouent la tête négativement, mais d'autres hochent la tête.

« N'est-ce pas là que K— »

« Ouais, je suis une fille Creek. Crois-moi, rien de ce que tu peux dire ne me choquerait, » dis-je précipitamment avant que ce nom ne sorte de la bouche d'Evan.

Il se tourne vers les gars qui n'ont aucune idée de la réputation de Creek. « Ce qu'elle veut dire, c'est ne joue pas avec elle. C'est une dure à cuire. »

Quelques-uns ont l'air impressionnés, d'autres s'en moquent éperdument.

« Viens danser avec moi, » souffle Leon à mon oreille, et je me tourne pour le regarder.

« Tu ne préférerais pas aller *chercher de la chatte* ? » Je prends une voix plus grave pour imiter les gars.

Un sourire se dessine sur ses lèvres.

« Quand je pourrais danser avec toi à la place ? Pas moyen. »

« Oh, tu es trop mignon. »

Luca émet un son étouffé derrière moi.

« Quelqu'un t'a déjà dit que tu aurais dû naître avec une chatte ? »

« Donc il n'y aurait personne pour te mettre en valeur sur le terrain ? » Leon réplique avant de se lever et de tirer sur ma main pour m'enlever des griffes de Luca.

« Je n'ai besoin de personne pour me mettre en valeur, frérot. »

« Bien sûr, ton ego fait déjà très bien le travail. » Leon fait un doigt d'honneur à Luca par-dessus son épaule alors qu'il me conduit à l'intérieur.

Il me dirige d'abord vers les toilettes, puis nous nous arrêtons dans la cuisine pour prendre d'autres boissons. Il doit s'écouler près d'une heure avant que nous ne trouvions notre chemin vers la piste de danse de fortune que quelqu'un a aménagée dans ce que j'imagine être le salon.

Leon me fait pivoter contre son corps et je le regarde dans les yeux alors que je sens les regards haineux et brûlants de chaque fille dans la pièce se concentrer sur moi.

En pressant la longueur de mon corps contre le sien, je me lève pour lui chuchoter à l'oreille.

« Elles me détestent toutes. » Ce n'est pas nouveau. C'est comme ça que j'ai vécu ma vie à Rosewood. Au contraire, c'est amusant que ces étudiantes soient aussi pathétiques que les lycéennes qui bavent après être sorties avec un joueur.

« Nan, Cupcake. Elles sont toutes jalouses que je danse avec la plus belle fille de la soirée. »

Ma poitrine se gonfle à ses mots. Et, bien qu'Ella ait eu raison tout à l'heure, en disant que ce que les autres me disent ne changera pas ma propre opinion de moi-même, entendre ces mots venir de Leon alors qu'il pourrait littéralement avoir n'importe quelle fille dans ses bras me fait me sentir spéciale.

« Tu pourrais avoir n'importe laquelle. Tu n'as pas envie de baiser ce soir ? »

Il jette la tête en arrière et rit. « Je suis un mec, bien sûr que j'ai envie de baiser. Mais— » Il devient plus sérieux. « Je préférerais de loin passer du temps avec une amie qui connaît le vrai moi, plutôt qu'avec une fille qui veut juste coucher avec moi pour s'en vanter sur les réseaux sociaux immédiatement après. »

Mon cœur se serre pour lui. C'est vraiment comme ça ? C'est insensé.

« Je pensais que les gars aimaient ça. »

« Les gars peut-être, mais pas moi. »

« Tu es unique en ton genre, Leon Dunn. »

« C'est une belle façon de me dire que je suis bizarre, Cupcake. »

« Pas du tout, » je halète alors que la chanson change et qu'il bouge ses hanches contre moi. « As-tu appris quelques pas de danse ? »

« Je suppose que tu es sur le point de le découvrir. »

Nous dansons jusqu'à ce que notre peau soit couverte de sueur et que mon visage me fasse mal à force d'avoir souri et ri. Mais je ne peux pas m'arrêter car là tout de suite, en oubliant tout, je me sens aux anges.

« Puis-je me joindre à la fête ? », dit Luca, ses mains atterrissant sur ma taille et son torse s'alignant avec mon dos.

« Je ne suis pas du genre à refuser d'être prise en sandwich par les Dunn, » je marmonne avant de rire comme une idiote.

J'ai définitivement bu trop de vodka ce soir.

« Ouah, meuf, » grogne-t-il dans mon oreille quand je pousse mes fesses contre son entrejambe, ses doigts agrippent mes hanches plus fort alors qu'il bouge avec moi.

Leon se place devant moi, ses mains sur ma taille, juste au-dessus de celles de son frère et nous bougeons ensemble en trio.

En laissant tomber ma tête en arrière, je la fais reposer sur l'épaule de Luca et laisse leur chaleur et la sécurité qu'ils me font ressentir m'envahir.

Je me fiche que tout le monde dans la pièce soit probablement en train de nous regarder, de faire des commérages, en inventant des histoires sur des choses qui ne vont pas se passer entre nous.

Il y a peut-être des rumeurs folles sur ce que ces deux-là font en privé, mais malgré les apparences, ce n'est pas à quoi ça ressemble.

Ils sont comme mes frères. OK, je ne danserais pas avec Zayn de cette façon, mais néanmoins, cela n'ira pas plus loin.

« Oh, hé, » dit Luca derrière moi, en s'écartant légèrement alors que j'imagine qu'une autre fille essaie de m'en voler un. Je lève la tête de son épaule et quand j'ouvre les yeux, je vois immédiatement Ella dans le coin de la pièce qui me regarde avec des yeux affamés.

« Tu veux faire quelque chose pour moi ? », je demande à Leon.

« Tout ce que tu veux. »

« Danse avec ma copine. Elle a le béguin pour vous. Ne lui dis pas que je te l'ai dit, cela dit. »

Il me fait un signe de tête en riant et je lui fais signe de venir.

Elle secoue la tête et ça me donne un aperçu du côté timide d'Ella. C'est attendrissant.

« Allez, » lui dis-je et finalement elle s'écarte du mur contre lequel elle est appuyée et se fraye un chemin à travers la foule.

« El, tu connais Leon, n'est-ce pas ? » Ses joues deviennent rouges alors qu'elle le regarde. « Danse avec nous, » dis-je, en l'attirant contre moi.

Les chansons s'enchaînent et finalement, je parviens à prendre mes distances, en inventant une excuse bidon en disant que je dois aller aux toilettes.

Je recule en regardant Luca avec sa nana et Leon avec Ella et je souris en les voyant s'amuser.

Je suis presque au bord de la piste de danse lorsqu'un bras puissant se serre autour de ma taille et je suis ramenée contre un corps dur.

« Je ne pensais pas qu'ils allaient te laisser sortir de leurs griffes, Princesse. »

Un violent frisson me parcourt l'échine alors que la voix profonde et rauque pénètre dans mon cerveau embrumé par la vodka.

Oh putain.

Mon corps se fige alors qu'il essaie de bouger au rythme de la musique.

« Qu'est-ce qui ne va pas ? Tu danses avec eux comme une petite salope en chaleur mais pas avec moi ? »

« Éloigne-toi de moi, Kane. » Je me bats pour m'éloigner de lui, mais sa prise est trop forte.

Je devrais lui écraser le pied avec mon talon, lui donner un coup de coude dans les côtes, n'importe quoi pour lui faire mal mais je ne veux pas faire de scène.

Si Luca et Leon apprenaient qu'il était là... Je secoue la tête, non. Je ne peux pas laisser ça arriver.

« Si tu essaies de lutter, je montrerai à tout le monde dans cette pièce ce que tu es exactement, Princesse, » me prévient-il à l'oreille. « Je parie que tu es déjà mouillée pour moi alors que je ne t'ai pas encore touchée. »

« Va te faire foutre, Kane. Tu ne sais rien de moi. »

« Oh, j'en sais beaucoup sur toi, Princesse. Et ce que je ne sais pas encore, tu peux être sacrément sûre que je vais le découvrir. »

« Laisse-moi partir. »

J'essaie de m'éloigner à nouveau mais il n'en a rien à faire.

« Bouge, Princesse. Ou je te baise ici pour que tout le monde puisse regarder. »

Sa main libre glisse le long de la peau exposée de ma cuisse, en n'hésitant que brièvement lorsqu'il rencontre l'ourlet de ma robe courte.

« Cette robe est un appel au péché, Princesse. Qu'en dis-tu, on danse ou tu te fais baiser en public ? »

En décidant d'opter pour le moindre mal, je bouge les hanches. Sa main se soulève mais heureusement ne va pas sous ma robe, mais à la place, il enroule ses doigts autour de ma hanche, sa prise est si forte que je ne doute pas qu'il y laissera des bleus. Je grimace, en sachant à quel point je ressemble à un sac d'os depuis la dernière fois qu'il m'a touchée, mais je repousse cette inquiétude. Je ne devrais pas me soucier de ce qu'il pense de moi.

« C'est ça, Princesse. Frotte tes fesses contre moi comme tu l'as fait contre la bite de Dunn. »

Je halète. « Je ne— »

« N'essaie pas de jouer l'innocente. Toute la pièce te regardait quand tu étais avec eux. Tu voulais qu'ils te touchent ? Qu'ils te baisent ? »

« Non, » je rétorque.

« Alors tu mouilles pour eux, ou pour moi ? »

« Je ne mouille pas. »

« Continue de mentir, Princesse, et il ne me restera plus qu'à te prouver que tu as tort. »

« Fuck you. »

« Tu sais quoi, ce n'est pas une mauvaise idée. »

Il me repousse de la masse des corps en train de

tournoyer et je n'ai d'autre choix que de trébucher en avant.

« Qu'est-ce que tu fais ? », je crie tandis que nous nous rapprochons des escaliers.

« Je pense que c'est probablement mieux que nous fassions ça en privé, n'est-ce pas ? »

« Je ne vais nulle part avec toi, » j'affirme.

« Oh non ? »

Avant de savoir ce qui se passe, le monde tourne autour de moi et l'instant d'après, je regarde les fesses de Kane alors qu'il me fait monter les escaliers.

« Aïe, » je crie quand il tape mes fesses nues avec sa paume qui me brûle.

« C'est pour avoir refusé mes demandes. Si tu en veux encore, tu sais comment te comporter. »

« Va te f—aïe, » je crie à nouveau alors qu'il frappe exactement au même endroit.

« Je sais que tu es mouillée pour moi, Princesse. Je peux le sentir. »

Mes joues rougissent alors que je suis mortifiée et je ne peux qu'espérer qu'il mente.

Nous montons deux étages pendant que je balance mes poings fermés sur son cul, en essayant de ne pas apprécier à quel point il est musclé pendant que je continue à me débattre, en gagnant plus de fessées que je ne peux en compter vu ce que j'ai bu.

Je savais que venir ce soir était une mauvaise idée.

Pourquoi est-ce que je crois toujours les gens quand ils disent qu'il ne sera pas là.

Il est toujours là, putain.

CHAPITRE DOUZE

Letty

Je n'ai pas l'occasion de réaliser dans quelle pièce nous venons de faire irruption, mais vu que personne ne nous crie de sortir, je suppose qu'elle est vide.

Mes pieds ont à peine touché le sol que mon dos claque contre la porte derrière moi.

Tout l'air s'échappe de mes poumons alors que sa main s'enroule autour de ma gorge.

Quand je lève enfin les yeux pour le regarder, son regard sombre me traverse avec toute la haine que je m'attendais à recevoir et ses lèvres sont retroussées. Sa capuche est baissée sur son visage, en expliquant comment il a pu arriver dans cette soirée dont il avait apparemment été banni.

Si Luca savait qu'il était là...

Mon estomac se noue avec un mélange de nervosité, de peur et, bon sang, d'excitation.

« Tu ne veux pas faire ça, » dis-je, en veillant à ce que ma voix ne vacille pas.

Après tout ce que j'ai traversé, je ne devrais pas avoir peur de lui. Cela ne devrait être rien en comparaison de l'enfer que j'ai vécu, mais alors que je le regarde dans les yeux, en voyant sa haine qui ne faiblit pas, je peux déjà me sentir m'effondrer.

Il n'a qu'une main autour de mon cou, mais pourtant ce contact me brûle la peau d'une manière telle que je n'ai jamais ressenti ça avec Luca ou Leon.

Leur toucher était agréable, bien sûr, mais celui de Kane est carrément dangereux et je ne peux pas empêcher mon corps de brûler, désespérée d'en avoir plus.

C'est mal. Putain, tellement mal.

Il a été comme le déclencheur qui m'a envoyé dans cette spirale infernale la dernière fois, non pas qu'il ait la moindre idée des retombées de cette nuit-là, mais il est aussi le seul qui me fasse me sentir aussi vivante.

Ma poitrine se soulève alors qu'il continue de me tenir captive dans son regard, son souffle chaud parfumé au whisky inondant mon visage.

« Tu sais quoi, Princesse ? », demande-t-il, en me faisant tourner la tête jusqu'à ce que je me souvienne que je l'ai menacé il n'y a pas si longtemps.

Il se penche plus près, son nez et ses lèvres à seulement un souffle des miens et je suis submergée par le souvenir de ce que c'était que de le goûter.

J'en ai l'eau à la bouche, ma respiration s'accélère de manière embarrassante alors que je reste immobile comme une statue en attendant son prochain geste ou ses prochains mots vicieux.

« J'en ai vraiment envie. »

Je déglutis bruyamment, mes muscles se contractent sous sa main, et un sourire s'étire sur ses lèvres.

« Tu as peur, Princesse ? »

« De toi ? Jamais. »

Un grognement monte dans sa gorge alors que ses doigts serrent la mienne, en me coupant momentanément la respiration.

« Sais-tu à quel point il est facile d'étrangler quelqu'un ? »

Je secoue la tête, même si mon mouvement est si faible qu'il est presque impossible de le voir.

Il se penche, ses lèvres dans mes cheveux jusqu'à ce qu'elles effleurent mon oreille.

« C'est vraiment putain de facile, » souffle-t-il dans mon oreille, en envoyant un frisson dans tout mon corps. « Je pourrais te briser, Princesse, d'un geste rapide. Tu serais partie et je pourrais regarder ces putains de Dunn pleurer sur ta tombe tout en continuant ma putain de vie. »

« Vas-y alors, » je le provoque. « Mets fin à tout ça. Ici, maintenant. Sors-moi de ma souffrance. »

Je ne le pense pas, et mon cœur cogne contre ma poitrine alors que je force les mots à sortir de ma bouche. Si je voulais que tout s'arrête, je l'aurais fait il y a un an et pas parce que ce connard me menace de me tuer.

« Et mettre un terme à ce petit jeu ? Perdre mon jouet ? Je pense que je dois d'abord m'amuser avec. »

La chaleur inonde mon entrejambe et je me déteste encore plus à l'idée que ses mots venimeux et ses menaces me fassent réagir de cette façon.

J'aurais dû me consumer de l'intérieur quand

j'étais en bas avec les jumeaux qui m'entouraient en sachant de quoi ils étaient apparemment capables.

Mais ce n'était pas le cas. Pas comme ça.

Son autre main atterrit sur ma taille, en m'agrippant fort et en me faisant haleter avant qu'il ne la glisse vers ma poitrine.

Il attrape brutalement mes seins et un gémissement monte dans ma gorge.

« Sale. Petite. Pute. » Ses lèvres effleurent les miennes pendant qu'il prononce les mots mais il ne m'embrasse pas.

« Non, » je crie, en sachant à quel point cette affirmation est loin de la vérité.

« Tu les aurais laissés faire ce qu'ils voulaient, n'est-ce pas ? Je parie que ce n'est pas la première fois non plus. »

Mes joues me brûlent et il doit lire quelque chose dans mes yeux car un sourire menaçant apparaît sur son visage.

« Ouais, c'est bien ce que pensais. Mais ils sont sur le point d'apprendre une chose très importante. »

« Ah ouais ? Parce que pour être honnête, je pense qu'ils se foutent de ce que tu as à dire. Ils te détestent parce qu'ils m'aiment. »

Ses yeux s'écarquillent et ses narines se dilatent. Je dois me battre pour garder un sourire narquois et satisfait sur mon visage. Il semble que j'ai peut-être touché un point sensible.

« Tu es jaloux, Kane ? »

« Va te faire foutre, Scarlett. Je ne suis pas jaloux de ces connards qui sont faibles. »

« Peut-être, mais ils m'ont. Et c'est quelque chose que tu sembles vouloir. »

Sa poitrine se gonfle alors qu'il inspire.

« Ils ne t'ont pas, Princesse. Je pense que nous savons tous qui te possède vraiment. »

La déchirure du tissu atteint mes oreilles une seconde avant que la fraîcheur n'entoure mes seins.

« Tu... tu as détruit mon putain de— » Un halètement me coupe la parole alors qu'il pince mon téton entre son pouce et son index et le tord, fort. « Putain. »

Son regard soutient le mien alors qu'il se penche, en pressant toute la longueur de son corps dur contre le mien. Je ne me suis jamais sentie aussi petite et impuissante qu'en ce moment et putain ça me fait mouiller encore plus.

« Tu aimes ça, n'est-ce pas ? »

« Je te déteste, putain. »

« Cela ne t'empêche pas de vouloir me supplier, n'est-ce pas, Princesse ? »

« Jamais. »

« Tu veux parier ? »

Avant que je ne sache ce qui se passe, ses doigts sont entre mes cuisses, en train d'écarter ma culotte et de me transpercer.

« Oh, Princesse. Regarde comme tu m'as menti. »
Oh mon Dieu.

Je ferme les yeux alors que le bruit de ses doigts à l'intérieur de moi remplit la pièce.

Je ne devrais pas aimer ça. Je devrais crier, hurler, demander à quiconque pourrait m'entendre de venir me secourir.

Mais un contact et je suis incapable de faire quoi que ce soit s'agissant de Kane.

« Putain, tu coules sur ma main. »

Un gémissement s'échappe de ma gorge alors qu'il pousse plus profondément en moi. C'est un sentiment tellement étrange après si longtemps, mais putain. J'ai envie de plus.

« Regarde-moi, Princesse. Tu dois savoir qui te fait ça. On ne veut pas qu'il y ait des putains de jumeaux dans ta tête pendant que tu jouis avec ma main. »

Mes yeux s'ouvrent à sa demande. Je veux lui dire que mes pensées sont loin des gars avec qui je dansais, mais je ne veux pas lui donner cette satisfaction.

« Qui te possède, Princesse ? »

Je mords l'intérieur de mes lèvres en signe de défi.

« Tu vas le regretter, putain. »

Il retire ses doigts, en me forçant à crier de frustration. J'étais si près. Tellement près.

Mon entrejambe me fait mal alors qu'il libère mon cou.

Pendant une demi-seconde, j'envisage de fuir. Mais non seulement ça ne servirait à rien avec ces talons, et même s'il me laissait partir, il finirait par me retrouver et tout ça serait dix fois pire.

Un frisson me traverse le corps.

Peut-être que je devrais— « Argh, » je crie de surprise lorsqu'il place ses deux mains sur mes épaules et me pousse jusqu'à ce que je n'aie d'autre choix que de me mettre à genoux.

Il me fixe avec ma robe déchirée autour de ma taille, qui expose mes seins nus, et mes mains posées sur mes cuisses, avec une impatience remplissant ses yeux.

« Putain, tu m'es redevable, Princesse. Alors qu'est-ce que tu attends ? »

Je laisse tomber mes yeux de son vieux sweat à

capuche noir moulant, puis regarde l'énorme renflement sur son jean foncé.

« Je pensais que je te dégoûtais, » dis-je, en salivant alors que j'imagine à quoi il pourrait ressembler de près.

J'ai à peine pu le voir la dernière fois.

« Même la femme la plus diabolique du monde peut sucer des bites, Princesse. Maintenant, il est temps de me montrer si tu vaux vraiment quelque chose. »

Il soulève son sweat à capuche pour dévoiler sa ceinture et attend.

Mais à son grand dam, je n'obéis pas à ses ordres.

« Je n'ai pas toute la putain de nuit, » grogne-t-il, en perdant le sens de la réalité.

« Oh vraiment. Dommage parce que moi oui. »

Je lève la main et je longe du bout de mon doigt l'empreinte de sa queue.

« Tu—putain. »

Il déboutonne son pantalon et il laisse le tissu tomber sur ses cuisses et sort sa bite.

Putain de merde. Il a un piercing. Pas étonnant qu'il ait eu si bon goût cette nuit-là.

Une nouvelle vague de chaleur inonde mon entrejambe alors que je le regarde en me demandant pourquoi le diable personnifié doit avoir une putain de bite aussi parfaite.

« Ouvre grand, Princesse. »

Avant que je n'aie eu le temps de cligner des yeux, son gland se presse sur mes lèvres fermées.

Je me bats contre lui parce que je ne peux pas ne pas le faire, malgré le fait que je crève presque d'envie de le goûter, de lui faire perdre le contrôle.

Il veut être celui qui a le pouvoir, celui qui me suit, me menace, me fait peur. Pourtant, en ce moment, il est comme de la pâte à modeler dans mes putains de mains.

Il grogne en signe d'avertissement avant que j'entrouvre légèrement mes lèvres, en lui permettant d'entrer dans ma bouche.

Il s'avance, et touche le fond de ma gorge une seconde plus tard, en me donnant un haut-le-cœur sous le choc.

« Ne me déçois pas, Princesse. Je pensais que tu étais une putain de salope. Ou peut-être est-ce une bite différente que tu as envie d'avoir dans ta bouche en ce moment ? »

Je ne répondrai pas, même si je le pouvais.

Il s'enfonce encore mais je suis prête pour lui cette fois et je détends mes muscles en lui laissant aller plus loin sans avoir de haut-le-cœur.

« Putain, » aboie-t-il, en posant une paume contre le mur dans mon dos alors qu'il me regarde.

Sa bite tressaute dans ma bouche et j'ai un sourire satisfait, enfin autant que possible, en me demandant s'il est à ce point excité qu'il ne va pas durer longtemps.

Je le suce plus fort, plus profondément, je lui donne tout ce que j'ai. S'il insiste pour dire que je ne suis rien de plus qu'une sale pute, alors autant être à la hauteur.

Mes poumons brûlent alors que je continue, des larmes coulent de mes yeux à cause de mon manque d'air et de la salive coule de mon menton mais je m'en fous car à chaque fois qu'il gémit, à chaque fois que ses doigts tirent mes cheveux en provoquant une douleur qui irradie jusque dans mon dos, cela me rappelle à quel point je lui fais perdre le contrôle et un sentiment de puissance me traverse.

Il pense qu'il est puissant avec sa petite bande menaçante et ses paroles vicieuses mais en ce moment il n'est rien. Je suis peut-être à genoux devant lui, mais c'est carrément moi qui le possède.

Il ne fait rien d'autre que grogner de plaisir mais je sens le moment où il atteint le point de non-retour parce que sa bite gonfle, sa prise sur mes cheveux devient incroyablement serrée et ses yeux perçants scintillent avec quelque chose que je n'ai jamais vu avant.

De la fierté ?

Je refoule cette idée parce que je ne suis pas sûre que juste avant son orgasme les choses puissent être prises au sérieux. C'est dans ces quelques secondes que les gens font ou disent toujours des choses qu'ils regrettent plus tard lorsqu'ils ne sont plus en état d'euphorie.

Ses lèvres s'entrouvrent alors qu'un rugissement les déchire tandis que sa bite convulse violemment dans ma bouche, en faisant jaillir des jets salés de sperme dans ma gorge.

J'avale tout, je lève ma main pour essuyer rapidement mon menton avant de me lever du sol et de me jeter sur le lit.

Il me retourne sur le dos, presse ses paumes contre l'intérieur de mes cuisses, écarte ma culotte et plonge sur ma chatte.

« Putain de merde, » je crie en rebondissant sur le lit alors qu'il me lèche.

Mes doigts trouvent ses cheveux alors qu'il continue son assaut.

Je ne sais pas si c'est du plaisir ou de la torture alors qu'il continue de me lécher d'une façon presque insupportable avec sa langue qui me taquine.

« Kane, » je crie alors qu'il glisse deux doigts profondément en moi.

« Putain, tu aimes me sucer la bite, n'est-ce pas, Princesse ? Tu es mouillée comme pas possible. »

« Kane, » je répète alors qu'il trouve mon point G comme un putain de pro et le caresse tout en me pinçant le clitoris.

« J'ai toujours su que ce serait si bon de te briser, Princesse. »

« Va te faire foutre. Tu ne me briseras pas. »

« Dit celle qui a encore des larmes qui coulent sur les joues. » Il lève la main et essuie l'humidité dont je ne savais pas qu'elle était toujours là avant de sucer son pouce pour goûter mes larmes.

C'est étrangement érotique et intime malgré le fait qu'il ait juste sa tête entre mes cuisses.

« Tu as le goût du péché, des ennuis et de la trahison. »

« Et tu as le goût d'une marque spéciale de connard mais est-ce que tu m'as entendue me plaindre ? » Je halète, mon orgasme étant juste à portée de main.

Je bouge à nouveau, le bras de Kane balaie tous les objets qui jonchent le bureau avant que ma poitrine nue ne soit pressée contre le bois froid.

Je fais un effort pour me lever mais sa grande paume appuie entre mes omoplates en me gardant fermement en place alors qu'avec son pied, il écarte mes jambes.

« Qu'est-ce que tu— » Question stupide, je sais,

mais l'envie de dire quelque chose prend le dessus. « Capote, » je lâche en panique mais s'il m'entend, il m'ignore totalement.

« Tais-toi, » aboie-t-il en s'enfonçant en moi sans avertissement.

« Oh mon Dieu, » je crie alors qu'il commence à me marteler sans retenue.

Je peux à peine reprendre mon souffle alors que le bureau cogne contre le mur, ma poitrine se griffant contre la surface rugueuse mais cette douleur ne fait qu'ajouter au plaisir qui m'envahit.

Il s'enfonce profondément, si profondément que je vois des étoiles. C'est comme la dernière fois, seulement… c'est plus fort.

Ses doigts agrippent brutalement mes hanches, et des bleus commencent déjà à se former, j'en suis sûre.

« Ne t'avise pas de jouir, Princesse. Je te dirai quand tu pourras lâcher prise et tu ne le feras pas une seconde trop tôt, » aboie-t-il.

« Kane, » je crie, alors que mes muscles ondulent quand il se retire avant de replonger rapidement en moi. Son gland et son piercing touchent le fond de mon vagin tandis qu'il me prend.

Putain, on ne devrait pas faire ça.

« Oh mon Dieu, oh mon Dieu, » je gémis, en étant en équilibre instable, plus que prête à être engloutie par le plaisir.

Les hanches de Kane s'avancent une fois de plus avant qu'il ne s'immobilise, sa bite convulse à l'intérieur de moi et il se retire rapidement avant de rugir une deuxième fois quand des jets de sperme chaud atterrissent sur mes fesses nues.

Sa main gifle mes fesses exactement au même

endroit où il a frappé auparavant et la douleur se mélange au plaisir lorsqu'il enfonce ses doigts en moi et je tombe dans une béatitude engourdissante.

Je réalise que j'ai bougé seulement de longues secondes plus tard quand je reviens à moi et me rends compte que je suis à nouveau sur le lit.

« Kane ? », je demande en gardant les yeux fermés, même si je ne sais pas pourquoi je m'embête à le faire, je sais déjà qu'il n'est plus là. Ma peau ne picote pas et mon cœur ne bat pas comme il le fait chaque fois qu'il est près de moi.

Je me donne encore deux secondes avant d'ouvrir les yeux et de contempler la pièce autour de moi.

« Oh putain. Putain, putain, putain. » Mes yeux parcourent la pièce avant d'atterrir sur le seul élément qui confirme toutes mes pires craintes.

Le maillot Rosewood High encadré de Luca est accroché au mur en face de moi.

Je laisse tomber ma tête dans mes mains alors qu'un sanglot éclate.

Si j'avais su que c'était là qu'il m'avait emmenée... je n'aurais pas...

Putain de qui je me moque ? Je n'avais aucune chance d'arrêter cette chose inéluctable.

« Putaaaaain, » je crie dans mes mains quand des images de ce qui s'est passé entre nous il y a quelques minutes à peine me reviennent à l'esprit encore et encore.

Tout ce que je peux sentir c'est lui, tout ce que je peux ressentir c'est son toucher brutal mais je suis dans la chambre de Luca.

Putain de trou du cul.

En tirant sur ma robe en ruine, j'essaie de trouver

un moyen de sauver la situation pour pouvoir m'échapper mais je n'ai aucune chance.

En sortant du lit, je trouve l'un des maillots abandonnés de Luca et je l'enfile, en faisant glisser ma robe sur mes cuisses et en la laissant tomber par terre.

Je me dirige vers sa salle de bain et me nettoie, en souhaitant pouvoir effacer les souvenirs de ma tête en même temps.

La musique qui continue deux étages plus bas résonne jusqu'ici, en me faisant me dire que la fête bat toujours son plein malgré le fait que je sois partie et que j'aie fait une autre putain d'erreur colossale.

Je me regarde dans le miroir au-dessus du lavabo. Du maquillage foncé a coulé sur mes joues, mon rouge à lèvres s'est étalé sur mon visage. En portant mes doigts à mes lèvres, je réalise qu'il ne m'a jamais embrassée. Pas une fois.

Connard.

Mais je ne sais pas pourquoi je suis surprise. Il n'y avait rien de doux ou de romantique là-dedans.

C'était comme une sorte d'exorcisme.

Celui dont je sais pertinemment qu'il n'est pas encore terminé. Ce n'est pas la fin de cette histoire entre nous. C'est à peine le commencement.

Un frisson me parcourt en sachant que d'autres choses se préparent.

Je suis venue ici pour recommencer à zéro. Pas pour retomber dans cette histoire toxique avec Kane. Cela ne faisait pas partie du plan.

CHAPITRE TREIZE

Kane

Je monte dans ma voiture que j'avais laissée de l'autre côté de la rue où la fête fait toujours rage.

Je peux voir Luca et Leon à travers les grandes fenêtres à l'avant de la maison, toujours en train de s'amuser avec leur fan club.

Ils n'ont même pas remarqué qu'elle était partie.

Putains de connards.

Tu parles d'une protection rapprochée.

Je suis entré sans problème et j'ai pris exactement ce dont j'avais envie.

C'était facile. Putain de trop facile.

Ça a à peine calmé la pression que j'avais besoin d'évacuer. J'aurais dû partir avec elle. La jeter à l'arrière de ma voiture et la ramener dans ma chambre où j'aurais pu passer toute la nuit à lui donner une leçon pour toutes les erreurs qu'elle a commises.

Elle aurait adoré ça, dit une petite voix dans ma tête.

Je repose ma tête en arrière et ferme les yeux alors que l'image d'elle à genoux avec ma bite dans sa bouche rouge menace de me consumer.

Je ne m'y attendais pas, putain.

Je l'ai peut-être traitée de sale pute, mais je suis presque sûr que la réalité est bien différente.

Mais putain, elle sait y faire.

Je tire sur mon pantalon en essayant de faire de la place pour ma bite qui durcit rapidement.

Je devrais partir, mais je suis trop intrigué à l'idée de voir ce qu'elle va faire.

Une partie de moi espère qu'elle sortira en courant en serrant sa robe contre sa poitrine et que je pourrai la récupérer et passer la nuit avec elle.

Je reste assis ici pendant près d'une heure à regarder la fête continuer sans moi avant de finalement tourner la clé de contact et de m'éloigner, en la laissant derrière moi. Toujours dans son lit ? Peut-être.

Mes doigts se resserrent sur le volant alors que je pense qu'il l'y trouvera dans quelques heures.

Je n'avais aucune idée que c'était sa chambre, je me suis juste dirigé vers la chambre la plus éloignée de la fête mais à la seconde où je suis entré, j'ai su, et un putain de sourire narquois s'est formé sur mes lèvres.

Mais cela s'est-il retourné contre moi ?

S'il la trouve et qu'elle lui avoue que j'étais là, alors il va être derrière mon dos encore plus qu'il ne l'est déjà.

Il a passé toute la semaine à essayer de convaincre le directeur des sports que je n'avais pas ma place dans l'équipe. Je pensais qu'il avait réussi quand j'ai été appelé pour le voir après les cours ce matin.

Mais heureusement, tout ce qu'il a fait a été de me prévenir de ce que Luca avait essayé de faire et de me souhaiter la bienvenue dans l'équipe.

Comme il se doit.

Il n'a aucune idée de ce que je sais, et honnêtement, je ne sais pas dans quelle mesure il coopère avec Victor et les Hawks. Sans doute peu vu qu'il continue de garder son poste à Maddison, mais je sais pertinemment que nous connaissons assez de sales trucs sur lui pour le faire dégager et ruiner la réputation de toutes les équipes sportives de MKU.

Ou, et c'est potentiellement pire, Luca la trouvera dans son lit et continuera ce qu'ils ont commencé à faire sur la piste de danse.

La regarder danser entre eux a transformé mon sang en lave en fusion.

Même maintenant, des heures plus tard, je peux encore ressentir l'envie brûlante de marcher vers eux et de l'arracher de leurs mains.

Elle est trop bien pour une paire de mauviettes comme eux.

Je m'arrête devant la maison seulement dix minutes plus tard pour trouver une situation analogue à celle qu'il y avait chez les Dunn. Des putains de gens partout.

Seulement, alors que la fête des Dunn était pleine d'athlètes sérieux en train de se laisser aller pendant quelques heures, cette fête-là est endiablée. Et par endiablée, je veux dire que l'herbe me brûle les poumons quand je franchis la porte d'entrée déjà ouverte. Je contourne un couple en train de baiser contre le mur avant de me diriger vers le salon où Ezra sniffe de la coke sur des nichons siliconés et où Devin profite d'un striptease. Ellis, comme toujours, a la tête coincée sur son téléphone. Dieu sait s'il voit tout ce qui se passe autour de lui.

Quelqu'un s'approche de moi, et je marque un temps d'arrêt quand s'approche Reid, le frère aîné de Harris.

« Mec, qu'est-ce que tu fous ici ? »

Il lève son poing en guise de salutation et je le cogne avant qu'il ne regarde d'un air renfrogné un couple sur le canapé qui se chie presque dessus en le voyant avant de se précipiter et de s'enfuir de la pièce.

Il me passe une bouteille de bière et nous nous asseyons.

« C'est moi qui ai apporté ça à cette putain de fête, hein ? Ces enfoirés de lopettes n'auraient pas été capables de faire ça. »

Je hausse les épaules, en ne lui rappelant pas que c'est l'université et qu'à la seconde où l'info circulera sur le genre de came que les frères vendent, il y aura une file d'attente autour du pâté de maison pour venir s'en procurer.

« Ils ne remplissaient pas leur part de travail, Papa a dû t'envoyer ici, hein ? »

Ce n'est un secret pour personne dans cette maison que les frères Harris sont ici pour une seule raison. Pour gérer l'approvisionnement en drogue de Maddison.

Ils tiennent fermement Harrow Creek et Rosewood et c'est le prochain territoire qu'ils veulent revendiquer.

« Non, ils sont bons. J'avais juste envie d'être un étudiant pour la soirée. Pas de responsabilités et tout. » Ses yeux se tournent vers l'endroit où Devin, son petit frère le plus vieux, est en train de doigter la fille sur ses genoux.

« Oh ouais. Comment ça se passe pour toi ? »

« Comment se fait-il qu'il ait déjà une fille et pas moi ? »

« Parce que tu es en train de me parler, » je suggère.

« C'est putain de vrai. On se parlera plus tard. J'ai besoin de passer à l'action avec des putains d'étudiantes. »

« Amuse-toi bien, » je crie alors qu'il s'éloigne à la recherche d'une victime pour la nuit.

Je scrute la pièce, en étant tenté de rester et de regarder ce qui va se dérouler mais finalement, je me trouve une bouteille de vodka dans la cuisine et me dirige vers ma chambre.

Quelques gars m'arrêtent pour discuter pendant que je me dirige vers les escaliers mais je ne traîne pas, surtout quand certaines des nanas ivres commencent à avoir les mains un peu trop baladeuses. Habituellement, je m'occuperais d'elle sans hésiter, mais ce soir avec l'odeur de Letty toujours dans mon nez, je les repousse et je cours jusqu'à ma chambre pour m'y enfermer pour la nuit.

J'enlève mes vêtements, les jette sur la pile de linge dans le coin avant d'aller vers la salle de bain. Une partie de moi crève d'envie de prendre une douche et de me débarrasser de son odeur, mais l'autre aurait envie de la mettre en bouteille.

Je mets l'eau aussi chaude que possible, je passe en

dessous et frotte ma peau jusqu'à ce que je devienne rouge.

J'ai envie qu'elle sorte de mon corps et de ma putain de tête.

C'est une douce illusion, elle est ancrée en moi depuis plus de temps que je ne veux bien l'admettre.

Elle aurait dû être à toi depuis le début, la petite voix dans ma tête me nargue, mais je la refoule.

Elle n'a jamais été à moi.

J'ai mis le bonheur et les désirs de quelqu'un d'autre avant les miens. Et regarde où ça m'a mené.

Avec mon meilleur ami décédé et une fille que je ne peux pas oublier et que je tiendrai pour toujours responsable.

« Putaaaaain, » je hurle, en balançant mon poing dans les carreaux devant moi et en regardant mon sang commencer à couler sur la porcelaine blanche.

Je dois m'éloigner d'elle.

La mettre derrière moi.

Mais je ne peux pas.

La bête qui vit en moi, celle qui cherche constamment à se venger de toutes les saloperies qui m'arrivent, a besoin d'elle. Elle veut la voir payer. La regarder s'effondrer et se briser sous mes yeux. Et ça n'a pas d'importance que mon cœur voit les choses à sa façon parce que cet enfoiré pense toujours que nous avons treize ans et qu'il en pince pour une fille à laquelle il ne peut s'empêcher de penser.

Mon poing continue de frapper les carreaux et ne s'arrête que lorsque deux d'entre eux sont fêlés et que l'eau sous mes pieds devient rouge.

La douleur m'aide, comme toujours, mais ce n'est pas assez.

La seule chose qui peut me calmer, c'est elle. C'est pour ça que je sais déjà que je ne vais pas pouvoir lui tourner le dos.

La maison est un putain de carnage quand j'émerge le lendemain matin. Il y a des corps partout, habillés ou à poil, alors que je me dirige vers la cuisine pour prendre un café.

Les seuls sons que l'on peut entendre sont les ronflements des ivrognes évanouis et de certains en train de vomir. J'espère vraiment que c'est dans les toilettes, ou au moins dans l'une des chambres du gars.

« Je pensais que tu resterais là toute la nuit ? », je demande à Reid quand je le rejoins dans la cuisine.

« Les trucs à Creek peuvent attendre un peu. »

Je donne un coup de pied à un type qui s'est évanoui au milieu de la cuisine.

« Dehors, » j'aboie à la seconde où ses yeux s'ouvrent et il se met lentement à quatre pattes et rampe hors de la pièce.

En claquant bruyamment la porte derrière lui, je me retourne vers Reid.

« Pourquoi es-tu vraiment ici ? Tu n'as pas besoin d'une fac pour trouver des chattes, » je marmonne, en sachant qu'il y a des nanas à Creek qui font la queue pour être avec le fils aîné de Victor Harris, le prodige qui va prendre le contrôle de l'empire un jour.

« Peut-être que je voulais être avec quelqu'un qui ne savait pas qui j'étais. »

« Vraiment ? », je demande avec méfiance. Ce n'est un secret pour personne que Reid aime faire étalage de son pouvoir pour obtenir tout ce qu'il veut, y compris des femmes.

« Qu'est-ce que je peux dire ? Le changement a du bon. »

« Tu dis des conneries. »

J'attrape une tasse et je démarre la machine à café, en sentant ses yeux me brûler le dos.

« Si tu as une question, pose-la, putain, frérot. »

Il hésite, en me laissant remplir ma tasse et je me retourne, en imitant sa position appuyée contre le comptoir avec une tasse dans mes mains et en attendant qu'il crache le morceau.

Il n'y a pas moyen qu'il soit venu ici juste pour faire la fête comme un étudiant. Ce n'est pas son style.

« Est-ce... », il commence avant de regarder ses pieds.

« Reid, dis-le. Demande. Peu importe ce que c'est. Je suis avec toi, tu le sais. »

Il a un an de plus que Devin et moi, mais nous avons grandi ensemble. Nous avons travaillé côte à côte pendant des années pour leur con de père. Je les connais mieux que ma propre famille—pas qu'il m'en reste beaucoup en ce moment.

« Est-ce que les choses se passent bien ici, tu sais... en ce qui concerne les affaires ? »

« Cela ne fait qu'une semaine, » dis-je, mes sourcils se rapprochant.

« Je sais mais c'est assez pour savoir si tu as vu quelque chose de suspect. »

Devin et Ezra pensent peut-être qu'ils sont les propriétaires des lieux, qu'ils sont responsables du business, mais la vérité est qu'il y a quelqu'un qui tire les ficelles, et cette personne est Reid. Il ne s'est peut-être pas inscrit ici, mais il n'y a aucun doute sur le fait qu'il est responsable de cette petite mission de prise de contrôle. Au fond, les plus jeunes des Harris sont infiltrés parmi les étudiants pour établir des relations pour que le business de leur père prolifère à la fac.

« Qu'est-ce que tu suggères exactement ? Qu'ils ne font pas leur boulot ? », je dis, en faisant un signe du menton vers le plafond pour indiquer où ses jeunes frères dorment au-dessus de nos têtes.

« Je suis sûr que ce n'est rien. Vic s'inquiète qu'ils ne traitent pas les livraisons assez rapidement. »

« Eh bien, alors il doit ralentir les putains de livraisons. Trois mecs ne peuvent pas absorber tout ça tout en étudiant et en faisant en sorte que cela paraisse légitime. »

« Je sais, je sais. Il m'a juste envoyé pour jeter un œil sur ce qui se passe. »

Je plisse les yeux, en me méfiant comme pas possible. Reid a toujours été au courant de tout ce qui se passait dans le business. S'il a des doutes alors... quelque chose ne colle pas.

« Tu caches quelque chose. »

Il me fixe avec un regard dur. Un regard qui pourrait faire trembler leurs sbires les plus faibles, mais pas moi. Je suis l'un deux. Je ne suis peut-être plus dans le réseau de la drogue—par putain de choix après les trucs avec mon frère qui est tombé pour possession de drogue, mais je suis l'un d'entre eux. Alors, même si sur mon acte de naissance, il n'y a pas écrit Harris. J'ai vécu cette vie avec eux d'aussi loin que je me souvienne.

« S'ils foutent ça en l'air, alors ils ne seront pas initiés. »

« Ils ne vont pas tout foutre en l'air, » je marmonne en sachant à quel point cet endroit est vital pour leur avenir. Ils emballeront Maddison dans un joli paquet cadeau puis Vic terminera leur initiation et ils pourront tous rejoindre la section senior des Hawks avec Reid.

J'aurais dû suivre le même chemin, mais putain, pas moyen je consacre ma vie à ce putain de trou du cul. C'est déjà assez qu'il ait ruiné mon enfance avec ses conneries.

Victor Harris et moi avons passé un accord. Un putain d'accord pour lequel il ferait mieux de ne pas me la faire à l'envers. Jusqu'ici tout va bien, mais il y a encore un long chemin à parcourir.

« Retourne voir Papa et dis-lui que tout roule et fais en sorte qu'il les lâche. »

« Très bien, Papa ours, » se moque-t-il. « Comment vont les choses de ton côté ? »

« C'est calme, merci. Je n'ai pas le temps pour ces conneries. »

« Tu sais que ça va finir par se terminer. »

« Ouais, quand la saison sera finie avec un peu de chance. »

« Je n'arrive toujours pas à croire que tu aies réussi. Tu es fait partie des Panthers, mec. C'est ouf. »

Je lui fais un signe de tête, un sourire narquois aux lèvres. J'ai peut-être vendu mon âme au diable pour arriver ici mais putain, ça fait du bien.

CHAPITRE QUATORZE

Letty

Ça tambourine dans ma tête quand je reviens à moi. J'essaie de déglutir mais ma bouche est si sèche qu'il n'y a pas moyen.

Que diable s'est-il passé hier soir ?

Je me souviens m'être assise sur la terrasse avec Luca et Leon.

De boire.

De boire beaucoup.

De danser. De leurs mains. De leurs corps se frottant contre le mien.

Mes joues rougissent à ce souvenir. Je parie que j'avais l'air d'une...

« Sale petite pute. »

J'entends sa voix comme s'il était vraiment là, et quand quelqu'un gémit à côté de moi, je me redresse d'un coup, le cœur battant comme pas possible.

Dites-moi que je ne l'ai pas fait. S'il vous plaît, pour l'amour de Dieu, dites-moi que non.

En prenant une grande inspiration, je regarde avec hésitation par-dessus mon épaule.

Je soupire de soulagement lorsque je vois une masse de cheveux noirs et non blond foncé et une peau parfaitement intacte et non les bras tatoués de quelqu'un d'autre.

« Merci, putain, » je souffle.

Cela dit, je ne me rallonge pas même en sachant que je suis en sécurité. Au lieu de cela, je mène une bataille intérieure pour savoir si je dois tenter de partir en douce ou non.

Je suis sûre que la dernière chose dont Luca avait envie la nuit dernière quand il est finalement revenu ici était de me trouver recroquevillée dans son lit.

Il y a de fortes chances qu'il ait voulu amener une fille ici et que j'aie gâché sa nuit.

« Arrête de ressasser et allonge-toi, putain, bébé. »

« Je, euh... Je devrais vraiment— »

« T'allonger ? »

Un petit rire m'échappe. « J'allais dire y aller. »

« Je te ramènerai plus tard, ne t'inquiète pas. Pour l'instant, j'ai trop la gueule de bois. Maintenant, allonge-toi et donne-moi quelque chose à serrer. »

J'étouffe un rire mais le regrette quand le tambour se met à battre à nouveau dans ma tête.

« O-ouais, OK, » je cède, en m'allongeant et en me recroquevillant avec mon dos contre son torse.

Il passe son bras autour de ma taille et me tire encore plus fort contre lui, si fort que je sens son érection matinale contre mes fesses.

« Euh... Luc... »

« Chut. Ne bouge pas. »

J'ouvre la bouche pour répondre mais avant que je trouve le moindre mot, un doux ronflement se fait entendre.

En souriant, je me détends et mets ma main sous ma joue, en fermant les yeux et en priant pour réussir à dormir quelques heures de plus.

Je dois finir par m'endormir car quand je reviens à moi, la place à côté de moi dans le lit est froide. Heureusement, ma tête va un peu mieux.

En me retournant, j'ouvre les yeux et vois Luca affalé sur sa chaise de bureau en train de me regarder. Il ne porte qu'un pantalon de jogging gris, et putain, c'est un super spectacle au réveil.

« Bonjour paresseuse, » dit-il, sa voix encore rauque.

« Tu aurais dû me réveiller. »

« Nan, tu avais l'air trop paisible. Il y a de l'eau et des comprimés si tu en as besoin. » Il fait un signe de tête en direction de la table de chevet et je ne peux m'empêcher de soupirer de soulagement et de me réjouir en voyant ça.

« Merci. »

Je glisse pour m'asseoir sur le lit, plus consciente que jamais que je suis juste vêtue de son maillot et d'une toute petite culotte.

Les souvenirs de la veille menacent de refaire surface mais je les refoule avec les analgésiques.

« Alors... », commence Luca, et mon cœur se serre. Il veut des réponses et je ne suis pas sûre d'être prête à les lui donner. « Comment t'es-tu retrouvée dans mon maillot et dans mon lit la nuit dernière ? »

« Euh... » Mes joues me brûlent alors que je pense

à ce qui s'est réellement passé dans son lit la nuit dernière. L'image et les sensations de Kane entre mes cuisses me reviennent à l'esprit et tout mon corps rougit. « Je... euh... j'ai trop bu. »

« Et tu t'es retrouvée dans ma chambre par hasard ? » Je sais ce qu'il pense. Je ne suis jamais venue ici auparavant, les chances d'être tombée sur sa chambre par hasard en étant en état d'ébriété avancée sont minces.

« Apparemment oui, » je marmonne, mon visage brûlant d'embarras. « J'espère que je n'ai pas gâché tes chances avec une fille quand tu m'as trouvée ici. »

« Let, » il soupire, la tête penchée sur le côté comme un petit chien mignon. « Je te ferai toujours passer en premier si tu as besoin de moi. Tu le sais. »

La culpabilité me ronge parce que vu la façon dont je me suis retrouvée ici, il est clair que je ne l'ai pas fait passer en premier hier soir. Non pas que j'aie eu l'occasion de réfléchir à quoi que ce soit.

Je remonte ses draps tout autour de moi, en ayant besoin de me cacher. Mon corps me fait mal et je sais déjà que ma peau est pleine de marques et d'ecchymoses. Je ne peux pas laisser Luca les voir. Il pèterait certainement un câble s'il savait que Kane a posé ne serait-ce qu'un doigt sur moi.

« Je te laisse te préparer. Tu as faim ? Je fais des pancakes qui déchirent. »

J'arrache mes yeux de lui et regarde ma robe derrière lui qui est en loques.

Je ne peux pas la mettre, elle est bousillée.

Putain. Je dois partir d'ici avant que quelqu'un ne me pose d'autres questions.

« Il pleut ? Je dois vraiment rentrer. J'ai plein de

travail à faire. »

Son visage s'affaisse et je me déteste un peu plus.

« Ouais, bien sûr. Tu veux que je te prête un truc à porter pour ne pas avoir à rentrer dans ta robe de la nuit dernière ? »

« Ce serait génial, merci. »

Il sort un pantalon de jogging qu'il prétend être trop petit pour lui et un sweat à capuche des Panthers de MKU, les laisse tomber sur le lit et après m'avoir fait un baiser sur le front, il me laisse seule dans sa chambre.

Je mets ma tête dans mes mains et je pousse un gémissement de frustration.

Ma vie est un putain de bordel.

Les choses auraient dû être plus simples en venant ici et en me rapprochant de ma famille.

J'aurais dû rentrer chez moi ce week-end.

Avec un soupir, je jette les couvertures et je me dépêche d'enfiler le pantalon trop grand pour moi en tirant les cordons de la ceinture si fort que je pourrais presque faire deux fois le tour de ma taille avec.

Je suis une loque.

Je m'asperge le visage d'eau froide et me brosse les dents en utilisant mon doigt et le dentifrice de Luca. Je trouve mon sac à main sur son bureau, et j'essaie de me rappeler si je l'ai mis là ou s'il l'a trouvé sur le sol quand il m'a découverte ici la nuit dernière. Je rassemble toute la confiance que je peux trouver en moi et j'ouvre la porte de la chambre de Luca.

Heureusement, les couloirs sont vides alors que je traverse la maison et quand j'arrive à la cuisine, je ne trouve que Luca, debout et toujours torse nu, avec un bol de pâte à pancakes dans les mains.

Ça fait rêver.

« Oh, regardez le quarterback vedette des Panthers en train de s'activer aux fourneaux. »

Il lève les yeux vers l'endroit où ma hanche est posée contre l'encadrement de la porte et son visage s'illumine.

« Tu es sûre que ça ne te tente pas ? » Il incline le bol vers moi et mon estomac grogne silencieusement.

Je suis sur le point de lui dire oui quand du mouvement au-dessus de nos têtes me rappelle exactement pourquoi je dois sortir de cette maison.

Cela ne me dérange pas que Luca et Leon soient aux premières loges du désastre qu'est ma vie, mais je n'ai pas envie que la moitié de l'équipe et je ne sais combien de nanas qu'ils se sont tapés hier en soient les témoins.

« Non, je dois vraiment— »

« Salut, » gronde une voix grave derrière moi avant que des bras ne s'enroulent autour de ma taille. « Je pensais que tu nous avais fui la nuit dernière. »

« C'est ce qu'elle a fait. Je l'ai trouvée évanouie dans mon lit, » annonce Luca, en faisant se crisper Leon derrière moi. C'était bref mais ça ne m'a pas échappé.

En m'extirpant de sa prise, je me tourne pour le regarder mais je ne peux m'empêcher de rire quand je regarde son visage.

« Tu ne te sens pas bien ? », je demande en observant les cernes sous ses yeux injectés de sang.

« Quelqu'un— » Il jette un coup d'œil à son frère. « A décidé que boire des shots seraient une putain de fabuleuse idée. »

« Ne me blâme pas. Tu es responsable de tes actes

et tu prends tes propres décisions. »

Je me moque d'eux alors qu'ils continuent à se chamailler.

« Fais cuire les pancakes et ferme ta gueule, » marmonne Leon, en ouvrant le réfrigérateur et en sortant une canette de boisson énergisante.

« OK, je vais... » Je pointe du doigt l'entrée de la maison.

« Attends, » dit Leon avant que j'aie une chance de m'échapper, bien que je n'aie aucune idée de comment vu que ma voiture est garée près des dortoirs. « Comment tu vas rentrer ? »

« Je vais appeler un Uber. »

Je cherche mon portable dans mon sac, mais quand je le sors, je vois qu'il n'a plus de batterie.

« Je te raccompagne, » propose Leon.

« C'est bon, j— »

« J'ai dit, je te raccompagne, » répète-t-il, en laissant peu de place à la discussion.

« O-OK. »

« Je t'appellerai tout à l'heure, » crie Luca alors que je suis un Leon tout habillé hors de la cuisine.

« Merci, Luc, pour hier soir... » De ne pas avoir posé trop de questions.

« Je t'en prie. » Il me fait un clin d'œil avant de retourner à sa pâte.

« Allez, Cupcake. »

« Tu es sûr de pouvoir conduire ? », je demande après être montée dans la BMW de Leon.

« Ouais, ça va. » Il tend la main et serre ma cuisse alors qu'il fait démarrer la voiture et s'éloigne du trottoir. « Alors, tu as dormi dans le lit de Luc, hein ? » Il essaie de faire comme s'il posait la question de manière anodine mais le ton tendu de sa voix ne m'échappe pas.

« Ouais, les choses sont devenues un peu too much et je me suis échappée. »

« J'allais venir te retrouver mais ensuite les shots sont arrivés et— »

« C'est bon, » dis-je, le coupant. Je grimace en pensant à ce qu'il aurait pu voir s'il était venu me chercher.

Jésus.

Personne n'avait besoin d'en être témoin.

La façon dont Kane m'a traitée. C'était dégradant. C'était brutal. C'était... *Tout ce dont tu avais envie et tu mouilles à nouveau rien qu'en y pensant.*

En secouant la tête, je me concentre sur les maisons qui défilent par la fenêtre.

« Tu veux en parler ? », demande-t-il, en sentant clairement que je ne dis pas tout.

« Non, pas vraiment. Tu as passé une bonne soirée ? », je demande en changeant de sujet.

« Ouais, ça allait. Tu m'as manqué cela dit. »

« Est-ce que tu as chopé ? », je demande, en ignorant son commentaire précédent.

Il rit et je le regarde.

Il a remonté les manches de son sweat à capuche sur ses avant-bras, et cela expose ses muscles qui se contractent alors qu'il tourne le volant.

Je fais courir mes yeux sur son bras jusqu'à ce que je regarde son visage.

Son profil est parfait. Si le football ne marche pas pour lui, il devrait vraiment envisager une carrière de mannequin parce que... putain !

« Je sais que je ne ressemble à rien, tu n'es pas obligée de me regarder. »

« Tu es sexy et tu le sais. »

« Tu le penses vraiment ? »

« Tu sais que je le pense, ainsi que la majorité des filles, et une bonne partie des gars à MKU. » Un sourire se dessine sur ses lèvres. « Mais ne laisse pas ça te monter à la tête. »

« Je suppose que les bons gènes de Papa ont été utiles à quelque chose, hein ? »

« En ce qui concerne ton apparence et tes compétences sportives. Carrément, ouais. »

« Soyons honnêtes, personne ne voudrait de ses autres... caractéristiques. »

« Oh je ne sais pas, Luca a un peu de son ego. »

Leon éclate de rire en se tournant vers mon dortoir. « C'est vrai, Cupcake. Tu veux que je t'accompagne ? »

Je regarde autour de moi. C'est stupide, je sais qu'il n'est pas là à m'attendre mais ma peau me picote quand je pense que c'est une possibilité.

« Nan, rentre et savoure ces pancakes. »

« OK. Tu sais où me trouver. »

Je lui fais un signe de la tête et sors de la voiture. Je les aime tous les deux mais je suis plus que prête à me mettre sous une douche la plus chaude possible et à ramper dans mon lit pendant quelques heures pour évacuer le reste de cette gueule de bois.

Bêtement, j'opte pour l'escalier au lieu de l'ascenseur, en me disant que l'exercice me réveillera un peu. J'ai eu tort. Mes cuisses brûlent quand j'arrive à notre étage. C'est juste un rappel de mon erreur d'hier soir.

Je suis toujours en train de construire un mur pour éloigner ces souvenirs quand j'entre dans notre dortoir pour tomber sur un visage que je n'ai vraiment pas envie de voir.

« Bonjour, Mlle Scarlett. C'est bien de te voir rentrer sans tes vêtements de la veille pour ton premier week-end à MKU, » annonce Brax depuis quelque part dans la pièce mais ce n'est pas sur lui que je me concentre.

« Ellis ? » Son nom sort de ma bouche avant même que je me rende compte que je l'ai dit à voix haute.

« Hé, Let. Comment ça va ? »

Ses yeux parcourent mon corps vêtu des vêtements de Luca et je veux que le sol m'engloutisse.

Ce n'est un secret pour personne que les frères Harris se sont inscrits ici. C'est une nouvelle dont je suis sûre qu'elle ravit tous les étudiants qui prennent des pilules, sniffent de la coke et se font des tripes à l'acide.

Quand nous étions enfants, le territoire de Victor Harris ne s'étendait pas plus loin que Harrow Creek, mais au fur et à mesure que sa cupidité et son besoin de puissance augmentaient, son territoire s'est élargi.

Il a pris le contrôle de Rosewood quand nous étions en terminale, et maintenant il s'intéresse à Maddison. Je comprends, je crois. C'est un homme d'affaires. Si on peut qualifier ce gangster d'homme d'affaires.

Tout ce que je sais, c'est qu'il est terrifiant et qu'il détruit à lui tout seul la vie des jeunes de Harrow Creek en les convainquant que le meilleur moyen de survivre à cet enfer est de devenir l'un de ses sbires.

Conneries. Tout est con là-dedans. Et c'est juste

une autre raison pour laquelle j'étais si heureuse que nous soyons partis de là.

Zayn a toujours été un garçon intelligent, et j'aurais détesté le voir tomber dans ce piège.

Ce piège dans lequel nous savons tous que Kane et Kyle sont tombés, à en juger par le récent passage de Kyle en prison.

Mes yeux regardent tour à tour Ellis et Micah qui sont assis à côté de lui sur le canapé, tous les deux avec des ordinateurs sur leurs genoux en ressemblant à deux intellos. C'est presque attendrissant, ou ça le serait si je ne savais pas qu'Ellis est aussi terrifiant que ses frères, peut-être plus parce qu'il est tellement intelligent.

« B-bien. Et toi ? »

« Je ne peux pas me plaindre. J'étais fait pour l'université. Tu le sais. »

« Vous vous connaissez tous les deux ? » demande Micah en nous regardant.

« Ouais, ça fait un bail, n'est-ce pas Scarlett ? »

« Nous étions à l'école ensemble. »

« T'es comme un putain d'aimant qui attire les jumeaux ou un truc du genre ? », Brax aboie de sa place à la table à manger. Je ne le regarde pas, je suis trop intriguée par la façon dont Ellis se raidit à la mention tacite des jumeaux Dunn.

« Ouais, un truc du genre. Nous n'avons jamais été vraiment amis, n'est-ce pas ? »

Les lèvres d'Ellis s'entrouvrent comme s'il allait répondre mais je mets fin à ses souffrances.

« Si quelqu'un a besoin de moi, je serai en train de travailler dans ma chambre. » Je marche dans la pièce de vie, consciente que toutes les paires d'yeux dans la pièce me suivent.

« Letty ? » Mon dos se redresse en entendant la voix d'Ellis. Je m'arrête mais je ne regarde pas en arrière. « Je sais que ce n'était pas de ta faute. C'était juste un accident tragique. »

Je hoche la tête, en ne voulant pas retourner dans le passé avec Brax et Micah qui écoutent notre échange.

Sans un mot de plus, je déverrouille ma porte et me glisse à l'intérieur, en refermant rapidement la serrure pour préserver mon intimité.

Après hier soir, j'en ai fini avec les gens pendant quelques heures.

Je suis à mi-chemin de la pièce quand je sens quelque chose.

Quelque chose ne tourne pas rond.

Un frisson me parcourt l'échine et je tourne sur mes talons, en m'attendant à moitié à trouver Kane caché dans un coin prêt à se jeter sur moi. Mais je suis seule ici.

Mes yeux parcourent la pièce à la recherche de quelque chose qui n'est pas à sa place. Mais comme je trouve tout dans l'état où je l'ai laissé, je commence à me sentir ridicule. Je lui donne exactement ce qu'il veut, je le laisse me pousser à bout.

Ce n'est que lorsque je lève le bras pour poser mon sac à main sur mon bureau que je le vois.

Un post-it est collé sur mon ordinateur portable.

Dans quel lit as-tu dormi la nuit dernière, Princesse ?

Tout mon corps se refroidit alors que je regarde ses mots.

Je fais quelques pas en arrière et ma main se lève pour couvrir mon cœur qui s'emballe alors que la panique commence à me consumer.

Il était là. Dans ma chambre.

Je ne deviens pas folle.

Je recule jusqu'à ce que je sois près de la fenêtre. Je n'ai aucune idée de ce qui me fait regarder, un sixième sens ou un truc du genre, mais quand je me tourne vers la gauche et regarde le campus en bas, je le trouve debout en train de me fixer.

« Putain de merde, » je halète.

Ma tête me crie de bouger, d'agir comme une personne normale et de prétendre que je ne l'ai pas vu regarder vers ma fenêtre comme un putain de harceleur.

Je repense à l'autre soir où j'ai eu le même sentiment.

Il était dehors, n'est-ce pas ?

Ses yeux retiennent les miens pendant encore deux secondes avant qu'il ne parte en courant à travers le campus et ne disparaisse.

Ce n'est que lorsqu'il est parti que je peux à nouveau respirer.

Tout l'air s'échappe de mes poumons alors que je chancèle vers le lit.

Ce ne sera jamais fini, n'est-ce pas ?

Je vais être constamment obligée de me souvenir de tout ce que je veux oublier.

Peut-être que je devrais juste essayer de lui parler. D'avoir une conversation rationnelle et de tout faire sortir.

Mais rien de ce qui concerne Kane n'est normal ou

rationnel. Tout n'est que colère, haine, paroles vicieuses et contacts brutaux.

Je tombe en arrière, mon sac à main atterrissant sur mon ventre.

Je le prends, je sors mon portable et attrape le chargeur sans regarder.

Je le branche et j'attends qu'il s'allume.

Je ne m'attends pas à avoir manqué grand-chose. Un message de Maman ou de Harley peut-être. Quelques gifs ou images de Brax.

Il vibre au bout de quelques secondes mais quand je regarde l'écran, je vois un numéro que je ne reconnais pas.

Je l'ouvre, prête à l'effacer immédiatement mais les mots devant moi m'immobilisent.

Inconnu : Tu es mouillée, n'est-ce pas ? Donne-moi une bonne raison pour laquelle je ne devrais pas venir directement et continuer ce que nous avons commencé.

Ma main tremble alors que je regarde ses mots mais mon corps me trahit alors que la chaleur et le désir le traversent. Et putain, il n'a pas tort parce que le simple fait de lire cette menace m'excite.

Il y a quelque chose qui ne tourne vraiment pas rond chez moi.

J'étais au lit avec le torride quarterback des Panthers il y a à peine une heure et je ne ressentais pas ça mais un message de ce psychopathe et je crève presque d'envie de recommencer ce que nous avons fait hier soir.

En me retournant, j'enfouis mon visage dans mon oreiller et crie ma frustration.

Je dois répondre. Il va voir que je l'ai lu et je ne veux pas qu'il vienne ici. Je ne peux pas. Peu importe à quel point mon corps imagine que c'est une bonne idée, ma tête sait mieux.

Je m'assois et je lis ses mots une fois de plus, ma tête revenant directement aux événements de la nuit dernière.

Je n'aurais pas dû aimer la pression de sa main autour de ma gorge, mais j'ai aimé ça. Je n'aurais pas dû vouloir que ses doigts s'enfoncent dans mes hanches en y laissant des bleus, mais je l'ai voulu.

Il veut me punir pour le passé, et il semble que je sois plus que disposée à accepter d'être la coupable.

Putain. De. Vie. De. Merde.

Je tape un message, baisse mon portable un instant avant de le reprendre et de le supprimer.

Putain.

Scarlett : Parce que je te déteste.

Il est lu immédiatement comme s'il l'attendait. Je regarde par la fenêtre et me demande s'il est de retour, s'il attend que je lui dise de venir et qu'il monte les escaliers et entre en trombe pour prendre ce qu'il veut.

Mon estomac palpite sauvagement à cette pensée.

Inconnu : Mais cela ne le rend-il pas les choses plus agréables ?

Il ajoute un emoji qui fait un clin d'œil et je suis assez stupide pour laisser mes lèvres se contracter en un début de sourire.

Scarlett : Non. C'est violent, toxique et dangereux.

Inconnu : Exactement. Garde ta porte déverrouillée, Princesse.

CHAPITRE QUINZE

Kane

Je souris en regardant notre conversation avant de jeter un coup d'œil à sa fenêtre. Elle a disparu, mais je sais qu'elle est là. En train de penser à moi. À hier soir.

Je baisse la main pour réorganiser mon pantalon.

Putain, j'ai envie qu'on recommence. Bien que le fait de soupçonner qu'elle ait passé la nuit avec un des Dunn me fasse m'interroger.

Que s'est-il passé après mon départ ?

Dans quel lit a-t-elle dormi ? Je l'ai peut-être laissée dans la chambre de Luca, mais c'est Leon qui l'a ramenée.

Elle n'en croirait probablement pas un mot, mais je n'ai pas traîné dans son dortoir toute la matinée à l'attendre.

Ouais, je suis entré par effraction dans sa chambre avec l'aide d'Ellis, mais je n'étais pas vraiment en train de l'attendre, c'était juste un putain de bon timing.

J'attends de voir si elle va répondre à ma demande, mais au bout de deux minutes, je n'obtiens rien.

Une partie de moi veut monter et voir si elle a suivi les ordres, mais je sais déjà qu'elle ne l'a pas fait. Elle a pris l'habitude de me défier et je ne m'attends pas à ce qu'elle change maintenant.

Je pars en courant, c'est d'ailleurs pour cette raison que j'étais venu au campus ce matin, pour faire mon jogging. Mais pas cinq minutes plus tard, mon portable se met à sonner.

En espérant que ce soit elle, je ralentis et le sors de ma poche.

Je savais que c'était une douce illusion, mais la déception m'inonde lorsque je vois le nom de la personne en train de m'appeler.

Victor putain de Harris.

« Oui, » j'aboie. J'ai envie de l'ignorer, mais je sais que ça n'en vaut pas la peine. S'il veut me contacter, il me trouvera d'une manière ou d'une autre.

« J'ai un travail pour toi. »

« Nous en avons terminé, Vic. As-tu oublié notre accord ? »

Il rit, et bien que ce soit un genre de rire à faire trembler certains de ses sbires, cela ne m'ébranle pas.

Ils pensent peut-être tous qu'il est Dieu, mais je pense différemment. Il est faible, et se cache derrière son argent. Mais son pouvoir n'est rien de plus qu'une réputation qu'il a acquise au fil des ans.

La seule personne dont on doit avoir peur est Reid. Et cet enculé se prendrait une balle pour moi.

« Non, je n'ai pas oublié. »

« J'ai respecté notre accord, maintenant il est temps pour toi de faire de même. »

« Tout cela peut s'évanouir avec un seul coup de téléphone de ma part, mec. N'oublie pas ça. »

« Ne menace pas, putain— »

« C'est un job. C'est Alana. »

« Je m'en fous de qui c'est. »

« Et je me fous de ce que tu penses. Je t'enverrai les détails. Tu connais la routine. »

« Mais j'ai—l'entraînement, » je marmonne le dernier mot parce qu'il a déjà raccroché. Connard.

Avec un dernier regard sur le dortoir de Letty, je décolle dans la direction opposée.

Au moment où je rentre à la maison, tous les muscles de mon corps me font mal.

« Qu'est-ce que c'est que cette tête, bordel ? », demande Devin alors que je me précipite dans la cuisine pour prendre une bouteille d'eau.

Je lui jette un coup d'œil et cela semble lui dire tout ce qu'il a envie de savoir.

« Victor ? »

« Ouais, putain de Victor. »

« Tu savais que cela allait arriver. »

« Je sais, » je marmonne avant de boire toute la bouteille. « J'espérais juste qu'il ne le ferait pas. »

« Il ne va pas te libérer, peu importe ce que tu feras pour lui. »

« Il n'aura peut-être pas le choix quand je le tuerai. »

Devin me regarde avec une expression impassible.

Je suis sûr que la plupart des jeunes auraient l'air un peu horrifiés si quelqu'un menaçait de tuer leur père, mais ce n'est un secret pour personne que les frères Harris détestent leur donneur de sperme autant que moi.

Malheureusement, ils savent aussi bien que moi que nous ne pouvons pas simplement l'éliminer.

Il n'y a pas moyen que je passe ma vie à pourrir dans une putain de prison parce que je n'aurais pas réussi à me contrôler et fini par l'anéantir.

Nous devons être plus intelligents que cela. Plus intelligent que lui.

Notre heure viendra—ou plus encore l'heure du frère viendra. D'ici-là, je ne peux qu'espérer que j'aurais complètement abandonné cette vie, même si je sais que c'est une douce illusion.

« Tu veux faire quelques rounds ? », il demande, en comprenant mon besoin de purger cette colère et cette frustration.

« Ouais, carrément, allons-y. Je conduis. »

Le trajet jusqu'à Creek est rapide. Surtout parce que je suis en mode pilotage automatique. Je m'arrête sur le parking de Paddy sans me souvenir du trajet ni des virages que j'ai pris, mais mes articulations sont blanches sur le volant à cause de mon besoin de me défouler.

Dès que nous entrons dans l'ancienne salle de boxe, tous les regards se tournent vers nous.

« C'est bon de voir qu'ils n'ont pas oublié qui nous sommes, » marmonne Devin avec amusement.

Il est peu probable qu'ils nous oublient de sitôt vu que nous avons foutu des raclées à la plupart d'entre eux au fil des années.

Nous ne parlons à personne, pas que notre fan club essaye de nous parler, ils nous regardent fixement alors que nous nous dirigeons vers un ring soudainement vide.

Paddy sort la tête de son bureau et hoche la tête

dans notre direction avant de rentrer. Probablement pour courir et dire à son patron que nous sommes en ville.

Qu'il aille se faire foutre. Qu'ils aillent tous se faire foutre.

Chacun de mes mouvements ont été dictés par ce connard l'année dernière. Il me tenait cet enfoiré. OK, jusqu'à présent, il a tenu sa part du marché. Il a dit aux autorités que j'avais un travail honnête quand Kyle est sorti de prison, ce qui m'a assuré d'obtenir sa tutelle, même si ce n'était que pour quelques semaines jusqu'à ce qu'il ait dix-huit ans au printemps.

Mais pour que cela se produise, j'ai dû faire tout son putain de sale boulot. Beaucoup moins agréable que d'être obligé de s'occuper d'Alana ou de toute autre personne qui aurait eu besoin de compagnie. Dieu sait ce qui ne va pas avec leurs maris. Peut-être que c'est ma réputation qui est bonne.

Un sourire arrogant apparaît sur mes lèvres alors que j'enrubanne mes articulations.

Il fut un temps où nous aurions sorti les gants de boxe. Mais Devin et moi sommes bien au-delà de ça maintenant.

Nous avons tous les deux besoin de souffrir autant l'un que l'autre. Nous avons besoin de ressentir chaque coup.

J'ai l'impression que le silence se fait dans tout le gymnase quand nous nous approchons l'un de l'autre.

Je lève les mains, je fais craquer mes articulations et regarde Devin droit dans les yeux.

Je l'aime comme un frère. Mais en ce moment, et aussi longtemps que nous serons sur le ring, c'est mon ennemi. C'est son père.

Et il va s'effondrer.

Je me rue sur lui, en espérant le prendre au dépourvu. Mais il est prêt et il bloque mon premier coup.

Connard.

Nous nous sommes entraînés ensemble pendant des années. Nous connaissons les mouvements de l'autre, nous connaissons presque les pensées de l'autre pendant que nous dansons autour du ring, mais à la seconde où je parviens à lui donner un coup de poing dans la mâchoire, tout change.

Ses yeux deviennent fous et la compétition entre nous s'intensifie. Tout comme notre envie de nous battre.

J'ai totalement perdu notion du temps au moment où Devin fait une erreur vitale. Il baisse sa garde pendant un bref instant et je parviens à lui donner un coup de poing dans le ventre qui le fait trébucher en arrière et s'écraser au sol.

Nous sommes tous les deux couverts de sueur et de sang mais putain, je ne me suis jamais senti mieux.

En fait, c'est un mensonge. Hier soir, avec elle, tout était mieux mais dans mon intérêt, ce serait bien d'essayer d'oublier ça. Non pas que cela ait jamais marché avant, bien sûr.

« OK, OK, » halète Devin, en levant la main et ne prenant même pas la peine d'essayer de se relever et de continuer. « Pour une fois, tu as gagné, » dit-il avec un sourire narquois.

« Enfoiré, » je marmonne, le sourire qui s'étire sur mes lèvres fait s'ouvrir ma coupure une fois de plus, alors que je me penche pour l'aider à se relever.

Il se lève et secoue ses muscles.

« Putain, je me sens mieux maintenant. »

« Ouais ? Eh bien, tu as l'air d'une putain de loque. »

« Toi aussi, frérot. Tu as un peu... » Il tapote sa lèvre du doigt pour me montrer que du sang coule sur la mienne mais la seule réponse qu'il obtient de ma part est une tape sur la tête.

Le vestiaire est vide quand nous y entrons, ce n'est pas surprenant vu que tous les membres du gymnase étaient entassés autour de notre ring pour voir qui gagnerait l'épreuve de force.

Nous nous douchons, nous habillons et nous dirigeons vers la porte.

« Parant pour un petit déj ? »

« Putain, ouais. »

« Hallie ? » Je me tourne pour le regarder, le sourcil levé. « OK, la question est bête. »

Nous sommes arrêtés plusieurs fois en sortant. Quelques membres de la section junior des Hawks décident maintenant qu'il est suffisamment sûr de nous parler sans se faire exploser. Ils nous posent les questions de merde habituelles.

Comment c'est la fac ?

Qu'est-ce que ça fait de sortir de Creek ?

Est-ce que vous êtes encore des membres ?

Je ne suis chez MKU que depuis une semaine et déjà ce truc me fait chier.

Devin est en troisième année il a déjà eu droit à ça pendant deux ans. Je n'ai aucune idée de comment il a réussi à supporter ça.

« C'est super, merci, » dis-je poliment.

Je peux voir par le plissement de leurs yeux quand ils me regardent qu'ils ne comprennent pas comment je suis entré à MKU. Et c'est OK. Je comprends. Vic ne m'a jamais considéré autrement que comme son chien. Un putain de chien effrayant, mais un chien quand même.

Je les ai laissé penser ça. Que j'étais tout en muscles, mais c'est loin de la vérité.

Être l'un des serviteurs de Vic n'a jamais été ma vocation dans la vie. J'en veux plus, je suis avide de plus.

Plus que Creek, plus que les parcs à caravanes de merde dans lesquels nous avons été forcés de grandir, et plus que les putains de Hawks.

« Oui, bien sûr, nous sommes toujours membres. Nous travaillons sur le territoire de Maddison en ce moment même. » Devin me fait un clin d'œil, et les gars hochent tous la tête avec enthousiasme.

« C'est vraiment une bande de putains de connards, » marmonne Devin alors que nous nous dirigeons vers ma voiture.

« Ils sont juste plus heureux d'avoir cette vie-là. Ce n'est pas de leur faute s'ils ont grandi en pensant que faire partie des Hawks serait la meilleure chose à faire. »

« C'est nous qui sommes bizarres parce que nous ne voulons pas de ça. »

Je marmonne en guise d'approbation.

« Ça serait tellement plus facile si on pouvait rentrer dans le rang, n'est-ce pas ? »

Je lui jette un coup d'œil, les sourcils levés.

« Oh, va te faire foutre, » grogne-t-il, sachant exactement où je veux en venir.

Aux yeux de tous, il est juste en train de rentrer dans le rang. De se plier aux volontés de son père.

Je me moque de lui alors que je démarre le moteur et me dirige vers notre restaurant préféré.

« On devrait appeler les autres. Ils seront énervés si on y va sans eux, » dis-je lorsque nous nous arrêtons sous l'enseigne lumineuse de chez Hallie.

« Tu veux attendre qu'ils ramènent leurs fesses ici ? »

« Bon sang, non, je disais juste ça pour paraître bien. Allons-y. »

Il éclate de rire alors que j'ouvre la porte et que je sors.

On ne ressemble à rien, mais Hallie est habituée à nous voir comme ça.

Son restaurant est juste à la périphérie de la ville, au milieu de nulle part. Je ne sais pas comment elle continue d'avoir des clients, mais cet endroit existe depuis aussi longtemps que je me souvienne, mais il est toujours calme.

C'est à peu près le seul endroit à Harrow Creek où les Hawks n'ont pas pris le pouvoir. C'est notre refuge depuis quelques années.

Hallie a peut-être une petite soixantaine, mais elle n'est pas naïve concernant la vie que nous menons ou les choses que nous faisons. Son mari était un Hawk. Il est mort au cours d'une guerre entre gangs il y a une vingtaine d'années.

C'est la seule fois où Vic a failli perdre son pouvoir. Il a perdu beaucoup d'hommes cette nuit-là.

Je pense que Hallie se sent un peu coupable parce que même si elle a perdu son mari et le père de ses filles, si son mari ne s'était pas battu autant pour ce connard, alors nos vies—et celles du reste des jeunes de Harrow Creek—auraient peut-être pu tourner autrement.

C'est une douce illusion car, même si les Hawks partaient, d'autres prendraient le relais. J'imagine que pas grand-chose ne changerait, mais je préférerais que n'importe qui d'autre que ce vicieux de Victor Harris domine la ville.

À la seconde où je pousse la porte, l'odeur de bacon et de sirop d'érable me saisit et mon ventre gargouille bruyamment. Un instant plus tard, Hallie sort de sa cuisine vêtue de son tablier fleuri rose et jaune habituel avec un sourire des plus chaleureux.

Elle me rappelle tellement ma mère que cela me serre le cœur en pensant au vide que je ressens même toutes ces années après.

« Mes garçons ! » Elle écarte les bras alors que nous marchons vers elle, en lui laissant nous étreindre.

C'est une étreinte de bienvenue, et je sais que Devin l'apprécie autant que moi.

Le seul parent qui lui reste est un connard, et sa belle-mère. Enfin, moins on en parle, mieux c'est.

« Salut, Hallie, » dis-je avec un large sourire en rouvrant à nouveau ma blessure sur ma lèvre.

Elle nous regarde tous les deux d'un air renfrogné quand elle finit par nous lâcher.

« Est-ce qu'il vous a remis au travail ? » Elle grogne presque, ses yeux examinant nos blessures. « Vous êtes des étudiants maintenant, il doit— »

« Nan, Nanna, nous n'avons pas travaillé, nous avons juste... joué, » dit Devin en la faisant grimacer. Elle déteste ce surnom.

« Ça n'a pas l'air d'avoir été très amusant d'après moi. Vous avez besoin de pansements ? »

« Non, on va bien. On a juste besoin d'une assiette de tes pancakes et on sera comme neufs. »

« C'est vraiment honteux de couvrir ces beaux corps de bleus si vous voulez mon avis, » marmonne-t-elle en nous guidant vers notre box habituel à l'arrière.

« Les dames adorent ça, Nanna. »

« En parlant des dames. Vous avez quelqu'un de spécial à me présenter ? »

Devin jette la tête en arrière et rit. « Tu me connais, Nanna. Je m'amuse, je fais les quatre cents coups en quelque sorte. »

« Ouais, assure-toi juste qu'aucun de ces coups ne tombe enceinte. » Elle lui adresse un sourcil entendu.

« Je me protège, Nanna. Ne t'en fais pas. »

« Et toi ? », elle tourne les yeux vers moi.

« Nan, désolé de te décevoir. »

« Tu traînes toujours avec des traînées, hein ? »

Devin étouffe un rire.

C'est le truc avec Hallie, elle sait tout. Même les trucs qu'on ne lui raconte pas, et on lui en raconte beaucoup.

« Ouais, quelque chose comme ça. »

Je repense à la nuit précédente et mon envie de lui parler de Letty me fait presque parler, mais je ne peux pas, alors je refoule cette envie et garde mon masque fermement en place.

« Tu la retrouveras, » elle me murmure en me serrant l'épaule.

Vous voyez. Elle sait putain de tout.

« Vous voulez comme d'habitude ? »

« Tout à fait, Nanna. » Devin se frotte le ventre, lui sourit, en la faisant rougir.

Elle disparaît en nous laissant seuls.

Il y a quelques autres clients, mais aucun ne fait attention à nous alors que nous sommes assis dans notre coin sombre.

« Elle m'a manqué, » dit Devin après quelques secondes. « Pourquoi n'aurait-elle pas pu être notre grand-mère ? »

« Parce qu'elle est trop gentille ? Une personne aussi douce n'a pas de sang Harris en elle. »

« Hé, je suis aussi doux qu'un agneau et tu le sais. »

Je le regarde avec une expression impassible en pensant à toutes les choses pas vraiment douces que je l'ai vu faire au fil des années.

« Oh ouais. Que dirais-tu de demander à ceux qui sont morts et enterrés depuis longtemps s'ils pensent que tu es doux. »

« C'est juste mon travail, mec. Je suis un putain d'ours en peluche en dehors de ça. Toutes les filles veulent me serrer dans leurs bras. »

« Et puis elles viennent me baiser. »

Il me fait un doigt d'honneur alors qu'une des serveuses de Hallie nous apporte un café.

La fille est jeune, probablement une élève de seconde, ou peut-être une élève de première à Harrow Creek High et à la seconde où nous la regardons tous les deux, elle rougit de la tête aux pieds.

« Merci, » dis-je, en acceptant la tasse qu'elle me tend avant qu'elle ne s'enfuie.

« Oh, elle avait vraiment l'air d'avoir envie de te prendre dans ses bras. »

« Je parie qu'elle le ferait si je proposais. » Il écarte ses cheveux encore humides de son front et regarde ses fesses alors qu'elle s'éloigne.

« Elle est trop jeune, putain, » je le réprimande.

« Je l'ai pas touchée. »

Je ne veux pas revenir sur ce que Reid m'a dit ce matin. Je ne veux vraiment pas m'impliquer dans leurs affaires, mais après que nous avons fini de manger, mon envie de savoir s'il se passe quelque chose prend le dessus.

« Comment va le business ? », je demande en m'asseyant plus profondément sur la banquette et en étirant mes jambes.

« Il tourne carrément au ralenti, mec. »

« Oh ? » je demande, encore plus intrigué.

« Il y a un truc se passe avec les livraisons. Je n'obtiens pas les trucs dont nous avons besoin aussi vite que nous le devrions. »

« Qu'en dit Vic ? »

Il hausse les épaules. « Je n'ai pas parlé à cet enfoiré. Reid s'en occupe. »

J'acquiesce, bien que je sois méfiant comme pas possible.

« Mais ça me donne plus de temps pour les trucs à la fac, donc j'imagine que je ne devrais pas me plaindre. »

« Je ne peux pas croire que tu sois en troisième année, mec. »

« M'en parle pas, je n'aurais jamais pensé vivre ça. Dommage que je n'aie pas le choix de ce qui se passera ensuite. »

« C'est dans deux ans, tout peut arriver. »

« Tu penses que je ne rêve pas déjà que quelqu'un soit assez stupide pour le dégager et mettre fin à toutes ces conneries ? »

« Cela pourrait arriver. »

Il grogne devant mon optimisme. Mais rien de plus.

La réalité est que personne ne touchera Vic, peu importe les coups qu'il fera.

« Et toi ? Tu as survécu à une semaine entière à l'université. C'était comme tu l'imaginais ? »

Je pense aux cours, mais mes pensées ne s'y attardent pas car elles s'orientent directement vers mes échanges avec Letty.

« Encore mieux. »

« Tu ne dirais pas ça si elle n'avait pas été là, » marmonne-t-il.

Mes lèvres s'entrouvrent pour argumenter, mais je ne peux pas parce qu'il a raison et il le sait.

« Tu as un plan ? »

« Ouais, me la taper et la sortir de mon putain de cerveau. »

Il secoue la tête. Je sais qu'il pense que je devrais laisser tomber, la laisser vivre sa vie. Comme lui l'a fait. Mais je ne peux pas. C'est plus ancré en moi. Il n'a jamais voulu d'elle. Il n'a jamais pensé qu'elle allait être à lui et que ça lui reviendrait en pleine gueule.

« On devrait y aller, j'ai plein de choses à faire. »

« Pareil, mec. Yo, Nanna, » hurle-t-il à travers le restaurant avant qu'elle ne sorte de la cuisine. « Nous partons. »

CHAPITRE SEIZE

Letty

Je suis restée assise au bord de mon lit, en attendant de voir s'il allait faire irruption ici pendant plus de temps que je ne veux bien l'admettre. Je ne veux pas non plus admettre à quel point j'ai été déçue qu'il ne soit pas venu.

Mais finalement, j'ai réalisé qu'il ne faisait que se jouer de moi et j'ai traîné mes muscles endoloris jusqu'à la douche.

Quand je me suis déshabillée, j'ai vu les bleus qui assombrissaient mes hanches, et j'ai su que c'était une erreur.

Ils étaient comme un rappel dont je me serais bien passée de la sensation de son toucher.

Je me suis cachée dans ma chambre pendant des heures à étudier, en attendant que la voie soit libre et que je puisse sortir sans retomber sur Ellis.

Ce n'est pas lui le problème. C'est la personne avec qui il est lié.

Son frère aîné Devin est le meilleur ami de Kane. Je n'ai aucun doute qu'Ellis saura tout ce que j'ai besoin de savoir sur Kane. Comme l'endroit où il habite.

Je n'ai pas besoin de le savoir.

C'est déjà assez dur pour moi qu'il m'ait trouvée.

Je n'ai aucune idée non plus de ce qu'ils savent. Ils étaient là le soir de la fête. Kane leur a-t-il dit ce qui s'était passé ? Savent-ils qu'il veut se venger ? Bon sang, était-il là que parce que Kane lui avait dit de venir ? Ce n'est un secret pour personne que Kane détient le pouvoir même sur les Harris.

Finalement, je me suis aventurée dehors pour prendre des trucs à manger et heureusement, Micah était seul, toujours avec sa tablette.

Il m'a regardée pendant que je me préparais à déjeuner mais heureusement, il ne m'a pas posé de questions sur Ellis, et j'ai essayé de me dire que c'était parce qu'il s'en fichait. Pas parce qu'Ellis lui a dit tout ce qu'il savait.

J'ai super mal dormi. Chaque coup, claquement de porte ou bruit de voix dans les couloirs alors que les autres revenaient des soirées où ils avaient essayé de me traîner, me mettait à cran en me faisant me demander si j'allais voir Kane entrer en trombe.

Mais bon. Rien.

Était-ce son plan ? De me stresser autant pour que je fasse tout ce qu'il exigera de moi.

Si c'est le cas, je crains de faire exactement ce qu'il attendait de moi.

Lorsqu'on a frappé à ma porte, le coup a été suivi

d'une douce voix féminine qui m'invitait à son cours de yoga du matin.

Et c'est là que j'ai passé ma matinée.

À essayer de trouver ma paix intérieure, ou quoi que ce soit pour me canaliser.

En réalité, j'essaie juste de ne pas tomber sur les fesses ou de ne pas me tordre le cou. Jusqu'ici tout va bien.

« OK, mesdemoiselles. Rentrez vos coudes et redressez vos colonnes vertébrales, » dit doucement la prof et je suis son mouvement. « Avec des respirations profondes et lentes. »

Je ferme les yeux et vide mon esprit, ou du moins j'essaie de le faire. Mais l'image de lui devant moi vendredi soir ne me quitte pas.

La prof met fin au cours, et silencieusement tout le monde commence à se lever et à enrouler ses tapis.

Je compte jusqu'à cinq puis j'ouvre les yeux, en espérant qu'en faisant ça tout deviendra plus simple.

Je trouve Ella en train de me sourire quand je reviens à moi.

« Tu as un talent inné pour ça, » murmure-t-elle.

« Je n'irais pas jusque-là. »

« Tu te sens mieux, n'est-ce pas ? »

Je réfléchis quelques secondes. « Ouais, en fait. »

« Allez, j'ai besoin de café. »

Avec nos tapis sous les bras, nous sortons côte à côte et nous nous dirigeons vers la cafétéria.

« À emporter ? Je dois étudier. »

« Bien sûr. »

« Tu vas me parler de vendredi soir maintenant ? », demande-t-elle alors que nous traversons le campus.

« J'ai trop bu et je me suis évanouie dans le lit de Luca. » Ce n'est pas entièrement un mensonge.

« Et toi ? Tu as rencontré quelqu'un après que j'ai disparu ? », je demande pour me donner un moment de répit.

Voyant qu'elle ne répond pas tout de suite, je la regarde et vois ses joues qui sont devenues rouge vif.

« Qui ? »

Elle laisse tomber sa tête dans ses mains et gémit.

« Oh mon Dieu, était-ce Leon ? » Je l'ai laissée danser avec lui donc ce serait logique. Mais alors pourquoi n'aurait-il rien dit hier matin ?

Mon estomac se noue mais je ne sais pas si c'est à l'idée qu'il soit avec Ella ou qu'il me l'ait peut-être caché.

« C'était Colt, » admet-elle.

Je ne connais pas encore assez les gars pour vraiment me faire une opinion mais il avait l'air d'être quelqu'un de bien. Une sorte de playboy, mais selon moi, s'il est ami avec Luca et Leon, alors il doit être un gars bien.

« O-OK ? Ce n'était pas bien ? »

« Quoi ? Si, si. C'était bien. »

« Alors, quel est le problème ? »

« Il s'est tapé la moitié des nanas de Maddison. »

« C'était une fête, c'est la fac. Je suis sûre que des gens ont fait pire. »

« Je sais, je suis juste... argh. Il était si bon, » gémit-elle.

« Peut-être qu'il sera d'accord pour un second round. »

« Nan, ça n'arrivera pas. Sa règle est claire, c'est une fois et pas deux. »

« Ouah, il a des règles. C'est... ouais. »

« Putains de shots, » marmonne-t-elle.

« Eh bien, tu as dit que tu voulais te taper un joueur alors... »

« Oui, je n'ai jamais dit que je voulais me taper le joueur ultime. »

« Trop tard pour les regrets, Ella. »

« Je sais. Je dois oublier ça. Dieu sait qu'il n'aura pas pensé à moi depuis que je suis partie. »

Je la regarde dans son pantalon de yoga et son crop top. J'espère vraiment qu'il a pensé à elle et qu'il sait à quel point il a eu de la chance.

« Ella, » crie quelqu'un depuis l'autre bout du parking.

« Oh mon Dieu, » couine-t-elle à côté de moi, en sautant sur place d'excitation en voyant la personne qui l'a interpelée. « Je ne serai pas longue, » promet-elle avant de s'élancer à sa rencontre.

« C'est bon, je vais rentrer, » je crie, en ne voulant pas rester ici toute seule.

Elle me fait signe derrière mon épaule alors qu'elle court vers l'endroit où trois personnes la regardent.

Dès l'instant où elle est devant eux, ils la serrent dans leurs bras.

Je porte mon café à mes lèvres et bois une gorgée avant de me diriger vers notre dortoir et le devoir qui m'attend sur mon bureau.

Je marche le long du parking, en laissant Ella et ses amis derrière.

Les voitures vont et viennent et les voix des étudiants assis sur quelques bancs me parviennent alors que je me perds dans mes pensées... ou dans mes regrets, ce serait plus juste.

Je passe l'angle et disparais derrière une grande voiture noire alors que notre immeuble apparaît au loin.

La porte à côté de moi s'ouvre et avant que je ne sache ce qui se passe, une grande main se serre sur ma bouche et je suis emmenée de force dans le véhicule.

Mon cœur tonne contre ma poitrine alors que je donne des coups de pieds et balance mes bras derrière moi dans l'espoir d'atteindre mon agresseur.

« Calme-toi, Scarlett. »

Cette voix.

Cette putain de voix.

Je me mets sur le siège et je me tourne pour le regarder dans les yeux.

« Qu'est-ce que tu veux ? »

La bouche de Victor Harris se plisse et il prend un air renfrogné alors qu'il me fixe. Il y a du dégoût dans ses yeux pendant une seconde avant qu'il ne fasse descendre son regard sur mon corps. Le dégoût me traverse et je saisis les côtés de mon sweat à capuche zippé pour me couvrir.

Il émet un petit claquement avec sa langue qui me fait frissonner.

« Qu'est-ce. Que. Tu. Veux ? » S'il pense que je vais le respecter, alors il se fourre le doigt dans l'œil. Ce n'est pas ma première interaction avec lui. Bien qu'en étant assise ici là tout de suite, je souhaiterais que la fois précédente eut été la dernière.

Je me fiche de qui il est. Il ne peut pas m'enlever comme ça.

« J'ai un travail pour toi, même si je me demande si tu n'aurais pas besoin qu'on t'enseigne quelques putains de bonnes manières d'abord. »

Je lève un sourcil vers lui.

« Je pensais que Kane aurait déjà fait le job. »

S'il veut que je réagisse à sa mention de Kane, alors il va être amèrement déçu.

« Je ne veux pas de ton job. Demande à l'un de tes serviteurs de le faire pour toi. »

« Peux pas. J'ai besoin de quelqu'un... d'un peu différent pour ce travail. »

« Je ne suis pas intéressée, Victor. » Je me détourne de lui et tends la main vers la porte mais avant d'avoir mis mes doigts autour de la poignée, ceux de Victor s'enfoncent dans mes bras et je suis ramenée vers lui.

Il me tire si près que son haleine dégueulasse avec une odeur de vieille cigarette et de whisky m'inonde le visage.

Mon estomac se retourne alors qu'il regarde mes lèvres.

« Dégage, » j'aboie, en essayant de retirer mon bras, mais tout ce que j'obtiens, c'est qu'il me serre plus fort.

« Là tout de suite, Hunter. C'est dans ton intérêt d'être gentille. »

« Va te faire foutre, » je lui crache au visage avant qu'une douleur vive sur ma joue et le long de mon cou me fasse monter les larmes aux yeux.

Mais je ne le quitte pas des yeux alors que je retrousse les lèvres de colère.

« Que veux-tu de moi ? »

« Je te l'ai dit, j'ai un travail à te confier. Fais-le et tu seras libre de continuer ta vie comme avant. »

« Et si je ne le fais pas ? »

Un rire de maniaque sort de sa bouche. « Disons simplement que c'est dans ton intérêt de le faire. »

« Je ne ferai rien pour toi, » je crache.

Je sais le genre de choses que finissent par faire les gens qui travaillent pour lui, et je ne veux pas y participer ni faire partie de son stupide petit gang.

« Je peux facilement avoir accès aux personnes à qui tu tiens, Scarlett, » me menace-t-il. « Tu ne devrais jamais oublier ça. »

Une boule se forme dans ma gorge alors que je pense à ma famille et il remarque clairement ma panique.

« Tout le monde a une faiblesse, Scarlett. Et tu en as beaucoup. Maintenant, j'ai besoin que tu déposes quelques affaires dans la maison de mes fils. »

« Pourquoi moi ? Tu as la mainmise sur la moitié de Creek, » je dis sèchement, en m'éloignant de lui après qu'il m'a finalement relâchée.

« Ils se diront qu'il y a anguille sous roche si j'envoie un de mes gars. J'ai besoin que ça soit discret. »

« Et tu penses que si je me pointais comme ça, ça aurait l'air putain de normal ? Tu es cinglé. Quelqu'un t'a déjà dit ça ? »

Il sourit comme si mes mots lui faisaient vraiment plaisir.

Putain de psychopathe.

« Je me fiche de la façon dont tu t'y prendras, Scarlett. » Je frissonne, en détestant la façon dont mon nom sort de sa bouche. « Mets-toi à genoux s'il le faut. » Ma lèvre se retrousse en entendant sa suggestion.

« Tu veux que j'offre des faveurs sexuelles à tes fils pour entrer dans leur maison ? »

« Je suis presque sûr que Kane te laissera entrer. C'était là qu'il était la nuit dernière, n'est-ce pas ? Pour te voir ? »

Mon halètement de surprise répond à sa question.

En s'avançant, il pose une petite mallette sur ses genoux et ouvre les attaches.

À l'intérieur se trouvent une série de petits cubes noirs.

« Qu'est-ce que c'est que ça ? »

« Des caméras. J'ai besoin de savoir ce qui se passe dans cette maison. Tu vas les planquer, obtenir les infos dont j'ai besoin et nous en aurons terminé. »

« Je ne peux pas contrôler ce qu'ils disent. »

« Eh bien, pour le bien de ta famille, tu ferais mieux d'espérer qu'ils parlent. J'ai déjà perdu un fils à cause de ta famille. Je détesterais avoir à te rendre la pareille. »

Mon sang se glace à la pensée de ce que Gray, son plus jeune fils, a essayé de faire à Harley il y a seulement quelques mois.

Personne ne sait ce qui lui est arrivé. Je ne sais même pas s'il est vivant.

« Ils vont les trouver. »

« Oui, certainement. Ellis les détectera à la seconde où il sera attentif. D'où ma suggestion de les distraire aussi longtemps que possible pour obtenir ce dont j'ai besoin. »

« C'est foutrement dingue. »

« Je perds de l'argent, et je pense que c'est à cause de mes fils. Oui, c'est malsain tout ça. »

« Et si je le fais ? », je demande alors qu'il referme le couvercle de la mallette et me la passe.

« Ta famille sera en sécurité et si je me sens d'humeur généreuse, je pourrais laisser ton gars abandonner un job ou deux. Dieu sait qu'il a fait couler assez de sang pour moi l'année dernière. »

Ses mots mettent des images dans ma tête dont je n'ai vraiment pas besoin. Je sais que Kane est lié à ce connard, il l'a toujours été. Mais avoir tué pour lui ? J'espère vraiment que non. Cependant, rien de ce qui concerne son business n'est vraiment mieux. Drogues, armes, blanchiment d'argent, femmes. Je frissonne en y pensant.

C'est quelque chose qui ne devrait pas être considéré comme normal dans la vie. Mais quand on grandit à Harrow Creek, c'est ce que c'est : normal.

C'est l'une des nombreuses raisons pour lesquelles j'admire tellement ma mère pour tout ce qu'elle a fait pour nous sortir de là.

« Ce n'est pas mon mec. Fais ce que tu veux de lui. »

Son petit rire amusé mais sadique me dit qu'il n'en croit pas un mot.

« Puis-je partir maintenant ? »

Victor fait signe à son chauffeur et les portes se déverrouillent autour de moi, en me permettant de m'échapper.

« C'était bien de faire affaire avec toi, Scarlett. »

« Va te faire voir. »

« Avec plaisir. »

En ravalant la bile qui monte dans ma gorge, je saute de la voiture.

« Je te contacterai, *Princesse.* Tu as une semaine. »

Un violent frisson me parcourt alors que je claque la portière et m'éloigne de la voiture.

Je me penche dans un renfoncement derrière un bâtiment et m'appuie contre le mur, en inspirant de grandes bouffées d'air pour rattraper toutes les respirations que je n'ai pas prises à l'intérieur de cette voiture.

Cela ne peut pas arriver.

Je me cogne la tête contre le mur plusieurs fois. Assez pour me convaincre que je suis éveillée et que ce n'est pas un mauvais rêve mais pas assez pour me blesser.

Une autre voiture sort du parking alors que je me tiens là, les mains tremblantes et le cœur battant et j'entends des voix se rapprocher.

Je dois rentrer. Si Ella rentre avant moi et me demande ce qui s'est passé... Je secoue la tête.

Je ne peux pas les entraîner dans ce pétrin.

C'est déjà assez grave que Kane m'y ait entraînée sans le savoir.

Mes poings se serrent à l'idée que tout cela soit de sa faute.

C'est le genre de chose qui arrive dans sa vie. Pas dans la mienne.

C'est pour ça que nous avons quitté Harrow Creek. C'est pour ça que je suis allée à New York pour commencer ma vie d'adulte.

C'est peut-être vrai ce qu'ils disent.

Le passé n'est jamais très loin et il vous rattrape toujours.

« Putain de merde, » je marmonne, en m'écartant du mur et en continuant ma marche rapide vers la maison. Je jette un coup d'œil par-dessus mon épaule toutes les quelques secondes comme si une autre personne diabolique allait sauter de l'ombre.

CHAPITRE DIX-SEPT

Kane

Je suis assis en face d'Alana dans un restaurant chic du centre de Maddison. Elle avait l'air impressionnée quand elle s'est arrêtée à côté de moi sur le parking.

Elle a voulu que je vienne la chercher chez elle, mais j'ai mes limites et ça s'arrêtera au dîner.

Vic veut que je la divertisse quelques heures pendant qu'il accapare son vieux, d'accord— enfin pas vraiment, mais bon—mais c'est tout. Dîner.

J'ai passé toute la journée à étudier, à essayer de maîtriser les choses avant l'entraînement et les cours qui reprennent demain matin et qui vont prendre presque chaque seconde de mon temps.

Elle parle de... de je ne sais quoi en attendant que nos desserts arrivent.

Je la regarde comme si j'écoutais, mais en vrai, tout

ce que je fais, c'est de pointer toutes ses différences avec Scarlett.

Sa peau est pâle, trop pâle, presque au point d'avoir l'air malade. Ses yeux bleus sont fatigués, et manquent de l'enthousiasme que j'ai vu une fois dans ceux de Scarlett, les cernes en dessous complètent le tableau malgré la quantité abondante de maquillage sur son visage.

Ses lèvres sont rose pâle, rien à voir avec son rouge vif et sexy, et ses cheveux, presque blancs tellement ils sont blonds, sont trop brillants, trop décolorés.

Elle est... elle n'est pas la bonne.

Et je sais que, pour une foutue raison, tous les efforts qu'elle a déployés m'étaient destinés. Elle veut me faire plaisir, je n'ai pas besoin d'avoir passé du temps dans sa chambre avec elle pour le savoir.

Tout ce qu'elle fait, tout ce qu'elle dit, c'est comme si elle l'avait prévu pour s'assurer qu'elle me plairait. Dieu sait pourquoi. Elle est mariée à un homme qui ne la laissera jamais partir malgré leur relation bizarre. Ce n'est pas comme ça que les choses fonctionnent.

Elle tire sur l'encolure haute de sa robe et incline la tête vers moi.

« Qu'est-ce que tu penses ? »

« Euh... »

« Oh, chéri. Est-ce que l'université t'a déjà mis sur les rotules ? Je t'avais dit que ça allait être trop pour toi. »

Je soulève les sourcils. Non, pas vraiment. Enfin... peut-être que oui. Je deviens bon à faire semblant de m'intéresser à ce qu'elle dit.

« C'est bon, c'est juste un changement de

rythme. » Je ne mens pas. Vic m'a fait travailler jour et nuit avant de commencer à MKU. En plus des entraînements pour être sûr que je serai en pleine forme pour rejoindre l'équipe et j'étais foutrement épuisé. Je suis venu ici pour me reposer.

« Je parlais des vacances. »

« OK, génial. »

« Ce sera bien pour toi d'avoir Kyle de retour cette année. J'adorerais passer du temps avec ma famille mais— » Elle continue, mais je dérive à nouveau.

Ouais, peut-être que Kyle sera de retour, mais je ne suis pas assez stupide pour penser qu'il ne va pas passer Noël chez les Hunter avec Harley. Un endroit où je ne serai certainement pas invité.

Je soupire, en envisageant de passer un autre Noël seul comme je l'ai fait l'année dernière.

Mon portable qui vibre dans la poche de mon pantalon me tire de mes pensées déprimantes.

En jetant un coup d'œil à Alana, je constate qu'elle parle toujours et je le prends discrètement, en espérant trouver quelque chose que je pourrais utiliser comme une excuse solide pour sortir de là.

Mes yeux s'écarquillent quand je vois le nom qui s'affiche. Mon cœur bondit et ma température monte en flèche à cause de son seul nom.

Princesse.

Incapable de résister, je balaie mon écran et ouvre le message.

Tu n'as jamais tenu tes promesses. Je suis déçue.

Mon pouls s'emballe alors que je lis et relis ses mots.

Est-ce qu'elle... est-ce qu'elle me défie ?

Un sourire se dessine sur mes lèvres alors que je pense à elle dans son dortoir, fixant la porte, en se demandant si je vais la franchir d'un instant à l'autre.

Ma bite durcit alors que j'envisage de le faire.

De la prendre contre la fenêtre pour que tous ceux qui passent devant sachent à qui elle appartient. Pour qu'ils comprennent qu'elle est ma sale petite pute.

Une part de tarte au citron vert placée devant moi me tire de mes pensées perverses mais soudain, ça devient irrésistible. La seule chose dont j'ai envie pour le dessert, c'est Scarlett.

Je lèche ma lèvre inférieure en me rappelant le goût qu'elle avait vendredi soir et ma bite suinte. Bien que lever les yeux pour regarder la femme devant moi me gâche quelque peu mon fantasme.

« Bon sang, j'aurais dû prendre ça. Ça a l'air incroyable, » se plaint-elle, en ignorant sa salade de fruits et en bavant sur mon dessert.

« Prends-le, je dois y aller, » dis-je, en remettant mon portable dans ma poche et en sortant de l'argent pour payer le repas.

« Quoi ? » Elle pousse un cri strident et me fait grimacer. Ça ressemble au son irritant qu'elle fait quand elle jouit, et je préfère ne plus jamais entendre ça non plus. « Tu ne peux pas me laisser ici comme ça. »

« Je suis vraiment désolé, » je mens. « C'est une urgence. »

Son visage s'affaisse. « Oh non, tout va bien. Kyle ? »

« Tu n'as pas besoin de t'inquiéter, mais je dois vraiment y aller. »

Ses lèvres s'entrouvrent, je ne sais pas si c'est pour

m'engueuler ou quoi, mais je m'en fiche. Je m'en vais avant qu'elle n'ait le temps de dire un mot.

Je conduis comme un dingue à travers la ville en me dirigeant vers le campus.

L'impatience et la frustration commencent à prendre le dessus à mesure que je me rapproche.

Je n'aurais pas dû partir aussi vite, mais ce n'est pas comme si j'avais vraiment besoin d'arguments pour m'éloigner d'Alana.

Si Vic le découvre, il me bottera le cul, mais pour l'instant, avec Letty qui m'attend, je m'en fous vraiment.

Je m'arrête sur le parking derrière son dortoir.

Je ne peux pas voir sa fenêtre d'ici mais je peux l'imaginer debout devant elle, en train de me chercher, de m'attendre.

Je sors mon portable de ma poche, et je relis son message.

Kane : Ta maman ne t'a jamais prévenue qu'il ne fallait pas tenter le diable ?

Je regarde l'écran pendant deux minutes, mais le message ne s'affiche pas comme lu et elle ne cherche pas à répondre.

Si je n'avais pas son message précédent juste au-dessus dans le fil de discussion, je pourrais commencer à penser que je l'avais imaginé.

Je reste assis là encore un moment, en essayant de me convaincre que je devrais simplement rentrer chez moi.

Mais ensuite, la porte principale de son immeuble s'ouvre et un groupe de personnes en sort. Je reconnais ses protecteurs. Mais elle n'est pas avec eux.

Elle a vraiment planifié ça.

J'attends qu'ils disparaissent avant de sortir de la voiture et de me frayer un chemin à l'intérieur de son immeuble et jusqu'à son dortoir.

La porte principale est ouverte et après avoir scanné la salle commune, je me dirige vers sa chambre.

Silencieusement, je m'avance.

Elle m'attend peut-être, mais cela ne veut pas dire que je vais annoncer mon arrivée et lui donner l'alerte.

Je presse mon oreille contre la porte, et j'entends les basses de sa musique qui résonnent et chaque muscle de mon corps se contracte.

Elle est juste de l'autre côté de la porte.

Mes poings se serrent alors que j'essaie de me maîtriser.

Un bruit dans le couloir me fait passer à l'action et j'enroule ma main autour de la poignée de la porte et la tourne dans l'espoir que, si elle m'attend, elle soit déverrouillée.

Et c'est le cas.

J'inspire et l'ouvre en grand.

J'examine rapidement la pièce en entrant, en m'attendant à la trouver tout de suite. Mais, non.

Son lit est fait, la chambre est rangée et à part la musique, elle est silencieuse.

Qu'est-ce que—

Une porte fermée de l'autre côté de la pièce me nargue et je m'approche en m'attendant à entendre de l'eau couler et à ce qu'elle soit sous la douche.

Ce serait putain de parfait.

Mais avant même que la porte soit entièrement ouverte, je sais déjà qu'elle n'est pas là.

Putain, elle se joue de moi.

Mes dents grincent de frustration.

Je savais que je n'aurais pas dû sortir de cette putain de voiture.

En tournant le dos à sa salle de bain, je m'arrête au milieu de sa chambre.

Une partie de moi est tentée de me jeter sur son lit et de l'attendre, puis de la punir pour sa petite blague à la seconde où elle réapparaîtra.

Mais ensuite, mes yeux tombent sur son bureau et le plan du campus qui se trouve là, plié et qui montre une petite zone du vaste campus.

Je baisse les yeux sur ma montre. Il est 21 heures un dimanche soir, c'est probablement fermé.

Mais cela ne m'empêche pas de prendre la carte et de décoller.

En sachant que ce n'est pas trop loin, je laisse ma voiture où elle est et pars à pied.

Le campus est calme alors que je passe les bâtiments les uns après les autres. Les étudiants étant sur le point de rentrer dans les dortoirs pour la nuit. Heureusement, personne ne m'arrête alors que je m'approche du bâtiment qui m'intéresse.

La bibliothèque Richard J. Armitage est de loin le plus ornementé des bâtiments de l'Université Maddison Kings. Son architecture gothique et ses vitraux le distinguent des autres. Mais je n'y prête pas attention en me dirigeant vers l'entrée.

Le parking derrière moi est vide, à l'exception d'une voiture. Une voiture que je reconnais. Une voiture qui remue quelque chose en moi. Parce que si mon intuition est bonne, alors elle est là avec eux tout en essayant de se jouer de moi.

Si c'est vrai, ça ne va vraiment pas bien finir. Pour elle.

Toutes les lumières du foyer sont éteintes, mais il y en a quelques-unes allumées plus loin dans le bâtiment. Et c'est en voyant celles-ci que je me décide à pousser la porte devant moi.

Elle s'ouvre, heureusement silencieusement, et je me glisse à l'intérieur.

L'endroit tout entier semble désert alors que je scrute le vaste espace. Je me souviens l'avoir vue ici l'autre jour, et je pense qu'elle pourrait être au même étage et je me dirige vers les escaliers.

Je sais que j'ai raison car dès que je monte au troisième étage, j'entends des voix.

Des grosses voix masculines.

Je me déplace silencieusement jusqu'à ce que je sois caché derrière une rangée de livres en train de les regarder tous les trois assis autour d'une table en train de travailler.

Ils ne devraient pas être là si tard. Le bâtiment aurait dû être fermé il y a des heures, mais quand vous êtes les rois de l'université, j'imagine que vous pouvez vous permettre n'importe quoi.

Je les regarde travailler, parler et plaisanter ensemble pendant très longtemps alors que la jalousie tourbillonne en moi comme une tornade qui s'apprête à toucher le sol.

J'essaie toujours de me convaincre que je devrais partir quand Letty se lève, en poussant sa chaise derrière elle.

Elle lève les bras au-dessus de sa tête pour étirer

son dos en exposant un morceau de peau dorée entre sa ceinture et son t-shirt.

Les yeux de Luca et de Leon se concentrent tous les deux sur ce morceau de peau. Le désir et les pensées coquines assombrissent leurs yeux.

Tu l'as laissée dans son lit, une petite voix monte dans ma tête. *S'il l'a touchée, c'est de ta faute.*

Je voulais la punir et quand j'ai découvert que nous étions dans sa chambre, j'ai pensé que c'était parfait. Mais ma tête était dans les nuages, ivre de désir et de son parfum. La laisser là avec une robe déchirée et bourrée était probablement la pire chose à faire.

Elle leur parle un bref instant et lorsqu'elle s'éloigne de la table, Luca se lève aussi.

Elle secoue la tête et se rassoit immédiatement.

En leur faisant un sourire à tous les deux, elle s'éloigne de la table, passe devant l'allée où je me cache et se dirige vers le fond de la bibliothèque.

Après quelques secondes, je la suis, en regardant ses fesses se balancer dans sa jupe en jean courte puis ses jambes exposées jusqu'à ses Converse rouges.

Un sourire se dessine sur mes lèvres alors qu'elle s'engage dans une allée la plus éloignée possible des mecs. Je n'aurais pas pu faire mieux si j'avais essayé.

Elle s'arrête devant les livres, le bout de son doigt parcourant leurs tranches alors qu'elle cherche celui pour lequel elle est venue.

En ne le trouvant pas, elle se baisse vers l'étagère inférieure, en affichant ses fesses dans le mouvement.

Sa jupe est si courte que je peux voir la courbe de ses fesses.

Je mets ma main sur ma bite qui gonfle rapidement.

Elle descend encore plus bas et je passe à l'action, en me mettant derrière elle mais laissant un centimètre d'espace entre nos corps.

Elle gémit, en ne trouvant clairement pas ce qu'elle cherchait et se lève.

Une de mes mains s'enroule autour de sa bouche, en l'empêchant de crier, et l'autre plaque son corps contre le mien.

« Bien essayé, Princesse, » je murmure. « Mais tu ne peux pas m'échapper. »

Son corps tremble violemment contre le mien mais je ne crois pas qu'elle ait peur une seconde. Si ça avait été le cas, elle n'aurait pas imaginé ce plan.

« C'est ce que tu espérais en me faisant cette petite blague ? »

Elle secoue la tête de gauche à droite.

Menteuse.

« Donc tu ne m'as pas attiré dans ta chambre en laissant traîner des preuves sur l'endroit où tu étais pour que je vienne te trouver ? »

Elle essaie de dire quelque chose mais échoue parce que ma main est toujours collée sur sa bouche.

« Qu'est-ce que tu disais, Princesse ? Je ne t'entends pas bien. »

Je retire ma main, confiant sur le fait qu'elle ne va pas crier.

« Fuck you. »

« Là, ça me plaît. »

En plaçant ma main entre ses omoplates, je la force à se pencher en avant.

Elle se laisse faire sans protester et cela me dit tout ce que j'ai besoin de savoir.

C'est exactement ce qu'elle voulait. Une partie de moi se demande si je devrais refuser de le lui donner. Mais maintenant que je suis là et qu'elle est collée contre moi, il n'y a aucun moyen que je puisse m'en aller sans avoir un avant-goût.

En remontant sa jupe autour de sa taille, j'expose ses fesses nues et son string noir.

Ma paume se contracte pour la fesser une fois de plus, mais je sais que la gifle retentira trop fort dans l'espace silencieux autour de nous, et je résiste à cette cnvie.

Au lieu de cela, je passe mon doigt sous la dentelle de son string et la passe sur sa chatte. Elle est trempée.

« Est-ce que tu es restée assise ici à m'attendre, Princesse ? » Je grogne presque.

« Non, » elle rétorque, mais nous savons tous les deux qu'elle ment effrontément.

« Menteuse. Ton corps me dit le contraire. Tu étais assise là avec eux en imaginant avoir ma bite en toi ? »

Elle secoue la tête d'avant en arrière en guise de non alors que je plonge deux doigts au fond d'elle.

Elle crie et je me rabats sur elle, en couvrant à nouveau sa bouche.

« Tu as envie de ça, Princesse ? Alors tu vas devoir être une bonne petite pute pour moi, compris ? » Je frôle son point G pendant que je parle en m'assurant qu'elle n'a pas d'autre choix que de faire ce que je lui dis.

« Kane, » gémit-elle et putain, je suis sur le point de jouir dans mon pantalon à cause du désir dans son ton.

« Tu veux ma bite, Princesse ? »

Du liquide coule sur ma main à ma question, en me donnant toutes les réponses dont j'ai besoin.

En laissant tomber ma main libre sur ma taille, je détache ma ceinture et ouvre ma braguette, en libérant ma bite douloureuse.

« Oh mon Dieu, » gémit-elle, ses muscles commençant à se contracter autour de mes doigts.

« Putain, je ne pense pas, » je grogne, en retirant mes doigts. « Si tu jouis—et je dis bien *si*—alors ce sera avec ma bite. »

« Oui, » gémit-elle.

« Bonne. Petite. Pute. » Sur le dernier mot, je m'élance en avant, en la remplissant jusqu'au fond et en la faisant tomber en avant.

Je l'attrape par la taille avant qu'elle ne vole la tête la première dans l'étagère devant elle.

« Putain, » je murmure alors que sa chaleur m'envahit et que ses muscles ondulent autour de ma queue dure.

Quand je suis finalement rentré à la maison après les événements qui ont suivi notre première soirée ensemble, j'ai pensé que c'était mon imagination qui me jouait des tours parce qu'il n'y avait aucun moyen que cette belle petite menteuse soit aussi bonne.

Mais ensuite, j'ai replongé en elle vendredi soir et j'ai su que... ce n'était pas du tout mon imagination.

Et c'est pour ça que je sais que je suis complètement foutu quand il s'agit de Scarlett Hunter.

Quelque chose me dit que si je passais mon temps

à me venger d'elle jusqu'à la fin de mes jours, ce ne serait jamais assez.

Rien avec elle n'est jamais assez.

En enroulant sa masse de cheveux noirs dans mon poing, je tire jusqu'à ce qu'elle n'ait d'autre choix que de cambrer le dos, et je m'enfonce plus profondément en elle jusqu'à ce que mon gland effleure son col de l'utérus.

« Kane. Putain, » gémit-elle, en absorbant chacune de mes poussées brutales en elle.

Mes cheveux tombent sur mon visage, la sueur commence à recouvrir ma peau alors que mes couilles commencent à se contracter.

Je veux que ça dure pour toujours, mais plus je reste ici avec elle, plus nous avons de chances d'être surpris, et putain, je ne laisserai pas ça arriver.

J'ai bien l'intention de l'envoyer rejoindre ces enculés mal baisés, en marchant sur des jambes bancales avec mon sperme dégoulinant sur elles.

« Putain. » Ma bite convulse à cette seule pensée.

Mes doigts se resserrent sur ses hanches, je suis sûr de raviver les bleus que j'ai sans doute laissés vendredi soir alors que mon autre main remonte le long de son ventre, en la soulevant jusqu'à ce qu'elle soit debout, son dos contre moi.

Je serre ses seins assez fort pour qu'elle gémisse et se tortille.

Ma main continue son chemin jusqu'à ce qu'elle s'enroule autour de sa gorge.

« Qu'as-tu fait après mon départ vendredi, Princesse ? Est-ce que tu as laissé l'un d'entre eux te pénétrer aussi ? »

« Non, » crie-t-elle, son corps s'immobilisant un instant.

Mes doigts se serrent en signe d'avertissement.

« En es-tu sûre de ça, ou est-ce que tu me mens encore ? Nous savons tous les deux combien tu aimes me trahir. »

« Je... j'ai dormi dans le lit de Luca. Mais il... il ne m'a pas touchée. »

Ma poitrine se serre à l'idée qu'il ait les mains sur ce qui m'appartient.

« J'espère que tu me dis la vérité. Si je découvre le contraire— »

« C'est vrai, » dit-elle dans un souffle. « Luca n'a jamais—oh mon Dieu, » gémit-elle, en oubliant ses mots lorsque je fais bouger mes hanches.

« Maintenant, dis-moi, » je murmure à son oreille, en aimant la façon dont elle frémit lorsque mon souffle caresse son oreille. « Est-ce que tu avais planifié que je te retrouve ? »

Silence.

Mes doigts se resserrent un peu plus.

« Scarlett, » je préviens. « Ça ne finira pas bien pour toi si tu ne me dis pas la vérité. »

« Oui, » soupire-t-elle.

« As-tu pensé à ma bite depuis que je t'ai quitté vendredi soir ? »

« Oui. »

« Est-ce que tu as envie de jouir ? », je demande, ma bite en train de gonfler avec l'arrivée imminente de mon orgasme.

« Oui, » son cri est plus fort cette fois.

« Pas moyen, » je crache, en la repoussant et en la faisant tourner pour la forcer à se mettre à genoux. « Ouvre, » j'ordonne, en poussant ma bite contre ses lèvres jusqu'à ce qu'elle n'ait d'autre choix que de me prendre dans sa bouche.

Elle me regarde avec de la haine dans les yeux. Et si je ne savais pas qu'elle aimait autant ça, je penserais qu'elle menacerait de mordre ma bite.

« Suce. Moi. »

Ses yeux se ferment et elle essaie de résister mais après seulement une seconde ses lèvres m'entourent et elle me suce fort.

« Tu as l'air d'être à ta place en étant à genoux devant moi, Princesse. En t'inclinant devant ton putain de roi. Putain, » j'aboie alors qu'elle m'aspire plus profondément.

Mes doigts se faufilent dans ses cheveux, en la tenant en place alors que ses larmes commencent à couler.

C'est tellement beau.

Je ne tiens que deux minutes avant d'atteindre le point de non-retour et ma bite finit par faire jaillir du sperme chaud dans sa gorge.

Tant pis concernant mon idée de la renvoyer là-bas avec du sperme dégoulinant sur ses cuisses, je pense alors que ma bite glisse de sa bouche. Voir ses larmes et son maquillage couler sur ses joues compense quelque peu.

« Souviens-toi de ça la prochaine fois que tu voudras te jouer de moi, » je préviens, bien que nous sachions tous les deux que ce n'est pas du tout un avertissement.

Elle a adoré ça, putain.

Je remets ma bite dans mon pantalon, je passe ma

main dans mes cheveux et lisse le devant de mon t-shirt.

« Attends, est-ce que tu— »

« Je pars. Profite du reste de ta soirée. »

Je lui lance un sourire satisfait et arrogant avant de lui tourner le dos et de m'éloigner d'elle.

Un seul d'entre nous gagnera ce jeu, Princesse.

CHAPITRE DIX-HUIT

Letty

Je retiens mon souffle alors que je retourne à la table où j'ai laissé Luca et Leon, Dieu sait depuis combien de temps. Cela pourrait faire dix minutes comme une heure. Le temps semble s'arrêter quand Kane est près de moi.

Ma seule pensée positive est que si j'étais partie trop longtemps, l'un d'eux serait venu me chercher.

« Nous étions sur le point d'envoyer une équipe de recherche, » plaisante Leon alors que je m'approche d'eux mais il ne lève pas les yeux de son écran d'ordinateur.

Luca, en revanche, lève la tête et me regarde droit dans les yeux.

« Let, qu'est-ce qui ne va pas ? » Son visage est couvert d'inquiétude avant que la chaleur brûlante du regard de Leon ne me brûle les joues.

« Oh, rien, » dis-je avec légèreté. « Je me suis cogné l'orteil contre une étagère. J'ai pensé que je m'étais cassé le pied l'espace d'un instant. »

Ils me fixent tous les deux quelques secondes. Ils me jaugent.

La culpabilité menace de me submerger à l'idée de leur mentir, mais je peux difficilement leur dire la vérité, que j'ai juste laissé Kane me baiser dans le coin le plus sombre de la bibliothèque pendant qu'il me traitait de pute avant de jouir dans ma bouche.

Mes joues brûlent à ces souvenirs et mon entrejambe reste frustré de l'orgasme qu'il a refusé de me laisser avoir.

Connard.

C'est de ma faute. J'ai provoqué la bête.

Je savais peut-être exactement ce que je faisais lorsque je lui ai envoyé ce message, puis j'ai rapidement quitté ma chambre. Mais je ne lui ai pas consciemment laissé de preuves de l'endroit où il aurait pu me trouver... n'est-ce pas ?

« Tu veux que je regarde ? », propose Luca. « Pour être sûr que ce n'est pas cassé ? »

L'idée qu'il s'approche et qu'il sente l'odeur de sexe sur moi, ou pire, celle de Kane, me fait reculer vers le siège que j'ai quitté tout à l'heure.

« Non, c'est bon. J'ai juste fait ma chochotte, » dis-je en riant, pour justifier mon maquillage qui a coulé.

Leurs yeux me suivent alors que je m'assieds sur la chaise et tire mon ordinateur portable vers moi.

« Et le livre que tu étais allée chercher ? », demande Luca.

« Je ne l'ai pas trouvé, » je mens, en gardant les

yeux rivés sur mon écran encore en veille. « Quelqu'un a dû le prendre. »

« Je pensais que c'était un livre qu'on ne pouvait que consulter sur place ? »

Je hausse les épaules. « Qui sait, j'essaierai un autre jour, je demander au bibliothécaire si besoin. »

Ils acceptent tous les deux mes mensonges, mais aucun ne semble particulièrement convaincu, mais je garde les yeux baissés et continue à faire ce que je peux sans le livre dont j'avais besoin et qui, j'en suis sûre, était juste là sur l'étagère.

Nous passons encore quarante-cinq minutes dans la bibliothèque silencieuse avant que Luca ne suive les instructions qui lui ont été données pour fermer l'endroit et nous sortons.

Je suppose que c'est l'un des avantages d'être le gars le plus populaire de la fac. Vous pouvez littéralement demander à n'importe qui de faire n'importe quoi pour vous.

Quand il a demandé à la fille qui travaillait ce soir si nous pouvions rester tard, elle a failli pisser dans son pantalon.

C'était amusant mais j'avais de la compassion pour elle. Je sais à quel point la beauté et le charisme des Dunn peuvent être intimidants.

« J'ai faim, » je marmonne alors que Leon m'ouvre la portière côté passager de Luca. « Merci, » lui dis-je et je me laisse tomber sur le siège avant qu'il ne referme la portière et ne s'asseye la banquette arrière.

« Je connais l'endroit idéal, » dit Luca, en faisant démarrer la voiture. Il sort de la place de parking et nous éloigne du campus.

Je pousse un soupir de soulagement alors que nous

laissons ce bâtiment derrière nous. Je ne sais pas s'il est toujours là ou même s'il est sur le campus, mais ça me fait du bien de m'éloigner.

« Ça creuse l'appétit de travailler autant, hein ? », demande Leon, en passant sa tête entre les deux sièges après que mon estomac a grogné si fort qu'ils l'ont entendu tous les deux en dépit des basses graves de Yungblud qui sortent des haut-parleurs.

Mes joues s'enflamment à nouveau.

« Ouais, ça et le fait que je n'ai pas mangé depuis le déjeuner. »

Ils tournent tous les deux les yeux sur moi, Luca seulement pendant un instant car il doit se concentrer sur la route.

« Ne commencez pas, » leur dis-je. J'ai déjà entendu maintes fois le sermon qui, je le sais, est sur le bout de leurs langues. Je ne suis pas douée pour m'alimenter correctement en respectant des horaires fixes, d'où la raison pour laquelle j'ai perdu autant de poids, mais en tant qu'athlète, c'est l'une des choses les plus vitales pour eux.

Heureusement, Leon recule sans rien dire et, à part sa prise un peu trop serrée sur le volant, Luca se tait aussi.

Je suis plus que consciente que je ne prends pas soin de moi comme je le devrais, je n'ai pas besoin qu'on me dise que je ne ressemble à rien non plus.

« Quel est cet endroit ? », je demande alors que Luca se dirige vers un bâtiment couvert de néons.

« Là où on trouve les meilleurs hamburgers du comté. »

Mon estomac gargouille à nouveau alors qu'il

s'approche de la fenêtre pour commander à emporter et prend trois repas identiques.

Leon ne dit pas un mot sur le choix unilatéral de son frère alors je reste en arrière et le laisse faire.

Dès le moment où le serveur nous tend trois sacs en papier et que l'odeur de la nourriture remplit la voiture, j'en ai l'eau à la bouche.

Il me les passe avant de se diriger vers une place pour se garer.

« Crois-moi, tu n'as jamais rien goûté de tel. »

Il plonge la main dans son sac, déballe son burger et commence à l'engloutir.

Je suis trop fascinée par son enthousiasme pour ouvrir mon sac.

« Je croyais que tu avais faim ? », marmonne-t-il quand il s'aperçoit que je n'ai pas bougé.

« Euh... j'ai faim. Tu as de la sauce, » dis-je en riant, en tendant la main pour essuyer une goutte au coin de sa bouche.

Je sursaute quand il passe sa main autour de mon poignet et porte mon pouce à sa bouche. Je suis totalement captivée alors qu'il enroule ses lèvres autour de mon pouce et passe sa langue sur ma peau.

Des picotements arrivent directement dans mon entrejambe encore douloureux alors qu'il me fixe, ses yeux verts s'assombrissant.

Putain de merde.

Un raclement de gorge derrière moi me ramène de l'endroit où je dérivais et je retire mon bras de sa prise.

Ses yeux s'attardent sur moi pendant quelques secondes alors que j'ouvre enfin mon sac et déballe mon burger.

« Let ? » Luca chuchote.

« Ouais ? », je demande, en refusant de le regarder.

« Est-ce que ça va ? », demande-t-il en tendant la main et en glissant une mèche de mes cheveux derrière mon oreille pour m'empêcher de me cacher derrière.

« Bien sûr, » je me force à dire avant de fourrer mon hamburger dans ma bouche.

La vérité, c'est que je ne vais pas bien. Pas du tout bien, mais il n'y a rien que lui ou Leon puisse faire à ce sujet en ce moment.

J'essaie toujours de me figurer comment je vais faire le job que le diable m'a confié, et puis, je ne parle même pas du fait d'essayer de comprendre ce qui s'est passé avec Kane ce soir.

« Tu as raison. C'est incroyable, » dis-je après avoir avalé ma première bouchée.

Finalement, les yeux de Luca m'abandonnent pour revenir à sa nourriture mais je sais que ce n'est pas fini. Il veut que je parle, que je m'ouvre à lui. Mais même si je sais que cela pourrait probablement m'aider, je sais que ce n'est pas à lui que j'ai envie de tout raconter.

Ce n'est pas à lui que j'ai menti.

Et lui dire la vérité ne ferait que le mettre en colère, et la dernière chose dont j'ai envie, ce serait d'être la raison pour laquelle il bousille sa saison avant même qu'elle n'ait commencé à cause d'une bagarre avec un coéquipier.

« Nous devrions te raccompagner, » dit Luca une fois que nous avons tous fini de manger.

Je hoche la tête car que puis-je faire d'autre ? Le supplier de m'emmener avec eux ?

Je n'ai pas peur que Kane arrive dans mon dortoir. Je me suis piégée toute seule, après tout.

Mais là tout de suite, je suis fatiguée, frustrée et je n'ai vraiment pas envie d'aller me coucher seule.

Le souvenir d'avoir dormi avec chacun d'eux la semaine passée avec leurs bras protecteurs enroulés autour de moi me remplit l'esprit.

Mais ensuite, mes souvenirs se transforment en ceux avec Kane ce soir dans la bibliothèque et tout mon corps prend vie comme il ne l'a jamais fait avec Luca et Leon.

Le danger. La haine. La punition.

Je ne devrais pas vouloir de ça, mais putain, j'en ai vraiment envie maintenant.

Je lève ma main sur mes cheveux et les tire un peu, en reproduisant la sensation que ça me faisait quand il me les tirait tout à l'heure et la morsure de douleur que je ressentais jusqu'à mon entrejambe martelé par ses va-et-vient.

Ma température monte en flèche et mon pouls bat sous ma peau, mon clitoris a envie d'être touché, pour ressentir enfin l'orgasme dont j'étais si proche.

Avant que je m'en rende compte, Luca s'arrête sur le parking derrière mon immeuble et coupe le moteur.

« Tu veux que je te raccompagne ? »

Je regarde notre environnement sombre et vide.

J'ai été enlevée à la lumière du jour, je ne suis pas sûre qu'il puisse y avoir quelque chose de plus effrayant tapi dans l'ombre que ce que j'ai déjà vécu aujourd'hui.

« Non, ça va. Je t'enverrai un message une fois que je serai rentrée. » Je lui fais un clin d'œil avant d'ouvrir la porte.

« Tu ferais bien, » prévient-il, mais il n'y a aucune dureté dans sa voix.

« Merci pour cette soirée. C'était comme au bon vieux temps. »

Ils me sourient tous les deux.

« À demain matin, » dit Leon.

Je les salue tous les deux d'un signe de tête avant de claquer la porte et de me diriger vers mon immeuble. Je garde mes yeux concentrés sur où je vais mais le besoin de regarder autour de moi, de le chercher prend presque le dessus. Si je ne savais pas que Luca et Leon surveillaient chacun de mes mouvements depuis la voiture, je le ferais peut-être parce que mes picotements deviennent plus forts à chaque pas que je fais.

Micah est devant son ordinateur portable dans la cuisine quand je monte dans notre dortoir.

« B'soir, » dit-il, en levant les yeux pendant une brève seconde.

« Salut, » je dis doucement, en attrapant une bouteille d'eau dans le réfrigérateur. « Tu as travaillé toute la journée ? »

« À peu près. Ellis m'a dit des choses intéressantes sur toi, » ajoute-t-il en baissant son écran pour qu'il puisse me prêter attention.

« Oh ouais ? Tu cherchais des infos croustillantes ? »

Il rit. « Pas du tout. Il a juste dit que tu étais cool. »

« C'est sympa de sa part. C'est un mec bien, » dis-je, mais je grimace immédiatement parce que je ne suis pas vraiment sûre de combien c'est vrai. C'est le fils de Victor Harris. Est-il vraiment possible qu'il soit un humain convenable ?

« Je sais qui est sa famille, Let, » admet-il, clairement capable d'interpréter ma réaction.

« OK, c'est bien. Juste... fais juste attention, d'accord ? »

« Je sais m'occuper de moi, Letty. Mais merci de t'inquiéter. »

« Je suis désolée, je sais que tu le peux. C'est juste que... les Harris sont une espèce spéciale et dangereuse et je détesterais que tu sois mêlé à eux. »

Un sourire arrogant se dessine sur ses lèvres. C'est celui que j'ai plus l'habitude de voir sur Brax ou West que sur le gentil Micah. « Qui a dit que je n'étais pas dangereux ? »

Il garde un visage impassible pendant dix secondes avant qu'un large sourire ne se forme sur ses lèvres et qu'il n'éclate de rire.

« Est-ce que j'ai au moins réussi à te convaincre à moitié ? » demande-t-il en continuant de rire.

« L'espace d'une seconde, » je mens. Je connais de dangereux et cruels bâtards, et Micah Lewis n'en fait pas partie.

« Le pire que j'aie jamais fait a été de poser des micros dans la chambre de ma sœur aînée quand nous étions enfants pour écouter ses discussions entre filles. »

« Tu n'as pas fait ça ? » Je sursaute bien que le fait qu'il pourrait m'être utile en ce moment ne m'échappe pas.

« Je l'ai fait, » admet-il, les joues en train de rougir. « J'avais un gros coup de cœur pour une de ses amies et j'étais convaincu qu'elle m'aimait bien aussi. »

« C'était le cas ? », je demande en tirant une chaise

et en m'asseyant pour écouter, déjà bien plus investie dans cette histoire que je ne devrais l'être.

Il rit mais il n'y a pas d'humour là-dedans. « Nan, elle avait passé la nuit précédente à sucer le quarterback de notre lycée et avait passé beaucoup plus de temps que nécessaire à donner à ses amies—et à moi—les détails croustillants. »

« Oh mon Dieu, » je dis en étouffant un rire. « Tu as continué à écouter ? »

« Je pensais pouvoir apprendre une chose ou deux. »

« À propos des pipes ? », je demande en haussant un sourcil. Pour autant que je sache, il est hétéro mais je pourrais être à côté de la plaque.

« Non, » il crache, une expression horrifiée apparaissant sur son visage.

Pas gay alors. OK. C'est noté.

« À propos de ce que veulent les filles. À propos de ce qui pourrait l'impressionner elle. »

« Tu as fini par l'avoir ? », je demande, même si je crains déjà la réponse.

Je bois une gorgée d'eau.

« Ouais, je lui ai donné ma virginité. »

Sous le choc, je recrache l'eau que j'avais dans la bouche, en trempant lui et son ordinateur portable.

« Merde, je suis vraiment désolée, » dis-je paniquée, en attrapant une serviette pour l'aider à se sécher— ou plus encore son portable chéri. « Je suis vraiment désolée. »

« C'est bon. Je ne m'attendais pas à ce que ça se termine comme ça non plus. »

« Alors, que s'est-il passé ensuite ? »

Il se moque de moi. « Elle m'a embrassé sur la joue,

m'a dit que j'étais mignon et m'a remercié avant de partir à la fac. »

« Aïe. Ça refroidit. »

« Nan, j'ai vécu mon fantasme d'adolescent. C'était plutôt cool. »

« Tu la veux toujours ? »

« Non, elle est mariée et a deux enfants. »

« Elle est plus vieille de combien ? »

« Seulement deux ans. Elle n'est pas restée longtemps à l'université. »

« Clairement. »

« À ton tour. Quelle est l'histoire de ta première fois peu mémorable ? »

J'y repense et un doux sourire se dessine sur mes lèvres.

« Ce n'était pas ce que je pourrais appeler 'peu mémorable', en fait. C'était exactement ce dont toutes les filles rêvent. »

« Oh ? »

« C'était mon petit ami du lycée. Nous sortions ensemble depuis l'âge de quatorze ans. Il y avait des bougies, de la musique douce, tout. C'était vraiment chouette. »

« Qu'est-il arrivé ? »

Ma poitrine se serre en pensant à lui et à ce qui s'est passé quelques mois seulement après que nous nous sommes mutuellement donné nos virginités.

« I-il est mort. »

« Oh putain, Let. Je suis désolé. »

« C'est bon. Enfin non, ce n'est pas bon mais c'est comme ça. »

Le silence se fait entre nous.

« Euh, j'imagine que j'ai un peu cassé l'ambiance, hein ? »

« Non, non pas du tout, » il dit, mais je peux voir le malaise sur son visage.

« Je vais aller me coucher. » Je me lève de la chaise et me dirige vers ma chambre.

« Ouais, moi aussi. »

« Micah ? », je demande avant d'ouvrir ma porte.

« Ouais ? »

« Comment as-tu fait pour mettre sa chambre sur écoute ? »

Il sourit. « J'ai mis des caméras cachées dans les meilleures cachettes que j'ai pu trouver. »

« Est-ce qu'elle a fini par les trouver ? »

« Oh ouais. J'ai toujours la cicatrice pour le prouver. »

Je ris parce que c'est la chose normale à faire dans le contexte quand il montre une légère cicatrice sur sa mâchoire mais au fond de moi, chacun de mes muscles se tend parce que je crains qu'une blessure et une cicatrice persistante soient le moindre de mes problèmes si je foirais le job.

« Bonne nuit, Micah, » dis-je en me glissant dans ma chambre.

Je m'appuie contre la porte, actionne la serrure et ferme les yeux. En prenant une profonde inspiration, je revis rapidement les événements de la journée avant qu'un bruit ne me surprenne.

Ma tête s'envole et je regarde autour de moi, en m'attendant à ce qu'il sorte de l'ombre.

Mais il n'est pas là.

Mon cœur tonne dans ma poitrine et puis le bruit

frappe à nouveau mes oreilles, je me rends compte qu'il vient du dortoir à l'étage.

« Calme-toi, putain, Scarlett. »

Tu peux le faire, tu peux l'avoir à son propre jeu et gagner.

Je secoue mes bras pour me détendre et reprendre confiance en moi.

Il suffit de cacher les caméras et de foutre le camp. Pour le reste, ce sera le destin.

S'ils ne parlent pas de ce dont ils doivent parler, j'imagine que je devrai simplement faire face aux conséquences.

« Putain de merde. »

Après avoir vérifié à deux reprises que j'ai bien verrouillé la porte, je marche dans ma chambre, en enlevant mes vêtements au fur et à mesure. Au moment où j'entre sous la douche, je suis nue avec mes cheveux relevés en un chignon négligé.

Je dois le laver de mon corps avant d'aller me coucher.

Le jet d'eau froide ne rafraîchit en rien ma peau brûlante.

En repensant au moment que nous avons passé dans la bibliothèque, je peux presque sentir ses doigts s'enfoncer dans mes hanches, le sentir glisser au fond de moi.

Mon clitoris me titille à cause de l'orgasme qu'il m'a refusé quand je frotte du gel douche sur ma peau, et je laisse presque tomber mes doigts entre mes jambes pour remédier à la situation.

Mais ensuite j'ai une meilleure idée.

Si je veux entrer dans sa maison, alors je dois augmenter les enchères.

Bien sûr, je pourrais demander l'adresse à quelqu'un qui la connaît. Je suis sûre que Micah sait où vit Ellis. Mais je ne peux décemment pas me pointer et frapper à leur porte. Ils sentiraient qu'il y a un truc louche.

Il est hors de question que j'arrive en prétendant que c'est une visite amicale.

Si je veux entrer, j'ai besoin qu'il m'y emmène. Et j'ai besoin qu'il pense que c'est son idée.

J'enroule une serviette autour de moi, je me laisse tomber sur le bord de mon lit et ouvre le tiroir de ma table de chevet.

Je sors le sac à l'arrière et ouvre la boîte.

Je prends mon gode rose. Mon petit ami, pas si petit, n'est pas du tout près de remplacer la bite de Kane. Je veux bien l'admettre, mais c'est ce que j'ai de mieux et il n'a pas besoin de savoir que ce n'est rien comparé à lui.

En prenant la culotte que j'ai jetée par terre, je la mets sur le lit avant de poser le gode à côté.

Je prends une photo, j'ajoute une légende et j'appuie sur envoyer avant de changer d'avis.

Letty : Je n'ai pas besoin de toi pour passer un bon moment.

Je pose mon portable sur sa face sur le lit, je range le tout, je jette mes vêtements sales dans mon panier à linge et enfile un pyjama.

Je me dis de ne pas regarder mais à peine suis-je dans mon lit que j'ai mon portable à la main.

Dès que je vois son nom sur mon écran, des picotements m'envahissent le corps.

Je balaie l'écran, et je prends une grande inspiration, en me préparant à lire sa réponse.

Kane : Sale petite pute.

Je frissonne. C'est comme s'il soufflait les mots dans mon oreille et avant que je sache ce que je fais, mes doigts glissent à l'intérieur de ma culotte et je finis ce qu'il a commencé. Et quand je jouis enfin, c'est avec son nom comme une supplication sur mes lèvres.

CHAPITRE DIX-NEUF

Kane

Je suis assis au fond de l'amphi et je regarde Letty assise en sandwich entre les Dunn dans notre cours de littérature. Elle ne danse peut-être pas avec eux et ils ne la touchent peut-être pas, mais je suis à peu près aussi tendu par sa proximité avec eux que quand je les regardais tous les trois danser ensemble vendredi soir.

Ce message d'elle hier soir.

Putain. C'était inattendu.

Dès l'instant où je l'ai vue, j'étais à nouveau dur comme un roc et si je n'avais bu quelques bières avec Devin en rentrant, alors je serais monté dans ma voiture et j'aurais ramené mes fesses dans sa chambre de dortoir.

En même temps, quelque chose me disait que c'était ce qu'elle voulait. Et je n'ai aucun intérêt à lui laisser décider des règles du jeu.

C'est moi qui définis les règles ici mais elle essaie de prendre le contrôle.

Ça m'emmerde.

Je serre les poings si fort que le crayon dans ma main se casse en deux avec un claquement fort. La nana timide et intello à côté de moi me jette un coup d'œil avec un air horrifié.

Je lui souris avec un air menaçant et elle bat en retraite instantanément.

À la fin de notre cours magistral, Letty ne part pas aussi rapidement qu'après nos précédents cours en commun. Probablement parce qu'elle se sent en sécurité entourée de ses protecteurs.

Au moment où elle ramasse ses livres sur la table et se dirige vers la sortie avec les jumeaux qui la talonnent de près, je fais la même chose.

« Scarlett, » dis-je une fois que nous avons tous franchi la porte.

Elle se crispe en entendant le son de ma voix mais elle ne s'arrête pas et ne se retourne pas.

« Scarlett, Princesse, » dis-je, en courant jusqu'à elle et en plaçant ma main sur son épaule pour l'arrêter et la faire pivoter.

« Enlève ta putain de main, » grogne Luca, faisant un pas vers moi avec le torse bombé.

« Attention, l'athlète. Ne t'excite pas, tu risques de te faire mal. »

Ses lèvres se crispent tandis qu'un grondement sourd vibre dans sa gorge en signe d'avertissement.

« Quoi qu'il en soit, elle semblait aimer que je la touche hier s– »

« Qu'est-ce que tu veux, Kane ? »

Je tourne les yeux vers elle, elle porte un legging et

un pull oversize, rien de trop sexy mais bon sang, avec ses cheveux ondulés qui tombent sur ses épaules et son maquillage naturel, elle est bandante.

« Notre devoir de socio, » je commence.

« Et donc ? », demande Leon.

« J'ai besoin d'un peu d'aide. Je me demandais si tu voulais qu'on le fasse ensemble. J'ai pensé que nous pourrions nous rejoindre à la bibliothèque. J'ai entendu dire qu'elle était ouverte tard le soir en semaine. »

« Pourquoi diable voudrait-elle faire quelque chose avec toi, connard ? » Luca s'approche mais je ne le regarde même pas.

Je m'en fous de ces deux-là. C'est Scarlett que je veux.

« Alors, qu'en dis-tu ? »

« Nan, tu vas t'en sortir. Trouve-toi un tuteur ou un truc du genre si tu as des difficultés. »

Je la fixe, en plongeant mes yeux dans les siens. Ses yeux noirs brillent avec ces nuances couleur or qui apparaissent quand elle est excitée.

« OK, très bien. Je t'enverrai un message plus tard, pour voir si je peux te faire changer d'avis. »

Je fais descendre mes yeux le long de son corps une fois de plus avant de m'éloigner d'eux.

Je sens son regard me suivre et quand je me retourne, je vois exactement ce à quoi je m'attendais. Son regard enflammé perce des trous dans mon dos tandis que Luca et Leon nous regardent tour à tour avec une expression confuse.

« Qu'est-ce que c'était que ça ? », l'un d'eux aboie quand ils pensent que je ne peux plus les entendre.

« Il essaie juste de m'énerver. Ignorez-le. »

Oh, j'essaye de l'énerver !

Dès que j'entre dans les vestiaires pour notre séance d'entraînement de l'après-midi, je pourrais prédire ce qui va se passer.

Et j'ai raison.

Je n'ai même pas retiré mon sac de mon épaule que Luca me plaque contre le mur avec son avant-bras contre ma gorge.

« Qu'est-ce que c'était que ça ? », il grogne dans mon visage, son nez à seulement un souffle du mien.

Je ne réagis pas. Je le regarde juste avec un sourire narquois sur le visage.

« Tu te sens menacé qu'elle puisse vouloir de moi et pas de toi ? »

« De toi ? » Il crache. « Pourquoi diable voudrait-elle de toi ? »

Mon sourire s'élargit. « Parce que, Capitaine, je peux lui donner ce dont elle a envie. »

« Va te faire foutre. » Il s'approche, en serrant plus fort mon cou mais c'est loin de me couper la respiration. Si je le voulais, je pourrais le mettre au sol en un clin d'œil.

Un jour, je le ferai.

Mais ce n'est pas aujourd'hui.

« Nan, je pense que je vais garder ça pour elle. Quelque chose me dit que tu n'aimeras pas que je te stresse avec ça. »

Son torse se gonfle.

« Tu mens. »

« Ah bon ? »

« Dunn, » aboie l'un des entraîneurs et il n'a d'autre choix que de relâcher sa prise. Ses yeux restent rivés sur les miens tandis que Leon s'approche de lui.

« Putain, reste loin d'elle. Et si je découvre que tu l'as ne serait-ce que touchée— » Ses mots sont coupés alors qu'il est entraîné par Leon.

« Laisse tomber, Luc, » exige-t-il avant de le pousser de l'autre côté du vestiaire pour se changer.

Luca est devant moi à chacune des occasions qu'il peut saisir pendant l'entraînement et je suis étonné de quitter le bâtiment sans qu'il n'ait tenté de me donner un coup de poing.

Je suis presque à ma voiture quand quelqu'un m'appelle.

En sachant que ce n'est pas un Dunn, je ralentis et j'attends qu'il me rattrape.

« Que veux-tu, Hunter ? », je demande sans regarder le petit frère de Letty.

« Luca a raison. Tu dois rester loin d'elle. »

« En quoi ça vous regarde, putain ? »

« Mec, c'est ma sœur. La meilleure amie de Luca. Tu la blesses, tu nous blesses aussi. »

« Scarlett et sa putain d'armée, » je marmonne en levant les yeux au ciel.

Je m'arrête à ma voiture et les paumes de Zayn entrent en collision avec mon torse, la violence du choc me fait me cogner contre elle.

« Qu'est-ce que tu fous ? », je grogne.

« Reste loin d'elle, putain, Kane. »

« Pourquoi ? Tu ne veux pas que tes deux sœurs baisent chacune un Legend ? » Je souris d'un air narquois.

« Laisse Harley et Kyle en dehors de ça. » Bien sûr,

il prend la défense de mon petit frère, les deux ont toujours été proches. Et je suis toujours le putain de mauvais garçon. Je veux dire, je mérite probablement qu'on me perçoive de cette façon mais quand même. Son attitude me gonfle.

« Tu sais qu'il la baise, n'est-ce pas ? Je les ai entendus de l'autre côté du mur. » Je sais que je ne devrais pas le chercher mais c'est trop facile.

Ses épaules se durcissent sous l'effet de la tension et sa mâchoire s'ouvre.

« Tant qu'il la traite bien, je suis content. »

« Et si je traitais correctement Letty ? » Je me penche sur lui. « Elle semble vraiment penser que c'était le cas quand elle criait mon nom. »

Il prend de l'élan avec son bras et me le balance mais je suis plus rapide que lui, plus expérimenté, et je l'attrape bien avant qu'il n'entre en contact avec moi.

« Bien essayé. Je pense que ce serait probablement mieux si tu continuais à jouer avec Kyle comme un bon petit gars et si tu ne te mêlais pas de mes affaires. »

« Ma sœur, c'est mon affaire. Elle a vécu l'enfer à cause de toi— » Il referme sa bouche tout d'un coup.

« À cause de quoi ? »

« Rien. Laisse-la juste continuer sa vie tranquillement. Si elle avait su que tu serais ici ce semestre, je peux t'assurer qu'elle ne serait pas venue. »

« Peu importe. Tu as fini ? » Je le repousse et ouvre la portière de ma voiture.

Je crève d'envie de lui en demander plus, de découvrir ce qu'il cache mais je ne veux pas avoir l'air de m'en soucier.

Au lieu de cela, je me laisse tomber sur le siège conducteur, je démarre le moteur, et je fais crisser mes roues en sortant du putain de parking comme si je m'en fichais.

Mon portable sonne dans ma poche alors que je me gare devant la maison et je gémis quand je le sors.

« Quoi ? », j'aboie, vraiment pas d'humeur pour ses conneries en ce moment.

« Tu as laissé tomber Alana. »

« J'ai eu une urgence à régler. Elle a profité d'un bon repas, qu'est-ce que tu voulais de plus ? »

« Ce ne sont pas mes envies qui m'inquiètent, mon garçon. »

« Je suis sûr qu'elle s'en est très bien tirée. Peut-être que si son mari la faisait jouir une fois de— »

« Assez. Je ne te paie pas pour faire des commentaires. » *Tu ne me paies plus, connard. Nous sommes censés en avoir fini.*

Je soupire, en essayant de trouver la force de continuer cette conversation. Je suis épuisé, j'ai faim et j'ai une tonne de boulot à faire.

« J'ai un travail pour toi. J'ai besoin de toi à Creek dans moins d'une heure. »

« Je viens de terminer l'entraînement. »

Il ne dit rien. Mais j'entends clairement sa menace.

« Très bien. Je serai là dans trente minutes. »

Je passe devant un endroit où ils vendent à emporter sur le chemin du Creek et je m'arrête au club-house des Hawks moins de quarante minutes plus tard.

J'ignore tous les yeux qui se tournent vers moi quand je marche dans les espaces communs où des gars jouent au billard, boivent et regardent quelques nanas en train de danser autour de la barre de fortune.

Tous les jeunes pensent que c'est à ça que ressemble la vie des gangs. C'est ce qu'ils voient dans les films. Sortir avec ses potes et baiser toutes les putes qui sont intéressées. Mais c'est des conneries. Malheureusement, rien de ce que quelqu'un peut dire ou faire ne les arrêtera de penser ça et ils donneraient à Vic leur couille gauche si c'était le prix pour en faire partie.

Je monte les escaliers quatre à quatre et fonce vers son bureau, en ne prenant pas la peine de frapper quand j'ouvre la porte.

À l'intérieur, je trouve Reid et Devin qui m'attendent.

« Qu'est-ce que tu veux, bordel ? », je demande, en ignorant mes gars et en balançant toute ma frustration sur le patron.

Il fait glisser deux photos sur son bureau.

« Tu connais ces deux-là ? »

« Non. Je devrais ? »

Il hausse les épaules alors que nous regardons tous les trois les photos.

« J'ai besoin qu'ils disparaissent. Ce soir. C'est là qu'ils seront. Tu connais les règles, ne sois pas vu et fais en sorte que ce soit douloureux. »

« Putain d'enfer, » je marmonne. « J'étais censé en avoir fini avec ces trucs. »

« Ouais, eh bien. J'ai besoin de mes meilleurs gars sur le coup. Et toi, fiston, tu es l'un d'entre eux. »

« Je ne suis pas ton putain de fiston. »

La colère tourbillonne dans ses yeux glacials et diaboliques et les doigts de sa main droite se serrent comme s'il s'imaginait les enrouler autour d'une arme à feu.

Putain, essaie connard et nous verrons qui de nous deux mourra en premier.

Je sais pertinemment que les gars à côté de moi me soutiendront face à leur père.

« Bien, » aboie Reid, en glissant les papiers sur le bureau de son père. « Considère que ce sera fait au lever du soleil. »

« J'attends un compte rendu à la première heure. »

Reid ne répond pas. Il sait comment cela fonctionne et je sais par expérience que moins il a de conversations avec son donneur de sperme, mieux c'est.

« Ce sont des putains de conneries, » je crache une fois que nous sommes sur le parking à l'intérieur du 4x4 de Reid.

« Je lui ai dit de prendre quelqu'un d'autre, mais il a insisté sur le fait que ce soit toi. »

« Pourquoi ? »

« Putain, si je savais. »

« Qui sont ces gars-là ? »

« Des connards qui ont essayé d'intercepter notre cargaison. »

« Juste deux d'entre eux ? »

« Ce sont des membres juniors des Ravens. Ils ont pensé que ça impressionnerait leur patron s'ils nous baisaient la gueule. »

« Est-ce qu'ils ont des envies suicidaires ? »

« Apparemment oui. Tu es prêt pour ça ? »

Il me jette un coup d'œil avant de regarder son frère dans le rétroviseur.

« Toujours. Allons les défoncer pour que je puisse me coucher avant l'entraînement, hein ? »

« OK. » Il fait craquer ses doigts avant de mettre sa

voiture en marche arrière et de traverser la ville jusqu'au bar où ces connards vont apparemment se trouver.

Je dors deux heures avant de devoir me lever à nouveau pour aller m'entraîner.

Mes articulations sont éclatées, j'ai un putain d'œil au beurre noir et j'ai pris une douche tellement rapide quand j'ai fini par rentrer hier soir que j'ai encore du sang séché sur mon bras.

Je traîne mes fesses vers l'entrée du centre d'entraînement à six heures du matin, en étant à peine capable d'ouvrir mon œil droit.

L'entraîneur va péter les plombs, mais ai-je le choix ?

Je reçois plus d'un regard curieux alors que je chancèle dans le vestiaire.

Je jette mes trucs dans mon casier et me dirige directement vers le gymnase.

« Legend, » grogne-t-il au moment où je passe devant le bureau de l'entraîneur.

« Oui, Monsieur ? »

« Tu ressembles à une loque. »

« Je suis au courant. Cela ne se reproduira plus. » C'est une promesse dont je sais déjà que je ne pourrai pas la tenir. Vic incarne la loi à lui seul. Je savais qu'il me ferait payer pour son aide au-delà de notre accord initial.

« Si je découvre que tu as été impliqué dans quelque chose de louche, je n'aurai pas d'autre choix que de reconsidérer ta place ici. »

« Compris, Monsieur. » J'acquiesce, impatient de sortir et de m'éloigner d'un sermon dont je n'ai pas besoin.

« Bien. Il n'y aura pas grand-chose que je puisse faire pour toi si tu continues ces trucs... merdiques. »

« Je me suis fait sauter dessus sur le chemin du retour hier soir. Ce n'était rien, » je mens.

« Sois plus prudent. Maintenant, fous le camp. Je ne veux pas qu'on pense que tu ne mérites pas ta place ici. »

« C'est clair, entraîneur. »

Je pars en courant, mes muscles me font mal quand je rejoins les autres et je commence à m'échauffer.

Par miracle, je m'en sors sans nouvelles menaces de la part de Luca ou de Zayn, mais ils n'ont pas besoin de prononcer les mots à voix haute. Je peux les lire dans leurs regards durs. Ils ne veulent pas de moi ici. Je comprends. Ils veulent que je foire. Il y a de fortes chances que cela arrive à un moment donné. Mais putain, je ne vais pas les laisser m'intimider en me faisant croire que je ne mérite pas cette place dans l'équipe parce que je sais que je m'en sors bien. Dieu sait que j'ai travaillé plus dur— et que j'ai pris plus de risque—qu'eux pour arriver ici.

Je suis en avance en cours même en m'étant arrêté à la cafétéria pour prendre un double expresso et un wrap pour le petit-déjeuner.

Je jette mon sac sur la chaise à côté de moi et cela, en plus de l'état de mon visage, me garantit le fait que personne ne tente de s'asseoir à côté de moi alors que l'amphi commence à se remplir.

Jusqu'à ce qu'une personne ralentisse pour s'arrêter près de moi.

Je sais qui c'est sans lever les yeux. Ma température monte en flèche et mes poings se serrent, en faisant se rouvrir mes articulations.

« Dis-moi que ce n'était pas Luca et Leon, » exige-t-elle. Son besoin de les protéger tous les deux m'énerve.

En tirant mon sac de la chaise, je le jette par terre avec un grand bruit.

« Assis. »

Elle refuse de bouger et quand je lève enfin les yeux, elle a la hanche en avant, les bras croisés sur sa poitrine, mettant en avant ses seins dans son débardeur, et une expression agacée sur le visage.

« Je ne suis pas ton putain de chien. »

« Est-ce que j'ai dit que tu l'étais, Princesse ? Maintenant, assieds-toi... *s'il te plaît*. » Je me force à prendre un ton poli et lui souris. Ce n'est pas sincère et elle le sait.

« Seulement parce que tu as demandé si poliment. » Elle lève les yeux au ciel avant de déposer son sac sur le bureau et se retourne.

C'est seulement à ce moment-là que je remarque son amie derrière elle.

« Qu'est-ce que tu fais ? », peste son amie en me regardant avec des poignards dans les yeux par-dessus l'épaule de Letty.

« C'est bon, » assure-t-elle à son amie, qui refuse toujours de détourner le regard.

Elle est mignonne. C'est une petite blonde et elle me regarde comme si je devais avoir peur d'elle. C'est amusant.

Je lui envoie un baiser et lui lance mon plus grand sourire à lui faire mouiller sa culotte, mais au lieu de la réaction habituelle qu'il suscite, son visage grimace de colère.

« S'il essaie quoi que ce soit, je lâche les mecs sur lui. »

Je lève les yeux au ciel en essayant de contenir mon rire.

Letty lui murmure un truc avant que notre professeur n'arrive et elle est obligée d'aller trouver un siège, heureusement, de l'autre côté de l'amphi.

« Elle est sérieuse ? », je murmure alors que le professeur Nelson commence notre cours.

« Elle est juste inquiète et ne te fait pas confiance. »

« Elle ne me connaît même pas, » dis-je, en faisant semblant d'être offensé.

« Elle en sait assez, » marmonne Letty en prenant ses livres et en attrapant des stylos colorés.

Je ne peux m'empêcher de rire. Certaines choses ne changent jamais.

Ses cahiers d'école étaient remplis d'écritures multicolores et de gribouillages.

Je l'étudie pendant qu'elle recopie le titre écrit tableau et ajoute la date.

Je me mets à rire.

« Quoi ? »

« C'est comme la sixième. »

« Tu devrais te concentrer vu que tu as besoin d'aide pour ton devoir, » dit-elle, en faisant référence à mon prétexte pourri pour attirer son attention hier.

Je ris et secoue la tête. Elle croyait vraiment à ce truc ?

« Ouais, je suppose que je devrais. »

J'ouvre mon cahier et je m'affaisse sur mon siège, en écartant suffisamment les genoux pour que ma cuisse heurte la sienne.

Son corps entier tressaute à mon contact et elle essaie de retenir un petit halètement.

En me penchant, je baisse le ton de ma voix et lui murmure à l'oreille.

« Tu crèves toujours d'envie de ma bite, Princesse ? »

Un gémissement à peine perceptible sort de sa bouche mais je l'entends, et je sens les vagues de chaleur qui s'échappent d'elle.

« Peut-être que si tu es une bonne fille, tu auras une récompense. »

« Va te faire foutre, » dit-elle dans un souffle.

« Oh, c'est vrai. Tu n'es pas une bonne fille, n'est-ce pas ? »

En repoussant ses cheveux avec mon nez, je mords le lobe de son oreille assez fort pour lui faire mal.

« À quel point es-tu mouillée en ce moment ? »

« Kane, » grogne-t-elle, mais son avertissement est pour le moins faible.

« J'aurais vraiment dû m'asseoir à l'arrière. Tu aurais pu me sucer et personne ne l'aurait su. »

Je descends ma main et déplace ma bite au travers du tissu de mon pantalon, en m'assurant que Letty voit tout.

« Rien ne me fait plus bander que de t'imaginer te plier à tous mes caprices. »

« Continue de rêver, Legend. Tu as pris ce que tu voulais, ça ne se reproduira plus. »

« C'est vrai ? », je demande avec un sourire entendu.

Elle est trempée pour moi en ce moment et je sais pertinemment qu'il ne me faudrait pas grand-chose pour m'enfoncer en elle.

« Je te déteste. »

« Le sentiment est réciproque, Princesse. Mais j'aime vraiment quand tu te défoules sur ma bite. »

Elle grogne et s'éloigne de moi, en essayant de donner l'impression qu'elle est concentrée sur ce dont parle Nelson, mais je sais que sa tête est ailleurs et pleine de pensées obscènes.

Elle reste tendue pour le reste du cours et à la seconde où il se termine, elle commence à rassembler ses affaires. Je m'attends à ce qu'elle parte en trombe mais elle ne le fait pas, elle se tourne vers moi et me fixe avec un regard qui m'excite.

« Reste loin de moi, Kane. Reste loin de Luca et Leon. Si tu leur gâches cette saison et leurs chances d'être les premiers choix de la sélection de l'année prochaine, je ne te le pardonnerai jamais. »

« Euh, un peu comme je ne te pardonnerai jamais d— »

« Assez, » dit-elle sèchement. « Tu as pris ce que tu voulais de moi. Nous en avons terminé. »

Elle se lève, remonte son sac plus haut sur son épaule et s'enfuit.

Si elle croit les mots qui viennent de sortir de sa bouche, alors elle a vraiment besoin d'y réfléchir à nouveau parce que nous sommes loin d'en avoir fini.

Je n'ai pas l'occasion de lui reparler pour le reste de la journée car, selon toute vraisemblance, ses gardes du corps personnels sont là.

Quand Luca croise mes yeux, les siens sont plissés en signe d'avertissement. Il a hâte de continuer ce qu'il a commencé hier dans les vestiaires. Je peux seulement imaginer qu'il est énervé que quelqu'un d'autre m'ait eu en premier.

Je lui souris avant de déplacer mes yeux vers Letty, en m'assurant qu'ils s'attardent sur elle assez longtemps pour qu'elle n'ait pas d'autre choix que de sentir mon regard enflammé.

Elle ne lève pas les yeux, mais je sais qu'elle est consciente de ma présence.

Je peux le voir à ses épaules tendues.

Juste pour me faire chier, Luca passe tout le cours avec son bras sur le dossier de la chaise de Letty. Son pouce caressant par intermittence son épaule comme si elle lui appartenait.

Connard.

Le deuxième cours est terminé, je sors de là comme si j'avais le feu aux fesses sans regarder personne.

Je suis foutrement claqué mais j'ai encore une séance d'entraînement de deux heures avec son altesse à affronter.

Je savais que rejoindre l'équipe, faire partie des attaquants avec Luca serait un putain de défi mais merde. À ce rythme, on va s'entretuer avant notre premier match de la semaine prochaine.

L'idée est certes tentante, mais même si je le déteste, c'est un putain de quarterback qui déchire. Et je déteste avoir à l'admettre, mais il y a une partie de moi qui a hâte de jouer avec lui, pas contre lui comme nous l'avons toujours fait dans le passé. Non pas que je l'avouerais jamais à quiconque.

Je renonce à dîner après l'entraînement et les devoirs ne me viennent même pas à l'esprit alors que je tombe face la première dans mon lit et m'évanouis presque immédiatement.

Elle parvient à m'éviter toute la journée de mercredi malgré le fait que j'essaye de la rechercher juste pour l'énerver.

Au moment où je rentre à la maison, je me suis presque décidé à me rendre à son dortoir pour voir si je peux me faufiler en douce et lui prouver à quel point elle se trompait lors du cours de mardi en me disant que nous en avions terminé.

Seulement, il s'avère que je n'ai pas besoin de faire autant d'efforts car à peine ai-je fini mon devoir de statistiques pour le lendemain que mon portable vibre sur la table de chevet.

Je souris quand je vois son nom. Est-ce que je lui ai manqué ?

Princesse : Y a-t-il moyen que tu viennes m'aider pour un truc ?

CHAPITRE VINGT

Letty

En refermant la lame, je glisse le couteau dans la poche zippée de mon sac à main avant de sortir mon miroir compact et mon gloss.

Mon portable sonne et je le prends et souris.

Kane : Je pars maintenant.

Je jette un coup d'œil à mon pneu qui se dégonfle rapidement et souris à nouveau.

Je t'ai eu, espèce de fils de pute.

Je l'ai vu aujourd'hui, tapi dans l'ombre, à ma recherche. En train de me traquer comme si j'étais sa proie.

Cela n'aurait pas dû m'exciter autant que ça sachant que je pouvais le voir mais il n'avait aucune idée d'où j'étais.

Je ne me cachais pas. J'étais dans la cafétéria du campus avec Ella, Violet et Micah. Mais la vitre sans tain signifiait que je pouvais observer chacun de ses mouvements et qu'il n'avait aucune idée que je le regardais quand il me cherchait impatiemment.

C'est son regard tendu qui m'a confirmé qu'il se laisserait avoir par mon petit numéro.

J'ai imaginé ce plan au milieu de la nuit lorsque je pensais à lui et aux choses qu'il m'avait chuchotées à l'oreille pendant notre cours de socio et ces souvenirs se répétaient en boucle dans ma tête, en transformant mon corps en un brasier infernal.

J'ai essayé de mettre autant de conviction que possible dans mes mots d'adieu parce que je savais qu'il les prendrait comme un défi. Il n'y a aucune chance qu'il me laisse m'éloigner.

Il veut clairement quelque chose de moi. Et en ce moment, j'ai besoin de quelque chose de sa part, donc je suis plus que disposée à le prendre à son propre jeu.

J'applique une nouvelle couche de gloss avant de retirer le maquillage qui a coulé sous mes yeux et de lisser mes cheveux.

Grâce à Micah, j'ai réussi à découvrir où vivaient les Harris, et pour autant que je sache, Kane vit avec eux, alors je me suis dirigée vers leur côté de la ville avant de me garer dans une zone de stationnement sombre pour me préparer pour mon rôle de petite demoiselle en détresse.

Mon cœur bat dans ma poitrine à l'approche de phares.

Il y a une chance qu'un autre pervers s'arrête et essaie de m'aider et je prie Dieu qu'il n'y ait pas de bons samaritains ce soir qui décideraient de venir m'aider avant l'arrivée de Kane.

Heureusement, la voiture passe devant moi et je pousse un soupir de soulagement.

Il faut encore cinq minutes avant qu'une autre voiture n'apparaisse au bout de la rue. Ses phares semblent différents et je remonte effrontément ma jupe un peu plus haut et tire sur le décolleté de mon débardeur.

La voiture ralentit alors que mon cœur bats si vite que je me demande si je suis sur le point de m'évanouir.

Ce n'est que lorsque je vois la marque de la voiture que je me détends un peu.

Il est peut-être le diable personnifié, mais au moins je sais le gérer, non ?

Le gravier de l'aire de stationnement craque alors que sa vieille Skyline s'arrête derrière ma voiture.

J'inspire quand il ouvre sa porte et sort.

Il est habillé tout en noir avec sa capuche sur la tête. Il ressemble au pire cauchemar de toute femme seule dans une rue calme et sombre sans aucun moyen de s'échapper.

Je devrais être terrifiée. Alors pourquoi est-ce que ma culotte devient de plus en plus humide à mesure qu'il se rapproche ?

« Tu dois vraiment être désespérée si tu fais appel à moi, » dit-il en marchant droit vers moi. La lumière de ses phares illuminant mon corps et ses yeux me parcourant, en me brûlant la peau.

« C'est dangereux, » marmonne-t-il. « Peut-être que j'aurais dû te laisser là pour qu'un autre gars te trouve et profite de toi. »

« Tu laisserais ça arriver, hein ? Tu laisserais quelqu'un d'autre me toucher ? »

Il est sur moi en un éclair. Il me pousse contre le capot de ma voiture, et me prend le menton entre ses doigts.

Ses yeux froids et durs fixent les miens. Je peux presque entendre ce truc chimique crépiter entre nous.

Au moment où je lèche ma lèvre inférieure, ses yeux tombent sur ma bouche et sa langue se faufile pour lécher la sienne.

« Donc ? » Je le provoque, presque incapable d'articuler un mot avec la dureté de sa prise.

« Qu'est-ce que tu en penses ? »

Il me relâche un peu, en me permettant de répondre.

« Je pense que tu détestes l'idée d'avoir envie de moi, » dis-je sur un ton sarcastique. « Tu dis que tu veux me faire du mal, mais en réalité, au fond ici. » Je tapote l'endroit où se trouve son petit cœur noir. « Tu veux juste me montrer que j'ai eu tort. »

« Comment ça ? »

« Tu veux me montrer que j'aurais dû te choisir il y a toutes ces années. »

« Eh bien, tu as eu tort, tu ne penses pas ? Tu as déclenché tout ça, Princesse. »

« J'ai dit oui à un garçon, Kane. Je n'ai pas signé pour toutes ces conneries. »

« Tu l'as tué. »

Mes lèvres se courbent et je me moque de lui.

« Tu essaies toujours de vendre cette histoire. Je ne l'ai pas tué, Kane. Je ne suis pas responsable de ses actes ni de ceux de qui que ce soit. »

Ses doigts se resserrent jusqu'à ce que l'intérieur

de mes joues soit entre mes dents, en m'empêchant de dire un mot de plus.

« Tu voulais mon aide ou pas, Princesse ? »

Je hoche la tête du mieux que je peux.

« Pourquoi moi ? », il demande en fronçant les sourcils. « Parmi toutes les personnes que tu aurais pu appeler, pourquoi moi ? »

La panique me noue le ventre à l'idée qu'il puisse comprendre mes intentions.

Je me bats pour déglutir alors que la salive remplit ma bouche plus vite que je ne le contrôle.

Il me libère, mais il ne me lâche pas. Au lieu de cela, il plante ses deux mains sur le capot de ma voiture de chaque côté de moi, en me coinçant là.

« P-parce que tout le monde était occupé. »

« Tout le monde ? », demande-t-il, les sourcils froncés.

J'acquiesce. « L-Luca, Leon, Zayn et les gars font un truc avec l'équipe. »

Il sursaute en entendant mes mots et je sais qu'ils frappent là où ça fait mal mais il se remet rapidement.

« Comme c'est dommage. » Il sourit. « Pour toi. »

Ses mains se posent sur ma taille et il me remonte sur le capot de ma voiture.

« Qu'est-ce que—oh mon Dieu, » je halète alors qu'il déchire mon débardeur, en emportant ma brassière au passage et en exposant mes seins.

Ses lèvres s'enroulent autour de mon téton et il aspire si fort que ça fait mal, ça envoie un éclair de désir liquide directement vers ma chatte déjà trempée.

Il me mord, et me fait crier de plaisir. Mes jambes

s'enroulent autour de sa taille et je les resserre, en glissant un peu le bas du capot jusqu'à ce que mon entrejambe appuie contre sa bite.

« Sale petite pute, » murmure-t-il contre mon téton sensible alors que je me frotte contre lui, en ayant envie de tout ce qu'il peut me donner.

En prenant mes deux seins dans ses mains, il me regarde. Ses cheveux retombent dans ses yeux noirs alors qu'il me regarde à travers ses cils.

« C'est ce que tu avais en tête lorsque tu m'as appelé ? »

Je secoue la tête de gauche à droite, mais son sourire narquois me dit qu'il n'en croit pas un mot.

« Est-ce que tout le monde est vraiment occupé ce soir ou voulais-tu juste assouvir l'un de tes fantasmes pervers, Princesse ? »

« Ils sont vraiment occupés, » je mens. Eh bien, ils sont probablement occupés à étudier et tout, mais je n'ai demandé à aucun d'entre eux s'ils avaient des plans pour la soirée.

« Alors tu ne voulais pas juste te faire baiser sur le capot de ta voiture ? »

« Non, je voulais que mon pneu soit réparé, » je soupire alors qu'il fait glisser ses énormes mains le long de mon corps et remonte ma jupe autour de ma taille.

« Tellement belle, » murmure-t-il, en faisant courir un doigt le long du bord de ma culotte en dentelle rose. « Mais c'est un tel gâchis. »

Avant que j'aie la chance de lui demander ce qu'il voulait dire par là, il glisse ses doigts sous le tissu et tire jusqu'à ce que le son d'une déchirure m'arrive aux oreilles.

« Hé, » je crie. « C'est ma préférée. »

« Elle est à moi maintenant. »

Il la réduit en boule dans la paume de sa main.

« Putain, Princesse. Elle est trempée. Il la porte à son nez et j'ai l'impression que mon corps est presque sur le point de se consumer.

« Kane, » je gémis, et il fourre le morceau de tissu en loques dans sa poche arrière.

Je bouge à nouveau mes hanches et un grognement s'échappe de sa gorge.

« Putain, Princesse. »

Il fait descendre son pantalon de jogging juste assez pour libérer sa queue. Il se branle pendant quelques secondes et je le regarde, encore une fois fascinée par sa taille.

Les connards comme Kane ne devraient pas avoir la chance d'être dotés d'une pareille taille. Ce n'est pas carrément pas juste.

Mes pensées sont vite oubliées quand il me pousse un peu vers le haut du capot avant d'aligner sa bite avec mon entrée et de me faire redescendre.

« Oh putain. » Il me pénètre et me coupe le souffle, en ne me laissant aucune chance de récupérer avant de se retirer et de rentrer à nouveau en moi. « Oh mon Dieu. Oh mon Dieu. »

« Pas Dieu, Princesse. Juste un putain de Legend. »

Je ris en étant incrédule mais j'oublie vite quand son piercing effleure mon point G et je crie encore une fois.

L'orgasme qu'il m'a refusé dans la bibliothèque est sur le point d'arriver. Peu importe que je me sois débrouillée toute seule plus de fois que je ne veux l'admettre en évoquant ce souvenir, aucun de ces orgasmes ne m'a procuré autant de plaisir que lui.

Il me baise sans me toucher et mon corps en redemande. J'ai envie de lui partout sur moi. J'ai envie de me perdre dans la sensation brûlante de sa bouche, de ses lèvres, de ses dents.

Je tends la main, je capture la sienne et la traîne vers moi, en cambrant mon dos et en enfonçant mes seins contre son visage.

« Qui mène le jeu ici, Princesse ? »

« Toi, » je crie alors qu'il frotte ses hanches contre les miennes parce que je sais que c'est ce qu'il veut entendre.

« Exact. Ça te fera du bien de t'en souvenir. »

Ses mains s'enroulent autour de mes hanches, ses doigts s'enfonçant dans les bleus à peine résorbés de l'autre jour.

« Ta plus grande préoccupation devrait être de savoir si je vais te laisser jouir cette fois. »

« Je vais te tuer, putain, » je le menace, à son grand amusement.

« Oh, princesse. Combien je paierais pour voir ça ! »

Une de ses mains me libère et effleure mon corps, en agrippant ma poitrine et en serrant jusqu'à ce que je crie de douleur. Il pince mes tétons, en faisant se contracter ma chatte autour de lui avant que sa main ne s'enroule autour de ma gorge.

Je déglutis difficilement et il sourit à l'idée que je ne l'admettrai jamais mais que j'adore ça. J'aime qu'il ne me traite pas comme si j'étais fragile et sur le point de me briser, peu importe à quelle point c'est susceptible d'arriver une fois que tout sera terminé.

« Putain, Princesse, » grogne-t-il, ses hanches faisant des va-et-vient. « Putain de pécheresse. »

« Je pourrais dire la même chose. »

Je lève les mains et attrape mes seins. Ses yeux s'écarquillent alors qu'il observe ce que je fais.

« Serre-les jusqu'à ce que ça te fasse mal, » exige-t-il, en observant chacun de mes mouvements.

Et comme la bonne petite pute que je suis, j'obéis immédiatement aux ordres. La chaleur monte en moi alors que la douleur se dirige directement vers mon clitoris.

La première goutte d'eau fraîche sur ma poitrine m'immobilise, mais une autre me tombe dessus et encore une autre avant que le bruit de la pluie frappant le sol autour de nous ne rompe le silence.

« Oh mon Dieu, oh mon Dieu, » je scande lorsque ma jouissance commence à monter, les sensations dans mon corps se mélangeant aux souvenirs d'une autre nuit passée sous la pluie.

Ses doigts brûlants éloignent mes mains de mon corps et les plaquent au-dessus de ma tête contre le pare-brise.

Il laisse tomber sa tête à côté de la mienne, sa mâchoire rugueuse frottant contre ma joue alors que son souffle chaud caresse mon oreille.

« Ne viens pas. »

« Qu-quoi ? »

« Ne viens pas et je te promets de faire en sorte que cela en vaille la peine. »

« Q-quoi ? », je répète.

« Fais juste ce qu'on te dit, Princesse. »

Ses coups deviennent plus violents à mesure que sa bite commence à gonfler.

« Pas de capote, » je murmure juste avant de sentir qu'il va exploser.

Un flot de jurons sort de sa bouche avant qu'il ne se redresse, se retire et prenne sa bite en main. Pas deux secondes plus tard, il grogne en jouissant dans la nuit sombre et silencieuse et des jets de sperme chaud frappent mon clitoris.

En gardant les yeux fermés, j'essaie de refouler mon désir et je fais ce qu'il m'a demandé. Dieu sait pourquoi j'ai choisi ce moment pour obéir. En vrai, je dirais que c'était à cause de cette promesse d'en avoir plus.

Jésus. Je suis vraiment dingue.

La pluie continue de s'abattre sur nous, en refroidissant mon corps en surchauffe et en imbibant mes vêtements d'eau.

La poitrine de Kane se soulève alors qu'il se tient devant moi, ses yeux fixés sur ma chatte qui dégouline de son sperme.

Il tend la main, et il passe un doigt dans mes plis, en frottant sa semence contre mon clitoris.

« C'est à moi, » grogne-t-il. « C'est à moi, putain. Et ce soir, je vais la défoncer, putain. »

Je refoule le désir qui déferle dans mon corps en entendant ses mots.

Mon corps me supplie de lui demander qu'il le fasse tout de suite, mais ma tête sait que c'est la pire idée au monde.

C'est dommage qu'à chaque fois que je suis avec Kane Legend, mon cerveau n'ait jamais son mot à dire. Parce que lorsqu'il me libère et me laisse me remettre sur mes pieds et arranger mes vêtements, je n'argumente pas ni n'exige qu'il répare simplement mon pneu et s'en aille.

Au lieu de cela, je reste là sous l'averse et le regarde ouvrir la portière côté conducteur, arracher les clés du contact et glisser mon sac à main sur le siège passager.

« Allons-y, » aboie-t-il en me jetant mon sac à main, que je réussis à attraper à la dernière seconde avant qu'il ne se dirige vers sa voiture.

Il est déjà presque à l'intérieur quand mon corps comprend le message et que j'arrive derrière lui.

Je m'assieds sur son siège passager, consciente que je suis mouillée—à cause de la pluie—et que je ne porte pas de culotte—en étant tout aussi mouillée.

Je tire le tissu autant que possible pour le faire descendre sur mes cuisses alors que Kane met sa voiture en marche arrière et patine dans la rue avant de la faire rouler en direction de sa maison.

Je souris en coin en voyant son impatience à rentrer.

« Et ma voiture ? », je demande, bien qu'en ce moment avec les palpitations constantes au niveau de mon entrejambe et l'odeur de Kane qui m'entoure, ma voiture est la dernière chose qui m'importe.

« Nous réglerons ça demain. J'ai d'autres choses en tête en ce moment. »

« Oh ? », je demande, désespérée qu'il me dise des mots obscènes.

« Comme de me demander pourquoi tu continues d'essayer de baisser ta jupe. » Il tend la main, écarte mes genoux et fait glisser ses doigts le long de mes cuisses.

« Kane, » je préviens.

« Quoi ? Tu ne penses pas que tu vas la garder ? »

« Tu es un gros connard. »

Ses doigts s'immobilisent et j'inspire, en me demandant si je n'y suis pas allée un peu fort.

Mais après la seconde la plus longue de ma vie, il se tourne vers moi, ses yeux brûlant le côté de mon visage.

« Dis-le encore, » exige-t-il.

« Quoi ? Tu es une putain de tête de bite. »

« Tu peux supprimer le début. »

« D'accord. Bite. »

« Putaaain, Princesse. Si nous n'étions pas si proches d'arriver, tu serais en train de me la sucer. »

Un halètement d'incrédulité s'échappe de ma bouche.

« N'essaie même pas de prétendre que tu ne le ferais pas. »

Mes lèvres s'entrouvrent pour argumenter mais il me lance un regard qui dit 'ne te fatigue pas', et je les referme.

« Ouah, » dis-je lorsqu'il s'arrête devant une impressionnante maison de ville moderne.

Je ne sais pas vraiment à quoi je m'attendais mais, en tout cas, pas à ça.

« Vic sait comment soigner ses garçons, » dit Kane sur un ton impassible.

« Oh ouais, il est sur la bonne voie pour remporter le titre de père de l'année, » je marmonne, en sortant de la voiture et en serrant fermement mon sac à main contre moi.

Ça y est. C'est ma chance. Il me suffit d'attendre que Kane s'endorme, de mettre les caméras un peu partout et de foutre le camp.

Je viens juste de fermer la portière de sa voiture quand il arrive derrière moi de manière soudaine et me pousse vers la porte d'entrée.

« Les autres sont là ? » C'est vraiment une question stupide, vu qu'il y a plusieurs voitures garées devant.

« Pourquoi ? Tu voulais que je te partage ? »

« Quoi ? », je couine. « N-non. »

« Bien, parce que ça n'arrivera pas. En plus, je préférerais qu'ils ne sachent même pas que tu es là. »

Ses mots sont plus tranchants qu'ils ne le devraient même si je comprends.

Notre haine mutuelle n'est pas un secret et s'ils le voient m'introduire dans la maison, ils se poseront probablement des questions. Des questions auxquelles je n'ai vraiment aucun intérêt à répondre.

J'ai un travail à faire et j'ai bien l'intention de le mener à bien et de mettre tout ça derrière moi.

Mais tout s'effondre à la seconde où nous entrons dans la maison parce que nous croisons directement Devin. Mes yeux se posent immédiatement sur lui et remarquent la coupure sur sa lèvre et l'ombre sombre qui marque sa joue. Je suppose que cela explique l'œil au beurre noir de Kane. Ils travaillaient ensemble.

Putain de Victor.

Il regarde Kane et ouvre la bouche pour dire quelque chose mais il se rend compte que Kane n'est pas seul et son menton tombe quand ses yeux me trouvent.

« S-Scarlett ? », bégaie-t-il, ses yeux se plissant sur Kane avec un air interrogateur. Ses épaules se tendent comme s'il se préparait à se battre et ses lèvres se tordent de frustration.

« Excuse-nous, nous allons juste à l'étage. »

« Kane ? », aboie-t-il, en tendant la main pour saisir son bras et en nous empêchant d'avancer.

« Princesse ? » Je me tourne pour le regarder. « Dernier étage, deuxième porte à droite. Tiens-toi prête. » Il me fait un clin d'œil et je rougis de la tête aux pieds lorsque Devin se retourne pour me regarder une fois de plus.

Je me précipite vers les escaliers, en ne voulant pas être l'objet de leur attention et en ayant besoin de m'éloigner au cas où Ezra et Ellis voudraient se joindre à la fête.

Mon estomac se noue alors que je me souviens de sa suggestion de me partager avec les autres.

Sûrement pas. Je suis peut-être partante pour ses contacts brutaux et ses mots pervers, mais je mets la limite là et il n'y a pas moyen qu'il ramène un ami pour l'aider à me torturer.

Mais, ce n'est pas vraiment de la torture quand Kane te touche, n'est-ce pas ?

Je refoule cette pensée de ma tête.

Je sais que je devrais détester la façon brutale dont il me touche, dont il joue avec moi comme une poupée de chiffon et les choses dénigrantes qu'il me dit, notamment quand il me traite de pute. Mais je n'arrive pas à trouver en moi la force de le détester et tout ce que ça produit comme effet, c'est de me donner envie d'en avoir plus.

Le grondement de leurs voix tonitruantes résonne jusqu'à moi mais je ne m'arrête pas pour essayer d'écouter. Quelque chose me dit que je n'aimerais pas savoir ce dont ils discutent. Devin n'était clairement pas content que je sois ici—si seulement il savait la vérité.

Je pousse la porte que Kane m'a indiquée et retombe contre elle.

Mon corps tremble de nervosité. Tout ce plan ne semblait pas si effrayant avant. Mais maintenant que je suis là...

« Putain, » je soupire. « Putain. Putain. »

Ma tête cogne contre la porte.

Qu'est-ce que je suis en train de faire, bon sang ?

S'ils me chopent, que vont-ils me faire ?

Je suis peut-être terrifiée par Victor et de ce dont il est capable, mais il a entraîné tous les gars sous ce toit à se battre et je sais pertinemment qu'ils sont plus que capables d'éliminer toutes sortes de menaces.

Et si Victor a raison et qu'ils se jouent de lui et que je les dénonce.

Un violent frisson secoue mon corps.

Ils me tueront si ça tourne mal.

Je marque un temps d'arrêt. Qu'est-ce que ça change ? Est-ce que j'ai encore quelque chose à perdre ?

Des images de ma famille me traversent l'esprit et je me calme.

Je peux le faire. Il suffit de choisir les bonnes cachettes et tout ira bien. Le week-end va arriver, ils vont sûrement organiser une fête et ils pourront s'imaginer que c'est l'un des invités qui a mis les caméras.

Ce n'est que lorsque de lourds pas dans les escaliers se font entendre que je m'éloigne de la porte et entre vraiment dans la pièce. C'est la première fois que je la vois vraiment.

Les draps sont noirs—comme son âme—les murs

sont gris foncé et les meubles noirs, les coins sont ébréchés et les tiroirs sont rayés.

Je fais un bond lorsque la porte s'ouvre alors que je savais que ça allait arriver.

J'inspire profondément, en souhaitant que mon cœur s'arrête de s'emballer.

CHAPITRE VINGT-ET-UN

Kane

Son parfum remplit mon nez à la seconde où j'ouvre la porte et je bande instantanément.

Je l'ai peut-être eue il y a moins de trente minutes, mais ce n'est pas suffisant. Même la tentative de Devin de me passer un savon parce que je me suis rapproché d'elle ne suffit pas à me faire reconsidérer ce qui va se passer ensuite.

Je me fous de son opinion. Je n'ai pas besoin qu'il me dise que c'est une mauvaise idée, je sais déjà que c'est le cas.

Ma fascination pour Scarlett n'a fait qu'empirer au fil des années. Et maintenant, elle est juste là, apparemment en train de prendre son pied dans nos jeux étranges et haineux autant que moi et putain, il n'y a pas moyen que je laisse passer l'occasion d'en profiter un peu.

Il ne faudra pas longtemps avant qu'elle soit

rassasiée et qu'elle me tourne le dos parce que nous savons tous qu'elle est trop bien pour un mec paumé comme moi.

Elle m'a peut-être entubé à chaque occasion au fil des ans. Mais Scarlett Hunter mérite mieux qu'un mec du parc à caravanes qui est sous l'influence de Victor Harris.

Je secoue la tête, en essayant de faire disparaître ces pensées.

Rien de tout cela n'a d'importance pour le moment.

Ce qui compte, c'est qu'elle se tienne au milieu de ma chambre, en ressemblant à un lapin pris dans les phares et qu'elle... Elle. N'est. Pas. Nue. Putain.

Je retire mon sweat à capuche mouillé et le jette vers le panier à linge dans le coin de la pièce. Je le rate et il atterrit sur le sol avec un bruit sourd.

Letty halète et quand je me retourne vers elle, ses yeux sont fixés sur mon torse.

Un sourire narquois se dessine sur mes lèvres lorsque je réalise que c'est la première fois qu'elle me voit sans vêtements depuis de nombreuses années, et je ne suis certainement plus le petit garçon dont elle se souvient.

« Tu es trop habillée. Je t'avais dit de te tenir prête. » Je fais un pas vers elle et elle fait immédiatement un pas en arrière.

L'excitation explose en moi.

D'accord, Princesse. Jouons.

Je baisse les yeux sur sa poitrine, ses tétons sont durs et m'appellent derrière le tissu mouillé de son débardeur et de son soutien-gorge.

« Retire-le, » je demande, en faisant un signe de tête vers son haut.

« Euh... » Elle hésite.

« C'est carrément trop tard pour être timide, Princesse. J'ai déjà tout vu, tu te souviens ? »

Je fais un autre pas vers elle, en tirant sur le lien de mon pantalon de jogging et en enlevant mes baskets.

Elle recule encore une fois.

« Tu ne peux pas me fuir dans ma propre chambre, » je marmonne en la regardant à travers mes cils. « Si tu ne voulais pas être ici, tu aurais dû essayer de t'échapper avant. »

« Tu m'aurais laissée partir ? »

« Non, mais ça aurait été amusant de te voir essayer. »

« Pourquoi fais-tu ça ? »

« Tu sais pourquoi. » Je referme un peu plus l'espace entre nous et sa poitrine commence à monter et descendre plus rapidement, ses pupilles se dilatent alors que j'envahis son espace personnel.

« Mais à quoi ça va te mener ? »

« Oh, ça va me faire me sentir tellement mieux. »

« Tu crois ? », demande-t-elle en penchant la tête sur le côté comme si c'était de la vraie curiosité.

« Ouais. Je veux te faire du mal comme tu m'as fait du mal. »

« En me baisant ? »

Elle fait un dernier pas en arrière et se cogne contre le mur.

Je ne m'arrête pas jusqu'à ce que mon corps soit pressé contre la longueur du sien et je me penche pour lui chuchoter à l'oreille.

« En t'utilisant, Princesse. En te baisant jusqu'à ce que tes chairs soient à vif et en veillant à ce que peu importe ceux que tu laisseras te toucher à l'avenir, ça ne sera en rien comparable à la façon dont je t'aurais profondément baisé. » Je recule et la regarde dans les yeux alors que je lève ma main et que je tapote mon doigt sur sa tempe. « Je veux être à l'intérieur ici... pour toujours. »

Sa respiration s'accélère et elle halète.

« Tu n'es rien pour moi, Kane. Je t'oublierai quoiqu'il arrive. » Ses yeux regardent les miens tour à tour, ses narines se dilatent légèrement à cause de son mensonge.

« Eh bien, je ferais bien de m'assurer que ce ne soit pas possible. »

En saisissant ses poignets, je la force à mettre ses bras au-dessus de sa tête, en les prenant tous les deux dans une main.

Je fais courir ma langue le long de son cou, sans m'arrêter jusqu'à atteindre son oreille. Son frisson est si violent que je le sens sur ses poignets.

« Prépare-toi à me supplier, Princesse, car je vais te pousser à bout. »

« Oh putain, » souffle-t-elle, ses tétons devenant plus durs sous son débardeur.

En aspirant la peau douce de son cou, ma main libre taquine ses seins, fait le tour de ses tétons et descend le long de son ventre.

Ses hanches bougent à mon contact alors qu'elle essaie de trouver la friction dont elle a besoin pour obtenir du plaisir.

Ce serait trop beau.

En trouvant l'ourlet de sa jupe, je le remonte, en écartant plus largement ses pieds avec les miens.

« Tu mouilles toujours pour moi, Princesse ? », je demande après avoir relâché son cou avec un bruit de succion. J'étudie mon ouvrage.

Au moment où elle sortira de cette pièce tout à l'heure, tout le monde sur le campus saura à qui elle appartient.

Elle ne me répond pas.

« Si tu ne m'obéis pas, alors tu n'obtiendras pas ce dont tu as envie, » je préviens.

« Oui, » crie-t-elle. « S'il te plaît, Kane. »

« C'est un bon début, Princesse, mais ça ne fait que commencer. »

« Merde, » elle halète alors que j'atteins sa chatte et plonge mes doigts en elle.

Elle est toujours trempée et je salive à l'idée de la goûter.

« Kane, » prévient-elle alors que je la doigte à une cadence effrénée, en recourbant mes doigts pour toucher l'endroit qui lui ferait voir des étoiles, si je la laissais jouir.

En retirant mes doigts de sa chatte, je les déplace plus en arrière et elle s'immobilise alors que je frotte son jus entre ses fesses.

« Quelqu'un t'a déjà prise par-là, Princesse ? »

Elle secoue la tête alors que je pousse doucement mes doigts dans son anus.

« Oh mon Dieu. »

« Bien, ça m'appartient aussi. Chaque putain de centimètre carré de toi est à moi. Tu comprends ? »

« O-oui. »

« À qui appartiens-tu, Scarlett ? »

« À toi, Kane. Seulement à toi. »

« Brave fille. »

Je la libère et recule un peu. Son corps s'affaisse contre le mur mais elle n'a qu'une seconde de répit parce que je tends la main, enroule mes doigts autour de son débardeur et le fais glisser le long de son corps. Il atterrit sur le sol quelque part derrière moi alors que je m'occupe de son soutien-gorge. Sa jupe suit avant que je ne me mette à genoux devant elle et que je retire ses chaussures pour qu'elle soit debout devant moi totalement nue.

Elle est tellement belle que j'en perds le souffle, mais je ne lui dis pas.

Au lieu de cela, je jette une de ses jambes sur mon épaule et plonge vers sa chatte.

Son goût explose sur ma langue alors que je la lèche.

« Putain, putain, putain, » crie-t-elle alors que j'enfonce ma langue en elle, en lapant son jus.

Je ne m'arrête pas jusqu'à ce qu'elle soit au bord de l'orgasme, puis je m'éloigne, la prends dans mes bras et la jette sur mon lit.

Elle rebondit alors que je m'approche d'elle, en faisant glisser mon pantalon de jogging sur mes cuisses avant de le balancer du pied.

« Putain de merde, » elle halète quand elle lève les yeux vers moi planant au-dessus d'elle avec ma bite dans ma main. « Kane. » Elle remonte un peu sur le lit mais je suis plus rapide.

J'enroule mes doigts autour de sa cheville et je la traîne vers le bas du lit jusqu'à ce qu'elle soit assise devant moi.

« Suce-moi. Je veux venir dans ta sale petite bouche, Princesse. »

Elle me fixe, la colère, la frustration et le désir

illuminant ses profondeurs sombres, l'or en eux brillant plus que jamais.

« Je te déteste, putain. »

« J'adore quand tu me dis des obscénités, » je réponds. « Maintenant, suce ma putain de queue. »

Je ne lui laisse pas le temps de répondre, à la place, je profite au maximum de ses lèvres entrouvertes et ramène mon gland devant elles.

Elle me suce comme une putain de glace. Mais aussi bon que cela puisse être, j'ai envie de plus.

Je sais de quoi elle est capable et j'en ai envie là tout de suite.

J'attrape ses cheveux pour l'immobiliser pendant que j'enfonce ma bite dans sa bouche.

Elle prend tout ce que je lui donne, en ayant un haut-le-cœur alors qu'elle frappe le fond de sa gorge.

Des larmes coulent de ses yeux alors qu'elle lutte pour respirer tandis que ses ongles s'enfoncent si fort dans mes fesses que je ne serais pas surpris de découvrir qu'elle a déchiré la peau.

Je ne lâche pas jusqu'à ce qu'elle ait avalé tout ce que j'ai, et alors seulement je l'éloigne de moi.

« Putain, tu es un peu trop douée pour ça. »

Avec mes mains autour de sa taille, je la remonte plus haut sur le lit. Sa tête entre en collision avec la tête de lit mais elle ne se plaint pas quand je rampe sur elle et fais glisser mes dents le long de sa jambe jusqu'à ce qu'elles atteignent la peau douce de sa cuisse que je suce et que je mords jusqu'à ce transpercer sa peau, en laissant un goût de cuivre envahir ma bouche.

Ses ongles griffent mes épaules, ses doigts tirent sur mes cheveux pour essayer de faire en sorte que je la laisse jouir mais je lui refuse.

Mon envie de la marquer, de la faire mienne me consume.

Quand je la relâche enfin, elle a une grosse marque rouge sur la cuisse et ma poitrine se gonfle de fierté à l'idée de la posséder.

Elle est à moi.

Je longe sa cuisse avec mon doigt, en essuyant la petite quantité de sang à l'endroit où sa peau est ouverte.

Ses doigts se resserrent une fois de plus dans mes cheveux jusqu'à ce qu'elle tire avec une telle force que je n'ai pas d'autre choix que de tomber sur elle et de prendre ses lèvres.

Notre baiser est brutal alors que nous nous battons pour dominer.

Je peux me goûter sur ses lèvres et je ne doute pas qu'elle puisse se goûter sur les miennes.

Nos langues se battent en duel et nos dents se heurtent alors que nous nous dévorons, nos poitrines se soulèvent pour trouver de l'air mais nous refusons tous les deux de lâcher prise. Finalement, après qu'elle a enfoncé ses dents dans ma lèvre inférieure, je recule.

« Putain, tu es tout pour moi. » Je ne voulais pas que les mots sortent de ma bouche.

Ses yeux s'écarquillent sous le choc alors qu'elle enregistre ce que je viens de dire.

Pour la distraire, j'enroule ses jambes autour de ma taille et frotte ma bite contre sa chatte.

« Kane, s'il te plaît, » me supplie-t-elle alors que j'enfonce mon gland. « J'ai envie d— »

« Je sais, » j'aboie, en me forçant à me retenir, à la taquiner un peu plus mais en trouvant de plus en plus difficile de combattre mon envie d'elle.

« Putain, » je grogne avant de m'avancer et de la remplir complètement.

« C-capote, Kane. »

Je lève les yeux de l'endroit où je la pénètre.

« Je suis clean. »

« Et je ne te crois pas, putain. »

« Ne penses-tu pas qu'il est un peu tard ? Je t'ai déjà prise une fois ce soir. »

« Je m'en fous. »

La panique sur son visage est suffisante pour que je me retire d'elle et que j'ouvre le tiroir du haut de ma table de chevet.

En un temps record, j'ai déroulé le bout de caoutchouc sur ma bite et m'enfonce de nouveau dans sa chaleur veloutée.

« C'est mieux ? »

Elle hoche la tête alors que ses yeux se révulsent de plaisir.

Je sais qu'elle est proche de la jouissance, je peux le lire sur chaque centimètre carré d'elle mais elle suit mes ordres pour une fois et ne s'autorise pas à jouir.

Une partie de moi veut savoir pourquoi elle ne me défie pas comme d'habitude, mais l'autre partie s'en fout vraiment tant que je suis au fond de sa chatte.

Je la baise comme un homme possédé et elle bouge avec moi en suivant mes mouvements.

Ses ongles griffent pendant que mes dents mordent. Nos poitrines se soulèvent, notre peau rougit sous le contact brutal de l'autre et se couvre de sueur.

« Putain, Princesse. Putain, » j'aboie, en la retournant et en la fessant.

Elle crie si fort qu'il n'y a aucun doute sur le fait que tout le monde dans cette maison, et peut-être dans les maisons d'à côté, sache ce qui se passe en ce moment.

En la mettant à genoux, je la prends par derrière, en rebondissant contre elle encore et encore.

Avec ses cheveux enroulés dans mon poing, je tire durement, en la forçant à cambrer son dos pour que je puisse la pénétrer plus profondément.

« Kane, Kane, Kane, » crie-t-elle, sa chatte me serrant incroyablement fort.

Je descends une main sur sa chatte, je pince son clitoris très fort et elle explose.

Son corps entier convulse avec son orgasme alors qu'elle fait venir le mien.

« Putaaaain, » je gémis alors que ma bite se secoue et que mon corps s'effondre sur le sien.

Je la cloue sur le lit sous moi alors que j'essaie de reprendre mon souffle.

« Putain, Princesse. »

« J'imagine que je devrais partir maintenant, » dit-elle, en me choquant comme pas possible.

« Aucune putain de chance. »

Je me relève, la retourne et me met à califourchon sur elle pour qu'elle ne puisse pas se cacher de moi.

En m'appuyant sur une main, j'enroule mon autre main autour de sa gorge. Ses muscles ondulent alors qu'elle déglutit et je laisse mon regard dériver sur son corps.

Elle est couverte de marques de morsure, de suçons et d'égratignures. Un sourire se dessine sur mes lèvres en sachant que j'en suis l'auteur. Ma bite durcit en en redemandant.

Quand je reviens vers son visage, mes yeux se fixent sur ses lèvres gonflées.

« Nous n'avons pas encore fini, » je préviens avant de plonger sur elles.

Nous n'en aurons pas fini tant qu'elle n'aura pas d'autre choix que de penser à moi à chaque mouvement, à chaque fois qu'elle regardera n'importe quelle partie de son corps.

Je vais la posséder, putain.

CHAPITRE VINGT-DEUX

Letty

Mon corps me fait mal mais c'est vite oublié quand les doigts de Kane pincent mon clitoris et que j'ai un nouvel orgasme.

Pour quelqu'un qui a commencé la soirée en refusant de me laisser jouir, il semble maintenant obsédé par le nombre de fois où il sera capable de me faire jouir.

Sa bite convulse en moi, encore une fois recouverte d'une capote. Sa main se resserre sur la chair tendre de ma gorge et son bras autour de ma taille me tient contre son torse, en me faisant sentir ses respirations haletantes.

« Putain, » il halète, en se retirant de moi et en jetant le préservatif hors de la douche.

L'eau pleut sur nous deux, en emportant toute la sueur des dernières heures.

Quand il a dit qu'il voulait me défoncer, il ne plaisantait pas.

Je sens à peine mes jambes. Je n'ai aucune idée de la façon dont je réussis à me tenir debout en ce moment, et je n'ai vraiment aucune idée de la façon dont je vais pouvoir retourner vers son lit.

Je peux honnêtement dire que je n'ai jamais été à ce point baisée.

Au sens propre comme au sens figuré, parce que quelque chose me dit que personne d'autre ne pourra jamais me donner ce qu'il vient de me donner.

Je deviens accro à chacune de ses caresses perverses et de ses mots violents.

Je suis comme une putain de junkie qui attend sa prochaine dose, avec une soif d'inconnu, une partie de moi attend, avec un délicieux mélange de douleur et de plaisir, les prochains mots durs et obscènes qu'il va me dire.

Une partie de moi se demande si je le laisse faire ça parce qu'au fond je sais que je le mérite.

Je lui ai caché quelque chose d'énorme et je mérite sa colère même s'il n'a toujours aucune idée de ce qui s'est passé.

La culpabilité m'envahit alors que la fraîcheur de son gel douche enrobe mes seins.

« Kane, » je gémis alors qu'il pince mes tétons douloureux avant de passer ses mains sur mon ventre et jusqu'à ma chatte.

Elle est gonflée et sensible mais quand il me touche, mon estomac se serre toujours et je mouille de désir, à nouveau prête à en avoir plus.

« Je pourrais te baiser toute la nuit, » gémit-il dans mon oreille.

« Attention, tu as l'air de commencer à apprécier un peu trop ça, » je murmure en retour.

« Tu n'as aucune idée de combien j'aime te baiser, Princesse. Ça a mis du temps à arriver. »

Une fois qu'il considère que nous sommes assez propres, il éteint la douche et sort, en me passant une serviette quelques secondes plus tard.

Nous sommes en terrain étrange ici.

Cela faisait bien des années qu'on n'était pas restés ensemble dans la même pièce sans se lancer d'insultes. C'est pour ça que je m'attendais à ce qu'il ruine mes plans et me renvoie à la seconde où il en aurait fini avec moi.

Pourtant, je suis toujours là. Et il m'a lavée comme s'il... comme s'il... s'en souciait vraiment ?

Non. Il prouve juste qu'au fond de tout cela, il y a un peu d'humanité en lui.

« Tu veux boire un truc ? », me demande-t-il quand j'arrive enfin à regagner sa chambre sur des jambes tremblantes et faibles.

« Euh... ouais. De l'eau, ce serait parfait. »

Il hoche la tête avant de disparaître par la porte, son corps toujours nu avec seulement une serviette autour de sa taille.

Dès l'instant où la porte se referme derrière lui, j'ai froid.

La pièce est peu remplie, juste quelques meubles et une pile de vêtements sales. On dirait qu'il n'a pas encore vraiment emménagé.

Je me demande s'il a vraiment l'intention de rester dans les parages.

Le fait qu'il soit ici, qu'il entre à l'université et qu'il soit accepté dans l'équipe est... surprenant.

Est-ce vraiment la réalité ou est-ce juste un stratagème de Victor pour obtenir quelque chose ?

Cette pensée me fait frémir.

Je veux vraiment penser que Kane essaie de faire quelque chose de sa vie, mais tant qu'il est lié à ce connard, je suppose que tout est possible.

Il est certainement la seule raison pour laquelle Devin est ici. Sans vouloir offenser Devin, c'est un gars à peu près correct—les liens familiaux mis à part—mais il n'est pas exactement fait pour la fac.

En marchant vers la commode, je m'arrête et regarde la seule chose personnelle dans cette pièce. C'est une photo encadrée de Kane, Kyle et de leurs parents. Ils sont tous dans la cour devant leur caravane à Harrow Creek. En me figurant leur âge sur la photo, je dirais qu'ils sont morts pas très longtemps après.

Mon cœur souffre pour eux. Aucun enfant ne devrait perdre un parent, mais les deux en même temps dans une collision mortelle. C'est terrible.

Je passe mon doigt sur le jeune Kane adolescent, en me demandant si c'était le moment décisif de son changement. Le catalyseur qui a fait grandir sa colère et sa haine. Dieu sait qu'il était plutôt facile à vivre avant ça.

Des pas, qui se dirigent vers moi, m'obligent à reculer de la photo. Il y a peut-être une partie de moi qui apprécie son côté coléreux, mais je suis épuisée. Je ne suis pas sûre de pouvoir en supporter plus. Et puis, je suis de plus en plus fan de son côté un peu plus doux.

« Tiens, » dit-il en me passant une bouteille.

L'ambiance devient gênante. J'aurais dû me lever

et partir avant qu'il ne m'entraîne sous la douche. Là tout de suite, ça ne nous ressemble pas.

Il place sa bouteille sur la table de chevet, laisse tomber sa serviette, en me donnant un aperçu de ses fesses musclées avant de sauter dans le lit.

Je dois partir, je devrais partir, mais en jetant un coup d'œil à mon sac à main qui contient les caméras de Victor, je sais que je ne peux pas. Je dois rester jusqu'à ce que je puisse les planquer.

La nervosité me traverse de part en part.

« Qu'est-ce qui ne va pas ? », demande-t-il et je suis incapable de ne pas lever les yeux vers lui.

Il est allongé sur le côté, le coude sur l'oreiller et la tête appuyée sur sa paume. Les draps descendent bas sur sa taille, en le couvrant à peine et je me demande s'il l'a fait exprès.

Il sait que j'aime son corps. Bon sang, après les dernières heures, il n'y a aucun moyen qu'il ne puisse pas le savoir.

Sa peau est couverte de profondes entailles et d'égratignures à cause de mes ongles, et aussi de marques de morsure et de suçons.

Mes joues rougissent en pensant à la bête en laquelle il me transforme.

Je ne me suis pas regardée dans le miroir de la salle de bain, j'avais trop peur de faire face à mon reflet, mais je sais que je dois avoir l'air d'avoir été enfermée dans une cage avec un lion, je le sens.

« Pourquoi ne m'as-tu pas mise dehors ? » Je ne veux pas poser la question mais elle sort de ma bouche sans que j'aie eu le temps de réfléchir.

Il hausse les épaules comme si cela n'avait pas d'importance.

Je me tiens là au milieu de sa chambre avec la bouteille d'eau à la main, en ne portant qu'une serviette, et je me sens plus mal à l'aise que jamais.

« Pars si tu veux, mais je ne te raccompagne pas aux dortoirs maintenant. »

« Euh... »

« Ou sinon viens te mettre au lit et dormons. »

« T-tu veux que je dorme dans ton lit ? », je demande, les yeux écarquillés.

« Arrête de te prendre la tête, Princesse. Je te déteste toujours. »

« B-bien. Moi aussi. Je te déteste, je veux dire. »

« Je ne m'attendrais à rien de moins. »

« Est-ce que je peux porter un de t— »

« Non, » m'interrompt-il.

« N-non ? »

« Nue ou rien. »

J'examine mes options mais au final, ce n'est pas moi qui décide.

La serviette est arrachée de mon corps, la bouteille dans ma main s'écrase sur le sol et je suis traînée dans le lit.

« Dors, » exige-t-il. « Ou je te baiserai encore. »

La deuxième option est plutôt tentante mais je sais qu'il est temps que je mette fin à ces conneries et que je referme le couvercle de la petite boîte dans laquelle j'ai fourré Kane et tout ce qui va avec.

Je dois juste attendre qu'il s'endorme, de faire ce que j'ai à faire et de foutre le camp.

Je me réveille en sursaut, mon cœur battant dans ma poitrine alors que je regarde dans la pièce sombre en essayant de comprendre où je suis.

Les souvenirs remontent à la surface les uns après les autres.

Le capot de ma voiture. Son lit. La douche.

Putain.

Rien de tout cela n'aurait dû arriver, mais je sais que j'en suis responsable.

J'ai tout manigancé.

Son bras musclé me serre contre lui.

Il me tient.

Kane putain de Legend me serre contre lui dans son sommeil.

Même si je sais que c'est vrai. Que je peux sentir son corps dur contre le mien. J'ai du mal à y croire.

Ce que je sais, c'est que je dois foutre le camp d'ici.

Je tourne la tête et lève les yeux vers son réveil.

Trois heures du matin

La maison semble silencieuse.

C'est maintenant ou jamais.

Je lève lentement son bras et me laisse glisser.

Dès l'instant où je suis partie, il tire l'oreiller sur lequel j'étais allongée contre lui.

Cette vision me fait monter une boule dans la gorge.

Il ne ressemble pas au garçon de Creek en colère et haineux dans son sommeil. Il a l'air plus doux, plus vulnérable, et je me demande qui est vraiment Kane au-delà de son image de bad boy.

Mais je n'ai pas le temps de rester ici et d'y réfléchir, au lieu de cela, je rassemble rapidement mes vêtements et mon sac à main avant de me glisser hors de la pièce et de prier pour que le couloir soit vide et que je ne sois pas sur le point de me faire griller par l'un des frères Harris.

J'enfile mes vêtements encore légèrement humides en un temps record avant de dévaler les escaliers.

Je sors les petites caméras de mon sac à main et j'utilise la lampe de poche de mon portable pour chercher dans la pièce les meilleurs endroits pour les cacher. Il a dit qu'il voulait entendre ce qu'ils manigançaient, pas qu'il voulait les voir, d'une certaine manière ça me facilite la tâche, et je commence à les placer dans le salon.

Derrière la télé. Sous le haut-parleur sans fil. Sur la machine à café.

Je me dépêche de les fixer dans ces endroits dont j'espère vraiment qu'ils ne soient pas repérables trop facilement et avant de trop me prendre la tête, je me précipite hors de la maison, en fermant silencieusement la porte derrière moi et en courant tant bien que mal dans la rue pendant que je commande un Uber.

Mes muscles brûlent alors que je bouge et cela me rappelle ce qui s'est passé la nuit dernière.

Est-ce que je m'attendais à ça ?

Ouais, je suppose que oui. Peut-être que cela avait quelque chose à voir avec la raison pour laquelle je portais une jupe très courte et ma culotte la plus échancrée.

Au moment où je retourne dans mon dortoir, je peux à peine garder les yeux ouverts. Mais je ne rampe pas dans mon lit avant d'avoir pris une autre douche. Une douche qui le lavera de mon corps et de ma tête.

Malgré cela, je refuse de me regarder dans le miroir. Je n'ai pas envie de faire face à ça pour le moment.

Je m'en inquiéterai dans quelques heures quand je devrai partir en cours.

Avec mes cheveux encore mouillés, j'enfile un débardeur et un short et je rampe jusque dans mon lit.

Chaque centimètre carré de mon corps me fait mal. Les marques de morsure sur mes cuisses et ma poitrine piquent à cause de mon gel douche mais je ne peux m'empêcher d'avoir chaud rien qu'en y pensant.

Putain de Kane.

Il m'a dit qu'il voulait me détruire. Je ne pensais pas que c'était possible vu ce qu'il avait déjà fait avant, mais je crains qu'il ait réussi ce qu'il avait prévu car il n'y pas moyen que j'oublie cette soirée.

C'est comme s'il savait exactement ce dont j'avais envie, ce dont mon esprit pervers avait envie et qu'il était capable de me donner ça et plus encore.

Je pense à Luca et Leon.

Pourquoi est-ce que ça ne pourrait pas être l'un d'entre eux qui fait remuer ces choses en moi ? Qui puisse assouvir mes envies perverses ?

Pourquoi ça devait être Kane putain de Legend ?

Le garçon qui veut me détruire à jamais.

Le garçon qui me déteste plus que quiconque.

Le garçon à qui j'ai menti pendant plus d'un an.

Une seule larme coule de l'un de mes yeux alors que je pense à tout ce qu'il a perdu, mais qui n'a aucune idée de ce qu'il aurait pu avoir...

Lorsque mon réveil sonne le lendemain matin, je peux à peine bouger.

Avec un gémissement, je laisse mon bras pendre du lit dans l'espoir de pouvoir atteindre mon sac à main et faire taire mon portable.

Je ne peux pas.

« Putain de merde, » je marmonne, en me faisant rouler hors du lit pour le trouver sur le sol près de la porte où je l'ai abandonné quand je suis finalement rentrée la nuit dernière.

J'éteins l'alarme et retourne dans mon lit en me disant que je peux encore me laisser dix minutes.

Quand je me réveille à nouveau, c'est avec le bruit d'Ella qui frappe à ma porte et m'appelle.

En me précipitant pour attraper mon portable, je constate qu'une heure et demie s'est écoulée et que je dois vraiment partir en cours.

« Putain. Putain, » j'aboie.

« Letty, es-tu prête ? »

« Non, » je réponds. « Vas-y sans moi. »

« Tout va bien ? »

« Euh... » J'hésite, en essayant de trouver une excuse. Je peux difficilement lui dire la vérité. Elle voudra me faire interner dans un asile. « Je ne me sens pas super bien. Je ne suis pas sûre de pouvoir aller en cours. »

« Y a-t'il quelque chose que je puisse faire ? », demande-t-elle, sans même remettre en question mon mensonge.

Je me souris à moi-même. J'ai vraiment atterri au bon endroit avec eux.

« Non, je vais juste dormir un peu. »

« OK. Si tu veux que je t'apporte quelque chose ou si tu as besoin d'autre chose, appelle-moi, d'accord ? »

« Je le ferai, merci. »

« Repose-toi bien, » dit-elle doucement avant que ses pas ne disparaissent et que le dortoir ne devienne silencieux.

En roulant sur le dos, je souffle longuement.

Il a dû se réveiller et voir que j'étais partie maintenant. Est-ce qu'il se soucie du fait que j'ai filé en douce pendant la nuit ? Est-ce qu'il est soulagé que nous ayons évité de nous parler ce matin en se souvenant combien il me détestait et qu'il m'avait jetée ? Ou pire, ont-ils déjà trouvé les caméras ?

Victor a dit qu'Ellis avait un équipement pour les localiser. Est-ce qu'il fait ça souvent ? Est-ce qu'il prend le risque de les mettre sur écoute tous les jours ?

Mes mains tremblent et mon cœur s'emballe alors que je considère toutes les options. Rien de tout cela ne se terminera bien pour moi. Soit Victor considèrera que j'ai échoué et donnera suite à ses menaces contre ma famille, soit les frères lui donneront les informations dont il a besoin et ils découvriront que c'est moi qui ai participé à cela.

De toute façon, je suis foutue et je suis presque sûre que Victor le savait.

Connard.

Je suis allongée là, à contempler le plafond, pendant très longtemps. Je n'ai pas besoin de regarder l'heure pour savoir que le cours a commencé parce que mon portable commence à sonner.

En le prenant, je vois le nom de Luca s'afficher.

Luca : Ella a dit que tu ne te sentais pas bien ? Est-ce que ça va ?

Je souris devant son inquiétude. C'est sûrement plus que ce que j'obtiendrai de l'homme qui m'a mise dans cet état.

Letty : Ouais, je ne me sens pas super bien. Je vais passer la journée au lit. Tu me passeras tes notes plus tard ?

Luca : Bien sûr. Prends soin de toi. Si tu veux de la visite plus tard, fais-moi signe.

Letty : Merci x

Ce serait si facile de lui demander de venir me réconforter mais je sais que je ne peux pas. Je ne peux pas l'entraîner encore plus qu'il ne l'est déjà.

C'est mon problème et il est temps d'y mettre un terme une bonne fois pour toutes.

Ces moments volés avec Kane sont peut-être sympas mais je sais déjà que je serai celle qui finira par souffrir.

Il joue à un jeu et plus nous passons de temps ensemble, plus je commence à ressentir des choses que je ne devrais pas ressentir.

Je commence à avoir envie de lui, à le désirer, et cela ne devrait vraiment pas être comme ça.

L'heure du déjeuner est passée depuis longtemps quand je traîne mes fesses hors de mon lit, préférant me cacher de la réalité sous mes couvertures, mais je sais que je ne peux pas disparaître pour toujours.

Bien qu'à la seconde où je suis devant mon lavabo pour me brosser les dents et que je me regarde dans le miroir j'aurais aimé pouvoir vraiment disparaître.

« Putain de merde. »

J'ai l'air d'avoir été mutilée par un animal sauvage. J'imagine que c'était le cas.

Je lève ma main, je passe mes doigts sur les marques bleues et rouges qui couvrent mon cou. Si je ne le connaissais pas mieux, je penserais qu'il voulait essayer de me tuer.

Je descends plus bas jusqu'aux suçons qui couvrent ma poitrine et jusqu'à une véritable marque de morsure qui se cache juste en dessous de l'encolure de mon débardeur.

Je me penche légèrement en regardant mes cuisses. La trace de ses empreintes digitales assombrit ma peau avant que je ne trouve la grosse marque de Kane Legend.

Eh bien, s'il avait l'intention de m'empêcher d'être avec quelqu'un d'autre, je pense qu'il a probablement réussi. Putain de sauvage.

Je regarde mon visage. Mes yeux sont cernés et gonflés par le manque de sommeil et mes lèvres sont encore gonflées par ses baisers.

J'ai fait le bon choix en n'allant pas en cours.

Si Luca ou Leon me voyaient comme ça, eh bien... j'ai peur de penser à ce qui se pourrait se passer ensuite.

Chapitre Vingt-trois
Kane

« **D**égage de mon chemin, » j'aboie, en poussant le torse de Luca quand il s'attarde dans l'embrasure de la porte du vestiaire, en m'empêchant de m'échapper après notre séance d'entraînement matinale.

Je suis énervé. Vraiment énervé. Et il me regarde comme s'il était prêt à se battre.

Allez, putain de quarterback prodige.

Je n'aimerais rien de plus que de te péter le bras et de foutre en l'air ta putain de saison.

Je savais que lui suggérer de rester était une putain d'erreur, mais le sexe et tous ces orgasmes ont affecté mon cerveau et pour une raison quelconque, j'ai pensé que c'était une bonne idée.

Puis je me suis réveillé ce matin avec une érection

démesurée et j'avais envie de remettre ça avant d'aller m'entraîner mais j'ai découvert que j'étais seul.

Elle s'est cassée au milieu de la nuit alors que je dormais à côté d'elle.

Ce n'est pas cool.

Putain, je suis venu l'aider alors que personne d'autre ne pouvait le faire et elle s'en fout à la seconde où je ferme les yeux.

Je ne sais pas si elle s'est endormie quelques instants ou si elle s'est juste enfuie à la seconde où j'ai commencé à ronfler.

Je ne devrais pas m'en soucier.

Putain, je la déteste.

Mais putain. Je veux encore être en elle.

« Pour quelqu'un qui s'est clairement fait baiser la nuit dernière, tu es d'une humeur massacrante, Legend, » se moque Luca, ses yeux tombant sur les éraflures sur ma joue et mon cou.

Je ne me souviens même pas à quel moment elle m'a griffé comme une putain de chatte mais bon sang, ça m'a fait bander de regarder les marques qu'elle a laissé sur mon corps ce matin.

Je n'imagine même pas à quoi elle ressemble.

Un sourire narquois se dessine sur mes lèvres.

J'ai hâte de la regarder dans les yeux et d'exiger de savoir pourquoi elle est partie.

Ce n'était certainement pas parce qu'elle ne prenait pas son pied, putain.

« Tu es jaloux, Dunn ? », je demande avec un sourire narquois.

« Va te faire foutre, je ne veux pas de tes petites putes bon marché. »

« T'es sûr de ça ? » Je fais un pas en avant, en me

mettant en face de lui. « Elle était foutrement déchaînée, mec. Je pense que tu n'aurais pas pu la maîtriser. »

« Va te faire foutre, » il crache, en se rapprochant si près que son torse frôle presque le mien.

« Dunn, laisse-tomber, » crie l'entraîneur des quarterbacks lorsqu'il nous aperçoit sur le point de nous battre.

Luca retient mes yeux pendant encore deux secondes avant de secouer la tête et de reculer d'un pas.

« Tu as de la chance que j'ai besoin de toi. »

Je me moque de lui.

« Tu es une putain de mauviette, Dunn. »

Il me fait un doigt d'honneur et suit l'entraîneur, en me laissant prendre une douche et m'habiller sans la menace de lui foutre une raclée.

Je fais craquer mes doigts alors que je me dirige vers la douche.

« Tu dois arrêter de le provoquer, » dit une voix derrière moi.

« Oh ouais. Pourquoi ne suis-je pas surpris que tu penses ça ? », je demande en me tournant vers l'autre jumeau Dunn.

« C'est ton putain de capitaine. Je m'en fous de ce qui se passe en dehors du terrain. Mais ici, c'est pratique, entraînements et matchs. »

« Peu importe. » Je lui fais signe de partir, en retirant mon maillot et en le fourrant dans mon sac.

« Non, pas de putain de 'peu importe', Legend. Tu es ici parce que tu veux jouer. Tu veux gagner. Tu veux aller aux putains de championnats comme le reste d'entre nous, alors commence à agir comme tel. »

« Putain de merde, tu suces l'entraîneur ou un truc du genre ? », je marmonne en marchant vers la douche.

« Qu'est-ce que tu viens de dire, bordel ? »

Mon dos entre en collision avec les carreaux avant que le poing de Leon ne touche ma mâchoire.

« Connard. » Je me lance en arrière mais des mains s'enroulent autour de mes bras à la seconde où je quitte le mur.

« Assez, » aboie quelqu'un, mais je ne regarde pas en arrière, mes yeux sont rivés sur ceux de Leon.

« Tu veux garder ta place dans cette équipe, ta bourse ? Tu dois rentrer dans le rang, putain. »

Il prend son sac et sort du vestiaire.

« Dégage de moi. »

Quand je fais demi-tour, je vois Zayn et les deux gars qui vivent avec Letty.

Je les regarde de haut et aucun d'eux ne dit rien, même si je peux presque entendre la menace de Zayn qui est certainement sur le bout de sa langue.

Je passe devant eux, et je continue à marcher vers les douches. Il n'y a aucun moyen que je sois en retard en cours et que je ne la regarde pas entrer.

Comme prévu, il n'y a que quelques intellos déjà installés dans l'amphi quand j'arrive avec mon café à emporter.

Je me dirige vers l'un des sièges dans l'ombre à l'arrière et j'attends.

Mais alors que la pièce commence à se remplir et

qu'elle ne se montre pas, je commence à me dire que quelque chose ne va pas.

Les deux gars du vestiaire arrivent sans elle, et quand le professeur apparaît, je commence à penser qu'elle ne va pas venir.

Est-ce à cause de moi ?

Je m'affale sur mon siège, en essayant d'imaginer à quoi ressemble son corps ce matin.

Je parie que c'est putain de magnifique avec toutes les marques et les bleus que je lui ai laissés.

Letty ne vient pas de la journée et mon portable reste silencieux.

Ça me démange de lui envoyer un message et d'exiger de savoir pourquoi elle est partie au milieu de la nuit et pourquoi elle n'est pas en cours, mais d'un autre côté, j'ai envie de la laisser à cran.

Elle s'attend à ce que vienne lui demander des réponses et je suis plus qu'heureux de la laisser mijoter.

Luca est étonnamment calme alors que nous préparons nos tactiques pendant notre séance de l'après-midi et je me demande exactement de quoi l'entraîneur des quarterbacks l'a menacé tout à l'heure pour le calmer.

Je sais qu'il est toujours énervé, je le vois dans ses yeux chaque fois qu'il me fixe d'un regard pour me donner silencieusement des ordres.

J'accepterais peut-être ça sur le terrain. Leon avait raison, il est notre capitaine et notre quarterback titulaire, mais je dois le détromper, je ne suivrai pas ses putains d'ordres à la seconde où nous quitterons ce terrain.

Je ne sais pas s'il pense que les égratignures qu'il a

remarquées tout à l'heure et l'absence de Letty aujourd'hui sont liées ou non, mais le fait qu'il n'en ait rien dit me fait penser qu'il n'a pas fait le rapprochement ou qu'il essaie de se convaincre lui-même que ça ne peut pas être vrai.

Les deux options me vont bien.

Mais le temps viendra où la vérité va éclater et je ne sais pas trop où cela va nous mener.

Il est censé être le responsable. Celui qui s'assure que notre équipe travaille efficacement et tout, et il sera complètement stressé. Leon aussi.

En fin de compte, je sais que l'entraîneur les soutiendra plutôt que moi. Mais ce ne sera pas si facile. Leon et moi sommes de loin les meilleurs receveurs de cette équipe. Tout le monde sait que ce serait trop hasardeux de commencer la saison avec quelqu'un d'autre en attaque.

Mon envie de la voir prend finalement le dessus lorsque je monte dans ma voiture après l'entraînement.

Je meurs de faim, mais ça va devoir attendre.

Je ne manquerai pas une occasion de la voir tant que je serai encore sur le campus.

Je démarre ma voiture et je suis sur le point de la faire rouler quand mon portable se met à sonner.

En le sortant de ma poche, je vois le nom de Devin qui s'affiche.

« Ouais ? », j'aboie, en me préparant à entendre qu'on a un autre putain de boulot malgré le fait que je sois censé en avoir fini.

« Tu dois rentrer à la maison. Maintenant. »

« Pourquoi ? Que se passe-t-il ? »

« Amène juste tes fesses ici maintenant. »

« OK. Bien. Je pars. »

En jetant mon portable sur la console centrale, je fais crisser mes pneus hors du parking juste au moment où Luca et Leon sont en train de sortir. En leur faisant un doigt au passage, je roule en direction de chez moi pour savoir ce qui se passe.

Leurs trois voitures sont garées devant la maison, ce qui est inhabituel à cette heure de la journée.

« Qu'est-ce qui se passe ? », je demande en entrant dans le salon pour trouver Ezra et Ellis sur le canapé avec des expressions inquiètes sur le visage et Devin en train de faire les cent pas.

« Regarde, » crache Devin en désignant quelque chose sur la table basse.

« Qu'est-ce que c'est ? »

« Des caméras cachées. »

« Quoi ? Qui aurait fait ça ? Victor ? »

« C'est drôle, nous allions te demander la même chose. »

« À moi ? Putain, je ne les ai pas cachées. C'est plutôt à vous que j'aurais envie de demander. »

« On ne parlait pas de toi, connard, » dit sèchement Ezra.

« OK, alors— »

« Ta copine, » marmonne Devin.

« Scarlett ? Non, elle ne le ferait pas... »

« Était-elle encore là quand tu t'es réveillé ce matin ? »

« Euh... »

« Et pourquoi était-elle ici, Kane ? Putain, tu la détestes. »

La prise de conscience se fait et mon corps se tend de colère alors qu'il commence à brûler.

Non, non, elle n'aurait pas fait ça.

J'essaie vraiment de me convaincre que ces mots sont vrais, mais je sais déjà que ce n'est pas le cas.

Hier soir, c'était un putain de coup monté. Elle s'est carrément foutu de ma gueule.

« Elle va payer pour ça, putain, » je promets aux autres alors que je balaie du regard quelques-unes des caméras sur la table et reviens sur mes pas.

Au moment où je m'arrête sur le parking derrière chez Letty, je suis plus que prêt à me déchaîner sur elle.

Putain, à quoi pensait-elle ?

Je suis hors de la voiture et à mi-hauteur des escaliers avant même d'avoir eu le temps de reprendre mon souffle.

La pensée que ses colocs pourraient être là ne m'arrête pas, j'ouvre la porte principale et j'entre en trombe.

« Qu'est-ce que— »

Il y a un gars et une fille que je ne reconnais pas assis à la table à manger. Les deux me fixent avec leurs bouches ouvertes alors que j'envahis leur salle commune.

« Ça va ? Tranquille ? », la fille claque mais je ne regarde pas dans sa direction.

« Tais-toi et occupe-toi de tes affaires. »

Je suis presque sûr que c'est plus parce qu'elle est abasourdie qu'obéissante, mais elle ne dit rien d'autre alors que je m'arrête devant la porte de Letty.

« Princesse, ouvre cette putain de porte. »

Mes poings pleuvent sur la peinture bleue écaillée, en faisant trembler la porte sous ma force.

Rien.

« Ouvre cette putain de porte, Scarlett, ou je vais l'éclater. »

« Tu dois partir, » dit une voix faible derrière moi.

Quand je regarde par-dessus mon épaule, je remarque que le gars a repris confiance et essaie de me tenir tête.

« Va te faire foutre. »

En l'ignorant, je retourne à la porte de Letty jusqu'à ce que j'entende le déclic de la serrure.

Pas une seconde plus tard, la porte s'ouvre.

Ma paume s'abat sur la porte pour l'ouvrir plus grand, Letty parvient à peu près à sauter à temps pour éviter de se la prendre en pleine gueule.

« Tu veux qu'on appelle Luca ? », crie la fille alors que je fais irruption dans la chambre de Letty.

« Non, tout va bien, » répond Letty. « Laisse tomber, hein ? »

Dieu sait ce que les deux pensent mais je m'en fous. Je ne suis pas là pour eux.

« Tu es partie, » dis-je. Je marche vers elle et enroule ma main autour de sa gorge en continuant jusqu'à ce que son dos heurte le mur avec un bruit sourd, l'air s'échappant de ses poumons sous le choc. « Je me suis réveillé et tu n'étais plus là. Pourquoi ? » Je suis face à son visage, mes respirations accélérées se mélangeant aux siennes.

Ses yeux sont écarquillés alors qu'elle me fixe. Elle a l'air terrifiée et ça me fait bander.

« Pourquoi, Princesse ? »

« J-je pensais juste qu'il serait m-mieux de ne pas se réveiller ensemble et je voulais éviter qu'on soit mal à l'aise. »

« Conneries. Putains de conneries. Tu es une

putain de menteuse, Hunter. Est-ce que ça t'arrive de dire la vérité ? »

« Je ne t'ai pas menti, Kane. » Mais alors qu'elle prononce ces mots, quelque chose scintille dans ses yeux.

« Mensonges, » je crache. « Putains de mensonges. »

« Qu'est-ce que je t'ai fait, Letty ? Putain, je te voulais. Juste toi et tu l'as choisi, » je crache, mes doigts se resserrant sur sa gorge, mais à aucun moment elle n'essaie de m'arrêter.

Parce qu'elle sait qu'elle est coupable, dit une petite voix au fond de ma tête, mais je prie quand même pour me tromper. Pour qu'elle ne soit pas la menteuse fourbe qu'elle est.

« Tu l'as choisi et puis tu l'as tué, putain. »

Mes mains tremblent et il n'y a aucune chance que ma réaction lui échappe.

Je la relâche avant de serrer encore plus fort et de faire quelque chose que je regretterais à vie, et je recule.

Je lève mes mains sur mes cheveux, je les écarte de mon front et tire sur les longueurs jusqu'à ce que ça fasse mal.

« Je n'ai pas tué Riley, Kane, et tu le sais, putain. Ce qu'il a fait... c'était un accident. »

« Tu lui as brisé le cœur. C'est de ta faute, » je bouillonne, en me retournant vers elle et en la clouant sur place avec mon regard de tueur.

« Ce n'est pas de ma faute s'il a pris sa voiture en étant bourré, Kane. Il était le seul responsable. »

« Tu aurais dû l'arrêter. »

« Comment ? » Elle lève les bras en signe de

désespoir. « Il n'était pas ivre quand il m'a quittée. Comment étais-je censée savoir ce qui allait se passer ? Je ne suis pas une putain de voyante. »

Ma poitrine se soulève alors que je la regarde. Je sais qu'elle a raison. Je l'ai toujours su, mais il est plus facile de la rendre responsable de sa mort et de la haïr pour cela que d'accepter la vérité.

« Il t'aimait, putain, » je beugle.

Ses épaules s'affaissent en acceptant mes paroles.

« Il t'a toujours aimé, pourquoi penses-tu que je l'ai laissé t'avoir ? »

« Tu l'as laissé m'avoir ? C'est très généreux de ta part. »

Un grognement me déchire la gorge. « Cela aurait dû être moi, » je beugle.

« Mais tu as merdé et je l'ai choisi. Qu'est-ce que tu vas faire maintenant ? Tu vas me faire du mal, me punir ? Obtenir ta putain de vengeance pour pouvoir dormir la nuit ? Eh bien, voilà un scoop, connard. » Elle soulève son short et m'expose le haut de ses cuisses. « C'est trop tard. Tu l'as déjà fait. Alors, quelle est la prochaine étape ? »

La tension crépite entre nous alors que je reste immobile, les yeux fixés sur les bleus que j'ai causés.

L'espace d'un instant, je me sens mal de l'avoir blessée, de lui avoir laissé des marques. Mais ensuite, je me souviens pourquoi je suis venu ici et j'oublie l'idée de me comporter en mec bien.

« Dis-moi la putain de vérité, Princesse. » Je prends une voix plus calme et baisse le ton. « Pourquoi t'es-tu enfuie ce matin ? Et réfléchis bien à ta réponse. »

Elle me fixe, ses yeux plissés essayant de lire en moi.

« Tu le sais déjà, » dit-elle, plus calme que je ne le voudrais.

Je veux qu'elle se batte, qu'elle crie, qu'elle me dise que j'ai tort. Mais elle ne le fait pas. Parce qu'elle est coupable.

Un rugissement s'échappe de ma gorge avant que mon poing n'entre en collision avec le mur à côté de sa tête.

Elle laisse échapper un cri de choc mais elle ne bouge pas alors que je me lève, en la fixant, en attendant d'entendre les mots sortir de sa bouche.

« Pourquoi ? Pourquoi diable ferais-tu ça ? », je demande doucement, en cherchant la vérité dans ses yeux.

« Tu as ruiné ma vie, Kane. » Sa voix est si calme, dépourvue de la colère d'il y a quelques instants. Son changement d'humeur me fait l'effet d'un seau d'eau glacée en plein visage. « Pourquoi ne le ferais-je pas ? »

« Tu es partie. Tu es partie à Columbia. Comment diable ai-je pu affecter ta vie ? Tu nous as tous tourné le dos, tu t'es éloignée de la mémoire de Riley et tu as continué ta vie. »

Un rire s'échappe de ses lèvres mais elle est tout sauf amusée.

« Tu veux savoir ce qui s'est passé ? Tu veux vraiment savoir ? »

« Oui, putain, je veux savoir. Qu'est-ce qui s'est passé pour que tu quittes ta fac de Columbia bien-aimée pour te contenter de venir ici avec nous. »

« Il s'est passé toi, Kane, » bouillonne-t-elle, sa colère refaisant surface.

En posant mes avant-bras de chaque côté de sa tête, je la regarde en attendant qu'elle comble toutes les putains de choses qui m'échappent.

« Ce soir-là à la fête... » Elle inspire comme si elle avait besoin de trouver la force de dire les mots. « Putain, je me suis retrouvée enceinte, connard. »

Il me faut trois longues secondes pour que ses mots s'impriment dans mon cerveau et quand je réalise ce qu'elle vient de dire, je recule.

« Q-quoi ? » Je bégaie, en ne croyant toujours pas que ces mots viennent de sortir de sa bouche.

« Tu. M'as. Mise. Enceinte. Putain, » crache-t-elle comme si elle parlait à un idiot.

J'arrache mes yeux des siens et regarde son ventre.

« M-mais— »

Mon esprit s'emballe alors que j'essaie de tout comprendre. La fête c'était... la fête c'était genre... il y a dix-huit mois.

Un an et demi.

Enceinte.

Bébé.

« Où est mon bébé, Letty ? » Les mots sonnent bizarres à mon oreille quand je les prononce.

Un sanglot jaillit alors que sa main se lève pour couvrir sa bouche, ses yeux se remplissant de larmes.

« Scarlett, où est mon putain de bébé ? »

Je recule, mes poings enroulés et mes muscles tendus.

« P-parti, » murmure-t-elle, ses larmes finissant par couler alors qu'elle dit ce mot.

« Parti ? »

« Je suis désolée. Je suis tellement désolée. »

Une espèce de brouillard se forme alors que je la

regarde, en refusant d'entendre les mots qu'elle dit alors que la fureur se répand dans mes veines comme du poison.

« Tu as tué mon putain d'enfant ? »

« Quoi ? »

Je fais un pas en arrière, puis un autre, en sachant que si je ne mets pas une putain de distance entre nous tout de suite, je risque de l'étrangler à mort.

« Tu as tué mon meilleur ami. Tu m'as quitté. Et tu as tué mon putain d'enfant ? », je hurle.

L'afflux de sang bat dans mes oreilles à une telle vitesse que je ne peux pas entendre ma propre voix.

Tout est flou. Plus rien n'a de sens.

Je suis vaguement conscient qu'on m'appelle alors que je m'enfuis. Je cours à travers son dortoir et descends les escaliers en voulant m'échapper.

Tout mon corps tremble alors que je chancèle hors du bâtiment, en entrant en collision avec d'autres étudiants alors que je cours dans la rue vers ma voiture.

J'entends sa voix mais je ne sais pas si c'est dans ma tête ou si elle me suit réellement. Tout ce que je sais, c'est que je dois partir. J'ai besoin de m'éloigner d'elle, de la vérité, de la douleur, de la trahison, des mensonges, de la tromperie.

Dès que je suis dans ma voiture, je démarre le moteur et j'appuie sur l'accélérateur.

Je ne vois pas mon environnement, je n'enregistre pas les feux de circulation ou les intersections ou les autres voitures.

Je conduis.

Je sais où je vais sans même y penser.

Mais alors que je tourne le coin avant l'entrée de

chez Hallie, je prends le virage trop large et je me retrouve nez à nez avec un camion.

J'entends le bruit des klaxons et des pneus qui crissent avant que le bruit du métal qui s'effondre ne m'entoure et que tout ne devienne noir.

L'histoire de Letty et Kane continue dans 'Les mensonges que tu tisses'.

À PROPOS DE L'AUTEUR

Tracy Lorraine est une auteure à succès de romans d'amour contemporain pour New Adults reconnue par USA Today et Amazon.
Tracy vit dans un joli village des Cotswolds en Angleterre avec son mari, sa fille et un adorable, épagneul springer qui est un peu fou. Ayant toujours été une accro aux livres avec la tête plongée dans son Kindle, Tracy a décidé de s'essayer à écrire une histoire qu'elle avait revé et elle n'a jamais regardé en arrière.

Soyez le premier à découvrir les nouveautés et les offres. Inscrivez-vous à sa newsletter ici.

Si vous voulez savoir ce qu' elle fait et voir des teasers et des extraits de ce sur quoi elle travaille, alors vous devez être dans son groupe Facebook. Rejoignez Tracy's Angels ici.

Restez à jour avec les livres de Tracy sur www. tracylorraine.com